La casa Tellier
y otros cuentos eróticos

Literatura

Guy de Maupassant

La casa Tellier
y otros cuentos eróticos

Selección y traducción
de Esther Benítez

El libro de bolsillo
Literatura
Alianza Editorial

Primera edición en «El libro de bolsillo»: 1982
Tercera reimpresión: 1998
Primera edición en «Área de conocimiento: Literatura»: 2005

Diseño de cubierta: Alianza Editorial
Cubierta: Ángel Uriarte
Ilustración: Toulouse Lautrec. *En el Moulin Rouge: comienzo de cuadrilla* (fragmento). National Gallery of Art (Washington, EE.UU.).
Fotografía: Joseph Martin/Anaya

Reservados todos los derechos. El contenido de esta obra está protegido por la Ley, que establece penas de prisión y/o multas, además de las correspondientes indemnizaciones por daños y perjuicios, para quienes reprodujeren, plagiaren, distribuyeren o comunicaren públicamente, en todo o en parte, una obra literaria, artística o científica, o su transformación, interpretación o ejecución artística fijada en cualquier tipo de soporte o comunicada a través de cualquier medio, sin la preceptiva autorización.

© del prólogo, selección y traducción: Herederos de Esther Benítez
© Alianza Editorial, S. A., Madrid, 1982, 1985, 1989, 1998, 2005
 Calle Juan Ignacio Luca de Tena, 15; 28027 Madrid;
 teléf. 91 393 88 88
 www.alianzaeditorial.es
 ISBN: 84-206-5979-7
 Depósito legal: M-42.261-2005
 Composición: Grupo Anaya
 Impreso en Fernández Ciudad, S. L.
 Printed in Spain

Prólogo

Tras presentar ya en El Libro de Bolsillo cuatro de los temas fundamentales de Guy de Maupassant –*Mademoiselle Fifí y otros cuentos de guerra* (L 5663), *El Horla y otros cuentos fantásticos* (BT 8160), *La vendetta y otros cuentos de horror* (BT 8164) y *Mi tío Jules y otros seres marginales* (L 5566)–, entra ahora en el juego temático el amor. Y entra como tema dominante, pues el amor, por supuesto, nunca ha estado excluido –¿cómo iba a estarlo?– de las otras selecciones de cuentos. En el lugar más impensado, por ejemplo, en «¿Él?» *(El Horla y otros cuentos fantásticos,* p. 60), el narrador protagonista escribe:

Me siento más incapaz que nunca de amar a una mujer, porque siempre amaré demasiado a todas las demás. Quisiera tener mil brazos, mil labios y mil... temperamentos para poder abrazar al mismo tiempo a un ejército de esos seres encantadores y sin importancia.

Si Maupassant no amó a mil, en efecto, aunque la nómina de sus amantes sea nutrida, amén de ilustre, sus personajes lo hicieron por él. Tanto, que a la hora de seleccionar aquellos cuentos en los que el amor dominaba, y que yo pensaba agrupar en un único volumen bajo el título genérico de galantes, su abundancia me dio pie para dos conjuntos: *Un día de campo y otros cuentos galantes* (LB 812) y *La casa Tellier y otros cuentos eróticos*.

¿Por qué eróticos? El vocablo anda últimamente algo desacreditado, por aquello de que es fácil cargarlo de sentido peyorativo, implicando exageración morbosa de uno de los dos aspectos que conviven en *eros:* el amor y lo sexual. Pero erótico ha significado, desde antiguo, cuando se aplica a obras literarias, simplemente «de asunto amoroso». Y nadie que no sea un obseso puede ver en la «Poesía erótica» de John Donne, por poner un ejemplo, sino una expresión intelectualizada y superracional de lo que las relaciones y los sentimientos amorosos son.

Conformes, pues, en despojar a erótico de su carga sexual (lo necesito a efectos metodológicos para cuentos tan «puros» como «De viaje», «La dicha» o «Alexandre»), volvamos a traer ese sentido a colación para aplicarlo a muchos de estos relatos («La casa Tellier», «Las hermanas Rondoli» o «El puerto»). A fin de cuentas, amor y sexo marchan de consuno desde que Eva y Adán inventaron la relación de pareja.

Desfilan por estas páginas maupassantianas diversas féminas: las prostitutas (en cabeza «la guarnición» de la casa Tellier), las provincianitas en busca de placeres prohibidos («Una aventura parisiense», «El cuarto 11»), enamoradas exóticas y feroces en escenarios no menos exóticos («Marroca»), palurdas para las cuales hacer el amor es cosa tan natural como fregar los platos («Los zuecos»), y algunos personajes femeninos de una delicadeza moral sin par en la cuentística de Maupassant («El testamento», «La dicha, «De viaje»). De entre ellas, las mujeres que por oficio se consagran al amor fascinaron siempre a Maupassant, al igual que proporcionaron temas a los pinceles de Toulouse-Lautrec. El más delicioso de los cuentos de este libro, «La casa Tellier», nos las presenta, sin embargo, en un día de asueto, y la comicidad que se desprende de esas páginas resulta reforzada por lo insólito del clímax: ¡un grupo de putas sirviendo de edificación para los feligreses de un perdido villorrio normando!

El denominador común de todos los cuentos que he agrupado en este libro es el escenario, provincial o rural. A diferencia de los cuentos galantes, que se desarrollaban en París y sus alrededores, estos que ahora presento se enmarcan en la provincia, en unas zonas más o menos cercadas por el campo. Y esto tiene su explicación: en el campesino hay una amoralidad natural que la sociedad, con sus convenciones, aspira a embotar o borrar. Si comparamos, por ejemplo, «Los zuecos» con «La seña» (en *Un día de campo y otros cuentos galantes*, p. 812), vemos cómo a la buena de Adélaïde no le quita el sueño acostarse repetidamente con su amo, mientras que a la baronesa de la Grangerie la pone al borde de la histeria una relación sexual de una sola ocasión. Y al padre de la moza tampoco le preocupa lo ocurrido; le irrita la inconsciencia de su hija, que se acuesta con el amo, al igual que le hace café o le limpia la casa.

Tampoco está ausente de esta selección el humor negro –¿qué hacer con un cadáver molesto?, ¿o con un difunto todavía calentito que aparece en nuestra cama?– o verde –«La herrumbre», «El sustituto»–, por seguir calificándolo con colores.

He incluido un cuento que me parece muy interesante por insólito: se trata de «La dicha», un relato optimista que contrasta con el visceral pesimismo de nuestro autor, aunque bien es verdad que su marco (la «exótica» Córcega) autoriza sueños idílicos, permite evocar unos modernos Filemón y Baucis. Curiosamente, cuando Maupassant reelabora esta narración, cuatro años después, en «1888», para incluirla en *Sur l'eau*, como si de un recuerdo de viaje se tratase, la acción abandona la «isla salvaje», se sitúa en Provenza, y la conclusión queda modificada así:

Supe que desde hacía treinta años el hombre, el viejo, el sordo, tenía una amante en la aldea vecina, y que su mujer, habiéndose enterado por azar por un carretero que pasaba y que charló de ello, sin conocerla, había escapado al desván chillando enloquecida, y después se había arrojado por la ventana, quizá no por reflexión, sino perturbada por el horrible dolor de esta sorpresa que la lanzaba hacia adelante, con irresistible empuje, como un látigo que hiere y desgarra.

La mayoría de los cuentos de este libro pertenecen, por su extensión, al cuento breve, con una situación única, desarrollada en muy pocas páginas. Hay, sin embargo, una importante excepción, «La casa Tellier», que, con más de ocho escenarios y una buena docena de personajes, es más bien un relato (si traducimos por este término el francés *nouvelle*). Abunda también el recurso del narrador que cuenta una historia a su auditorio, tan empleado en la tradición oral a la que en definitiva se remonta el género cuento: de los 21 cuentos que constituyen el volumen, 10 utilizan este recurso, y uno de ellos, «El testamento», riza el rizo del narrador narrado: la voz en primera persona que inicia el cuento cede la palabra a otro «yo» narrador, que es el que cuenta la historia...

Los textos reunidos en este libro van desde 1881 a septiembre de 1889. Durante los últimos años de su vida literaria Maupassant se interesa más por la novela y produce menos cuentos; frente a los 70 cuentos y crónicas publicados en revistas y diarios en 1883, y los 60 del año siguiente, en 1888 publica sólo 9, y 10 y 12, respectivamente, en 1889 y 1890. Con ello, naturalmente, la calidad que a veces menguaba en los años en que nuestro autor era un forzado de la pluma, obsesionado por los ingresos que su obra le producía, alcanza elevadas cotas: los tres últimos cuentos aquí ofrecidos son, cada uno en su estilo, tres pequeñas obras maestras.

De los 21 cuentos de este libro, 13 se publican en *Gil Blas,* dos en *Le Gaulois* (curiosamente, «La dicha» y «De viaje», a los que ya al principio califiqué de «puros», abonando la tesis del mayor conservadurismo de *Le Gaulois* respecto a su colega), uno en *Le Figaro* y cuatro en *L'Écho de Paris;* falta uno para que la suma llegue a los 21 de que consta el libro: se trata de «La casa Tellier», que no fue objeto de prepublicación y sólo apareció en el volumen al que da título, en 1881. *Le Gaulois* y *Gil Blas* son ya bien conocidos por los lectores, pues en ellos han ido apareciendo casi todos los cuentos maupassantianos. *L'Écho de Paris,* donde se publican algunos cuentos importantes, como «Las hermanas Rondoli», ya en 1884, y prácticamente toda la última producción cuentística de Maupassant, estaba tratando de atraerse una clientela gracias a la colaboración de célebres escritores. No debían, por otra parte, de poner trabas a la extensión de los cuentos, pues los que publica allí Maupassant son bastante largos.

Sobre los criterios de selección y traducción ya me he ido explayando en los sucesivos prólogos de la serie; remito, pues, a ellos, y en especial al de *Un día de campo y otros cuentos galantes* (LB 812), donde no hace mucho resumía dichos criterios.

«El talento es una larga paciencia», decía Maupassant en el prefacio a su novela *Pierre et Jean.* «Se trata de mirar todo aquello que se quiere expresar bastante tiempo y con bastante atención para describir los aspectos que no hayan sido vistos ni dichos por nadie.» El fruto de esa mirada atenta y persistente lo tiene el lector en sus manos, y el goce de la lectura no exige, al contrario que el de la creación, paciencia.

Madrid, 1 de diciembre de 1980.

La casa Tellier*

1

Se iba allá todas las noches, a eso de las once, como al café, sencillamente.

Se reunían allí seis u ocho, siempre los mismos, no juerguistas, sino hombres honorables, comerciantes, jóvenes de la ciudad, y tomaban un chartreuse bromeando un poco con las chicas, o bien charlaban seriamente con *Madame*, a quien todo el mundo respetaba.

Después se marchaban a acostarse antes de medianoche. Los jóvenes se quedaban algunas veces.

La casa era familiar, muy pequeña, pintada de amarillo, en la rinconada de una calle detrás de la iglesia de San Esteban; y por las ventanas se divisaba la dársena, llena de navíos que descargaban; la gran salina, llamada «el Embalse», y detrás, la cuesta de la Virgen, con su vieja capilla gris.

Madame, oriunda de una buena familia campesina del departamento del Eure, había aceptado aquella profesión

* *La Maison Tellier* (en *La Maison Tellier*, Havard, París, 1881).

exactamente igual que si se hubiera hecho modista o costurera. El prejuicio del deshonor ligado con la prostitución, tan violento y vivaz en las ciudades, no existe en la campiña normanda. El campesino dice: «Es un buen oficio», y envía a su hija a regentar un harén de chicas como la enviaría a dirigir un pensionado de señoritas.

La casa, por lo demás, la habían recibido en herencia de un viejo tío que la poseía. *Monsieur* y *Madame,* antes posaderos cerca de Yvetot, habían liquidado inmediatamente el negocio, considerando el de Fécamp más ventajoso para ellos; y habían llegado una buena mañana para encargarse de la dirección de la empresa que periclitaba en ausencia de sus dueños.

Eran buenas personas que se hicieron querer en seguida por su personal y por los vecinos.

El hombre murió de una congestión dos años después. Su nueva profesión, al reducirlo a la molicie y la inmovilidad, le hizo engordar mucho, y la salud lo había ahogado.

Madame, desde su viudez, era deseada en vano por todos los parroquianos del establecimiento; pero se la suponía absolutamente formal, y ni sus propias pupilas habían logrado descubrir nada.

Era alta, metida en carnes, agraciada. Su tez, palidecida en la oscuridad de aquella mansión siempre cerrada, brillaba como bajo un barniz grasiento. Una rala corona de cabellos indómitos, postizos y rizados, rodeaba su frente y le daba un aspecto juvenil que contrastaba con la madurez de sus formas. Invariablemente alegre y de rostro abierto, bromeaba de buen grado, con un matiz de comedimiento que sus nuevas ocupaciones no habían podido hacerle perder. Las palabrotas le seguían chocando un poco, y cuando un muchacho mal educado llamaba por su nombre al establecimiento que dirigía, se enfadaba, escandalizada. En fin, tenía un alma delicada, y aunque trataba a sus mujeres como amigas, repetía de buen grado que «no todas estaban cortadas por el mismo patrón».

A veces, entre semana, salía en un coche de punto con una fracción de su tropa; e iban a retozar sobre la hierba a orillas del riachuelo que corre en la hondonada de Valmont. Eran entonces como escapatorias de colegialas, con carreras locas, juegos infantiles, toda una alegría de reclusas embriagadas por el aire libre. Comían embutidos sobre el césped, bebían sidra, y regresaban al caer la noche con una fatiga deliciosa, un dulce enternecimiento; y en el coche besaban a *Madame* como a una bonísima madre, llena de mansedumbre y complacencia.

La casa tenía dos entradas. En la rinconada, una especie de café de mala nota se abría, por la noche, para la gente del pueblo y los marineros. Dos de las personas encargadas del especial comercio del lugar estaban destinadas en particular a las necesidades de esta parte de la clientela. Servían, con ayuda del camarero, llamado Frédéric, un rubito imberbe y fuerte como un toro, los cuartillos de vino y las cervezas sobre las mesas de mármol tambaleantes, y, con los brazos al cuello de los bebedores, sentadas de través sobre sus piernas, inducían a consumir.

Las otras tres damas (no eran sino cinco) constituían una especie de aristocracia, y estaban reservadas para la compañía del primero, a menos que se las necesitara abajo y que el primero estuviera vacío.

El salón de Júpiter, donde se reunían los burgueses del lugar, estaba tapizado de papel azul y adornado con un gran dibujo que representaba a Leda tendida bajo un cisne. Se llegaba a aquel sitio por una escalera de caracol que terminaba en una puerta estrecha, humilde en apariencia, que daba a la calle, y sobre la cual brillaba toda la noche, tras un enrejado, un farolillo como los que se encienden aún en ciertas ciudades a los pies de las vírgenes empotradas en los muros.

El edificio, húmedo y viejo, olía ligeramente a moho. A veces una ráfaga de agua de colonia pasaba por los corredores, o bien una puerta entreabierta abajo hacía estallar en toda la casa, como la explosión de un trueno, los gritos populacheros de los hombres sentados en la planta baja, provocando en los señores del primero una mueca inquieta y asqueada.

Madame, familiar con los clientes amigos, no abandonaba nunca el salón, y se interesaba por los rumores de la ciudad que le llegaban gracias a ellos. Su conversación seria contrastaba mucho con las charlas desordenadas de las tres mujeres; era como un descanso en el gracejo picarón de los barrigudos individuos que se entregaban cada noche al desenfreno honesto y mediocre de tomar una copa de licor en compañía de mujeres públicas.

Las tres damas del primero se llamaban Fernande, Raphaële y Rosa la Marraja.

Como el personal era reducido, habían tratado de que cada una de ellas fuese como una muestra, un compendio de un tipo femenino, con el fin de que cualquier consumidor pudiera encontrar allí, más o menos, la realización de su ideal.

Fernande representaba la «hermosa rubia», muy grande, casi obesa, fofa, una hija del campo cuyas pecas se negaban a desaparecer, y cuya cabellera de estopa, corta, clara y sin color, semejante a cáñamo peinado, le cubría insuficientemente el cráneo.

Raphaële, una marsellesa, furcia de puertos de mar, hacía el papel indispensable de la «bella judía», flaca, con pómulos salientes embadurnados de rojo. Su pelo negro, abrillantado con médula de buey, formaba caracoles sobre sus sienes. Sus ojos hubieran parecido bonitos de no estar el derecho marcado por una nube. Su nariz arqueada caía sobre una mandíbula acentuada, donde dos dientes nuevos, arriba, desentonaban al lado de los de abajo, que habían adquirido al envejecer un tinte oscuro como las maderas viejas.

Rosa la Marraja, una bolita de carne toda vientre, con piernas minúsculas, cantaba desde la mañana hasta la noche, con voz cascada, coplas alternativamente picarescas y sentimentales; contaba historias interminables e insignificantes, sólo dejaba de hablar para comer, y de comer para hablar; estaba siempre moviéndose, ágil como una ardilla, pese a sus grasas y a la exigüidad de sus piernas; y su risa, una cascada de gritos agudos, estallaba sin cesar, por aquí, por allá, en una habitación, en el desván, en el café, en todas partes, por cualquier motivo.

Las dos mujeres de la planta baja, Louise, apodada la Pájara, y Flora, llamada Balancín, porque cojeaba un poco, la una siempre de «Libertad», con un cinturón tricolor, la otra de española de fantasía, con cequíes de cobre que bailaban en su pelo zanahoria a cada uno de sus pasos desiguales, tenían pinta de cocineras vestidas para un carnaval. Semejantes a todas las mujeres del pueblo, ni más feas ni más guapas, auténticas criadas de mesón, se las designaba en el puerto con el mote de las dos Bombas.

Una paz celosa, aunque raramente turbada, reinaba entre estas cinco mujeres, gracias a la prudencia conciliadora de *Madame* y a su inagotable buen humor.

El establecimiento, único en la población, era frecuentado con asiduidad. *Madame* había sabido imprimirle un aire tan formal, se mostraba tan amable, tan atenta con todo el mundo, su buen corazón era tan conocido, que la rodeaba una especie de consideración. Los parroquianos se metían en gastos por ella, exultaban cuando ella les testimoniaba una amistad más marcada; y cuando se encontraban durante el día para sus asuntos, se decían: «Hasta esta noche, donde usted sabe», como quien dice: «En el café, ¿no?, después de cenar».

En fin, la casa Tellier era un recurso, y rara vez faltaba alguno a la cita cotidiana.

Ahora bien, una noche, a finales del mes de mayo, el primero en llegar, el señor Poulin, comerciante en maderas y ex alcalde, encontró la puerta cerrada. El farolillo, tras su enrejado, no brillaba; ni el menor ruido salía de la vivienda, que parecía muerta. Llamó, suavemente al principio, con más fuerza a continuación; nadie respondió. Entonces subió por la calle a pasitos cortos, y cuando llegó a la plaza del Mercado, se encontró con el señor Duvert, el armador, que se dirigía al mismo lugar. Regresaron juntos, sin mayor éxito. Pero un gran estruendo estalló de pronto muy cerca de ellos, y dando la vuelta a la casa distinguieron un grupo de marineros ingleses y franceses que descargaban puñetazos en los postigos cerrados del café.

Los dos burgueses escaparon al punto para no verse comprometidos; pero un ligero «chist» los detuvo: era el señor Tournevau, el de las salazones, que, habiéndoles reconocido, les chistaba. Le comunicaron la cosa, con lo cual se quedó muy afectado, puesto que él, casado, padre de familia y muy vigilado, no iba allí más que los sábados; «*securitatis causa*», decía, aludiendo a una medida de policía sanitaria cuyas periódicas repeticiones le había revelado el doctor Borde, amigo suyo. Era cabalmente su noche e iba así a encontrarse privado toda la semana.

Los tres hombres dieron un largo rodeo hasta el muelle; encontraron por el camino al joven Philippe, hijo del banquero, otro parroquiano, y al señor Pimpesse, el recaudador. Todos juntos regresaron entonces por la calle «de los Judíos» para hacer una última tentativa. Pero los exasperados marineros tenían sitiada la casa, tiraban piedras, chillaban, y los cinco clientes del primer piso, desandando su camino lo más pronto posible, empezaron a vagar por las calles.

Encontraron aún al señor Dupuis, el agente de seguros, después al señor Vasse, juez del tribunal de comercio; y se inició un largo paseo que los condujo primero a la escollera. Se sentaron en fila sobre el parapeto de granito y miraron cabrillear las ondas. La espuma, en la cresta de las olas, ponía en la sombra blancuras luminosas, apagadas casi al tiempo que surgidas, y el ruido monótono del mar rompiéndose contra las rocas se prolongaba en la noche a lo largo de todo el acantilado. Cuando los tristes paseantes hubieron permanecido allí algún tiempo, el señor Tourneveau declaró:

—Esto no es divertido.

—Claro que no —replicó el señor Pimpesse; y se marcharon a pasitos cortos.

Tras haber bordeado la calle que domina la costa, y que se llama Sous-le-bois, regresaron por el puente de planchas sobre el Embalse, pasaron cerca del ferrocarril y desembocaron de nuevo en la plaza del Mercado, donde se inició de repente una disputa entre el recaudador, Pimpesse, y el de las salazones, Tournevau, a propósito de una seta comestible que uno de ellos afirmaba haber encontrado en las cercanías.

Los ánimos estaban agriados por el aburrimiento, y quizá hubieran llegado a las manos de no interponerse los otros. El señor Pimpesse, furioso, se retiró; y al punto un nuevo altercado surgió entre el ex alcalde, Poulin, y el agente de seguros, Dupuis, sobre el sueldo del recaudador y los beneficios que éste podía procurarse. Llovían por ambas partes frases injuriosas, cuando se desencadenó una tempestad de gritos formidables, y la tropa de marineros, cansados de esperar en vano ante una casa cerrada, desembocó en la plaza. Iban del brazo, de dos en dos, formando una larga procesión, y vociferaban furiosamente. El grupo de burgueses se disimuló en un portal, y la horda rugiente desapareció en dirección a la abadía. Largo rato se oyó aún el clamor decreciente, cual huracán que se aleja; y el silencio se restableció.

Poulin y Dupuis, indignados el uno con el otro, se marcharon cada cual por su lado, sin saludarse.

Los otros cuatro reanudaron la marcha y bajaron instintivamente hacia el establecimiento Tellier. Seguía cerrado, mudo, impenetrable. Un borracho, tranquilo y obstinado, daba golpecitos en el escaparate del café, después se detenía para llamar a media voz al camarero, Frédéric. Viendo que no le respondían, decidió sentarse en el escalón de la puerta y esperar acontecimientos.

Los burgueses iban ya a retirarse cuando la banda tumultuosa de los hombres del puerto reapareció por el extremo de la calle. Los marineros franceses berreaban la *Marsellesa,* los ingleses, el *Rule Britannia*. Se produjo un alud general contra los muros, después la marea de bestias prosiguió su curso hacia el muelle, donde se entabló una batalla entre los marinos de las dos naciones. De la riña, un inglés salió con un brazo roto y un francés con la nariz partida.

El borracho, que se había quedado ante la puerta, lloraba ahora como lloran los curdas o los niños contrariados.

Los burgueses se dispersaron por fin.

Poco a poco volvió la calma a la ciudad perturbada. De trecho en trecho, todavía a veces, se alzaba un ruido de voces, después se extinguía en lontananza.

Sólo un hombre seguía vagando: el señor Tournevau, el salazonero, desolado por tener que esperar al sábado siguiente; confiaba en no sé qué azar, sin entender nada, exasperándose de que la policía dejara cerrar así un establecimiento de utilidad pública que vigila y tiene bajo su custodia.

Regresó allá, olfateando los muros, buscando la razón, y se dio cuenta de que en el sobradillo había un papel pegado. Encendió en seguida una cerilla y leyó estas palabras trazadas con una gran letra desigual: «Cerrado a causa de primera comunión».

Entonces se alejó, comprendiendo que se había acabado.

El borracho ahora dormía, tumbado cuan largo era, atravesado en la puerta inhospitalaria.

Y al día siguiente todos los parroquianos, uno tras otro, encontraron la manera de pasar por la calle con papeles bajo el brazo para despistar; y de una ojeada furtiva, cada cual leía el misterioso aviso: «Cerrado a causa de primera comunión».

2

Es que *Madame* tenía un hermano carpintero establecido en su pueblo natal, Virville, en el Eure. En la época en que *Madame* era aún posadera en Yvetot, había sacado de pila a la hija de ese hermano, a la que llamó Constance, Constance Rivet, pues ella era una Rivet por parte de padre. El carpintero, que sabía que su hermana estaba en buena posición, no la perdía de vista, aunque no se encontraran a menudo, retenidos ambos por sus ocupaciones y viviendo además lejos uno de otra. Pero como la chiquilla iba a cumplir doce años, y hacía ese año la primera comunión, aprovechó la oportunidad para un acercamiento, y escribió a su hermana que contaba con ella para la ceremonia. Como sus ancianos padres habían muerto, no podía negárselo a su ahijada; aceptó. Su hermano, que se llamaba Joseph, esperaba que a fuerza de atenciones llegaría tal vez a conseguir que hiciera testamento a favor de la cría, pues *Madame* no tenía hijos.

La profesión de su hermana no le inspiraba el menor escrúpulo, y, por otra parte, nadie en el pueblo sabía nada. Se decía solamente, al hablar de ella: «La señora Tellier es una burguesa de Fécamp», lo cual dejaba suponer que podía vivir de sus rentas. De Fécamp a Virville había por lo menos veinte leguas; y veinte leguas de tierra son más difíciles de salvar para los campesinos que el océano para un ser civilizado. La gente de Virville jamás había pasado de Ruán; nada atraía a la de Fécamp a un pueblecito de quinientos hogares, perdido en medio de las llanuras, y que formaba parte de otro departamento. En fin, no sabían nada.

Pero al acercarse la fecha de la comunión, *Madame* se encontró en un grave aprieto. No tenía encargada, y le inquietaba mucho dejar la casa, aunque fuera un día. Todas las rivalidades entre las damas de arriba y las de abajo estallarían infaliblemente; además, Frédéric se emborracharía sin duda, y cuando estaba achispado fastidiaba a la gente por un quítame allá esas pajas. Por fin se decidió a llevarse a todo su personal, salvo al camarero, a quien dio permiso hasta dos días después.

Consultado el hermano, no se opuso en lo más mínimo, y se encargó de alojar a la entera compañía por una noche. Así, pues, el sábado por la mañana el tren exprés de las ocho se llevaba a *Madame* y sus compañeras en un vagón de segunda clase.

Hasta Beuzeville estuvieron solas y charlaron como cotorras. Pero en aquella estación subió una pareja. El hombre, un viejo campesino vestido con una blusa azul, de cuello plisado, mangas anchas ajustadas en los puños y adornadas con un pequeño bordado blanco, tocado con un antiguo sombrero de copa alta, cuyo pelo rojizo parecía erizado, llevaba en una mano un inmenso paraguas verde, y en la otra una amplia cesta que dejaba asomar las cabezas asustadas de tres patos. La mujer, muy tiesa, con su rústico atavío, tenía una fisonomía de gallina, con una nariz puntiaguda como un pico. Se sentó frente a su hombre y allí se quedó sin moverse, sobrecogida al encontrarse entre tan elegante compañía.

Había, en efecto, en el vagón un deslumbramiento de colores brillantes. *Madame*, toda de azul, de seda azul de los pies a la cabeza, llevaba encima un chal de falsa cachemira francesa, rojo, cegador, fulgurante. Fernande resoplaba dentro de un traje escocés, cuyo corpiño, abrochado con todas sus fuerzas por sus compañeras, alzaba su desplomado pecho en una doble cúpula siempre agitada que parecía líquida bajo la tela.

Raphaële, con un tocado emplumado que simulaba un nido lleno de pájaros, llevaba un atuendo lila, con lentejuelas de oro, algo oriental que le sentaba bien a su fisonomía de judía. Rosa la Marraja, con falda rosa de anchos volantes, tenía pinta de niña demasiado gorda, de enana obesa; y las dos Bombas parecían haberse cortado sus extrañas vestimentas en viejas cortinas de ventana, esas viejas cortinas rameadas de la época de la Restauración.

En cuanto ya no estuvieron solas en el departamento las damas adoptaron un comportamiento serio, y se pusieron a hablar de cosas elevadas para causar buena impresión. Pero en Bolbec apareció un señor de rubias patillas, con sortijas y una cadena de oro, que colocó en la red, sobre su cabeza, varios paquetes envueltos en hule. Tenía un aspecto bromista y campechano. Saludó, sonrió y preguntó con desenvoltura:

—¿Las señoras cambian de guarnición?

Esta pregunta sembró en el grupo una confusión embarazada. *Madame* recobró por fin su aplomo y respondió secamente para vengar el honor del cuerpo:

—¡Podría usted ser más educado!

Él se disculpó:

—Perdón, quería decir de monasterio.

Madame, no hallando nada que replicar, o quizá considerando suficiente la rectificación, hizo un digno saludo apretando los labios.

Entonces el señor, que se encontraba sentado entre Rosa la Marraja y el viejo campesino, se puso a guiñarles el ojo a los tres patos, cuyas cabezas salían de la gran cesta; después, cuando notó que tenía cautivado a su público, empezó a hacerles cosquillas a los animales bajo el pico, lanzándoles frases graciosas para alegrar a la compañía:

—¡Hemos dejado nuestra char-charca!, ¡cua, cua, cua!, para conocer el asa-asador, ¡cua, cua, cua!

Los desdichados animales giraban el cuello, con el fin de evitar sus caricias; hacían espantosos esfuerzos por salir de su prisión de mimbre; después, de pronto, los tres juntos lanzaron un lamentable grito de angustia: «¡Cua, cua, cua, cua!». Hubo una explosión de risas entre las mujeres. Se inclinaban, se empujaban para ver; se interesaban locamente por los patos, y el señor redoblaba su gracia, su ingenio y sus arrumacos.

Rosa se metió y besó a los tres animales en la nariz, inclinándose sobre las piernas de su vecino. En seguida cada mujer quiso besarlos a su vez; y el señor sentaba a las damas en sus rodillas, las hacía saltar, las pellizcaba; de repente empezó a tutearlas.

Los dos campesinos, más espantados aún que sus patos, revolvían los ojos como endemoniados, sin atreverse a hacer un movimiento, y sus viejos rostros arrugados no tenían una sonrisa ni un estremecimiento.

Entonces el señor, que era viajante, ofreció en broma tirantes a las damas, y, apoderándose de uno de sus paquetes, lo abrió. Era una argucia, el paquete contenía ligas.

Las había de seda azul, de seda rosa, de seda roja, de seda violeta, de seda malva, de seda amapola, con hebillas de metal formadas por dos amorcillos enlazados y dorados. Las chicas lanzaron gritos de gozo, después examinaron las muestras, ganadas por la seriedad natural de toda mujer que manosea un artículo de tocador. Se consultaban con la mirada o con una palabra cuchicheada, se respondían igual, y *Madame* manejaba con ansia un par de ligas naranja, más anchas, más imponentes que las otras: verdaderas ligas de ama.

El señor esperaba, acariciando una idea:

—Vamos, gatitas, dijo, hay que probarlas.

Hubo una tempestad de exclamaciones; y se apretaban las faldas entre las piernas, como si hubieran temido que las violentaran. Él, tranquilo, esperaba su hora. Declaró:

—Pues si ustedes no quieren, vuelvo a embalarlas. —Después, muy finamente—: Regalaría un par, a elegir, a las que se las probaran.

Pero ellas no querían, muy dignas, con el busto erguido. Las dos Bombas, sin embargo, parecían tan desdichadas, que él renovó su proposición. Flora Balancín, sobre todo, atormentada por el deseo, vacilaba visiblemente. Él la apremió:

—Vamos, chica, un poco de valor; mira, el par lila iría bien con tu vestido.

Entonces ella se decidió, y levantándose las faldas enseñó una recia pierna de vaquera, mal calzada, con una media ordinaria. El señor, bajándose, abrochó la liga primero bajo la rodilla, después por encima; y cosquilleaba suavemente a la chica para hacerle lanzar gritidos con bruscos estremecimientos. Cuando hubo acabado le dio el par lila y preguntó:

—¿A quién le toca?

Todas juntas gritaron:

—¡A mí! ¡A mí!

Empezó por Rosa la Marraja, que descubrió una cosa informe, completamente redonda, sin tobillo, una verdadera «morcilla de pierna», como decía Raphaële. Fernande fue felicitada por el viajante, a quien entusiasmaron sus poderosas columnas. Las flacas tibias de la bella judía tuvieron menos éxito. Louise la Pájara, de broma, tapó la cabeza del caballero con su falda; y *Madame* se vio obligada a intervenir para acabar con aquella farsa inconveniente. Por fin, la propia *Madame* extendió su pierna, una hermosa pierna normanda, gruesa y musculosa; y el viajero, sorprendido y encantado, se quitó galantemente el sombrero para saludar aquella señora pantorrilla, como un verdadero caballero francés.

Los dos campesinos, inmovilizados por el asombro, miraban de lado, con un solo ojo; y se parecían tan por entero a unos pollos que el hombre de las patillas rubias, al levantarse, les soltó en la nariz un «qui-qui-ri-quí», lo cual desencadenó de nuevo un huracán de gozo.

Los viejos bajaron en Motteville, con su cesta, sus patos y su paraguas; y se oyó a la mujer decirle a su hombre al alejarse:

—Son perdidas que van a ese condenado París.

El gracioso viajante portafardos bajó por su parte en Ruán, tras haberse mostrado tan grosero, que *Madame* se vio obligada a ponerlo agriamente en su lugar. Ella añadió, como moraleja:

—Eso nos enseñará a no charlar con el primero que aparezca.

En Oissel cambiaron de tren, y encontraron en la siguiente estación a Joseph Rivet, que las esperaba con una gran carreta llena de sillas y tirada por un caballo blanco.

El carpintero besó educadamente a todas las señoras y las ayudó a montar al carro. Tres se sentaron en tres sillas, al fondo; Raphaële, *Madame* y su hermano, en las tres sillas de delante, y Rosa, al no disponer de asiento, se acomodó lo mejor que pudo en las rodillas de la gran Fernande; después el carruaje se puso en marcha. Pero en seguida el trote irregular del jaco sacudió tan terriblemente el coche, que las sillas empezaron a bailar, lanzando a las viajeras por los aires, a la derecha, a la izquierda, con movimientos de peleles, muecas asustadas, gritos de espanto, cortados de repente por una sacudida más fuerte. Se aferraban a los costados del vehículo; los sombreros se les caían a la espalda, sobre la nariz o hacia el hombro; y el caballo blanco seguía andando, alargando la cabeza y con la cola tiesa, una pequeña cola de rata sin pelos con la que se golpeaba las ancas de vez en cuando. Joseph Rivet, con un pie estirado sobre el varal, la otra pierna replegada debajo, los codos muy levantados, sujetaba las riendas, y de su garganta escapaba a cada instante una especie de cloqueo que, haciendo enderezar las orejas al jaco, aceleraba su marcha.

A ambos lados de la carretera se desplegaba la verde campiña. Las colzas en flor dibujaban de trecho en trecho un gran lienzo amarillo ondulante de donde se alzaba un sano y poderoso olor, un olor penetrante y dulce, llevado muy lejos por el viento. Entre el centeno ya crecido los acianos mostraban sus cabecitas azuladas que las mujeres querían coger, pero el señor Rivet se negó a pararse. A veces, además, todo un campo parecía regado con sangre, tan invadido estaba de amapolas. Y entre aquellas llanuras así coloreadas por las flores de la tierra, la carreta, que parecía llevar también un ramillete de flores de los más encendidos tonos, pasaba al trote del caballo blanco, desaparecía tras los grandes árboles de una granja, para reaparecer al final del follaje y pasear de nuevo a través de las cosechas amarillas y verdes, salpicadas de rojo o azul, su deslumbrante carretada de mujeres que huía bajo el sol.

Daba la una cuando llegaron ante la puerta del carpintero.

Estaban rotas de fatiga y pálidas de hambre, pues no habían tomado nada desde la salida. La señora Rivet se precipitó, las ayudó a bajar una tras otra, besándolas en cuanto ponían el pie en tierra; y no se cansaba de besuquear a su cuñada, a quien deseaba acaparar. Comieron en el taller, desembarazado ya de los bancos para la comida del día siguiente.

Una buena tortilla a la que siguió una morcilla asada, rociada con buena sidra picante, devolvió la alegría a todo el mundo. Rivet, para brindar, había cogido un vaso, y su mujer servía, cocinaba, traía las fuentes, se las llevaba, murmurando al oído de cada una: «¿Tiene usted bastante?». Pilas de tablas pegadas a las paredes y montones de virutas barridas en los rincones difundían un perfume de madera cepillada, un olor de carpintería, ese hálito resinoso que penetra hasta el fondo de los pulmones.

Reclamaron a la cría, pero estaba en la iglesia y no volvería hasta la noche.

El grupo salió entonces a dar una vuelta por el pueblo.

Era un pueblecito atravesado por una carretera principal. Una decena de casas alineadas a lo largo de esta única calle albergaba los comercios del lugar: la carnicería, la tienda de ultramarinos, la carpintería, la taberna, la zapatería y la panadería. La iglesia, al final de esta especie de calle, estaba rodeada por un estrecho cementerio; y cuatro tilos descomunales, plantados ante el pórtico, la sombreaban por entero. Estaba construida con sílex labrado, sin el menor estilo, y rematada por un campanario de pizarra. Detrás de ella recomenzaba el campo, cortado aquí y allá por grupos de árboles que ocultaban las granjas.

Rivet, ceremonioso, aunque llevaba su ropa de trabajo, daba el brazo a su hermana, a quien paseaba con solemnidad. Su mujer, muy emocionada con el traje de hilillos dorados de Raphaële, se había situado entre ésta y Fernande. La rechoncha Rosa trotaba detrás con Louise la Pájara y Flora Balancín, que cojeaba, extenuada.

Los vecinos salían a las puertas, los niños interrumpían sus juegos, una cortina alzada dejaba entrever una cabeza tocada con un gorro de indiana; una vieja con muletas y casi ciega se santiguó como al paso de una procesión; y cada cual seguía un buen rato con la mirada a todas las hermosas damas de la ciudad que habían llegado de tan lejos para la primera comunión de la cría de Joseph Rivet. Una inmensa consideración recaía de rebote sobre el carpintero.

Al pasar por delante de la iglesia, oyeron cantos infantiles: un cántico gritado hacia el cielo por vocecitas agudas; pero *Madame* les impidió entrar, para no perturbar a aquellos querubines.

Tras una vuelta por el campo y la enumeración de las principales fincas, del rendimiento de la tierra y de la producción del ganado, Joseph Rivet hizo volver a su rebaño de mujeres y lo instaló en su vivienda.

Como había muy poco sitio, las habían distribuido en las habitaciones de dos en dos.

Rivet, por esta vez, dormiría en el taller, sobre las virutas; su mujer compartiría su cama con su cuñada y, en el cuarto contiguo, Fernande y Raphaële descansarían juntas. Louise y Flora estaban instaladas en la cocina en un colchón tirado en el suelo; y Rosa ocupaba sola un cuartucho interior encima de la escalera, junto a la entrada de un estrecho camaranchón donde dormiría, esa noche, la comulgante.

Cuando la chiquilla volvió, cayó sobre ella una lluvia de besos; todas las mujeres querían acariciarla, con esa necesidad de expansión tierna, ese hábito profesional de zalamerías que, en el vagón, las había hecho a todas besar a los patos. Cada una la sentó en sus rodillas, manoseó su fino pelo rubio, la estrechó entre sus brazos con impulsos de cariño vehemente y espontáneo. La niña, muy buenecita, impregnada de piedad, como encerrada en sí por la absolución, se dejaba, paciente y recogida.

Como el día había sido penoso para todos, se acostaron inmediatamente después de cenar. Ese silencio ilimitado de los campos que parece casi religioso envolvía el pueblecito, un silencio tranquilo, penetrante, y que llegaba hasta los astros. Las chicas, acostumbradas a las veladas tumultuosas de la casa pública, se sentían emocionadas por el mudo reposo de la campiña dormida. Por su piel corrían estremecimientos, no de frío, sino estremecimientos de soledad procedentes de un corazón inquieto y turbado.

En cuanto estuvieron en la cama, de dos en dos, se abrazaron como para defenderse de aquella invasión del tranquilo y hondo sueño de la tierra. Pero Rosa la Marraja, sola en su cuartito interior, y poco habituada a dormir sin nadie entre los brazos, se sintió asaltada por una emoción vaga y penosa. Daba vueltas en su yacija, sin poder alcanzar el sueño, cuando oyó, tras el tabique de madera pegado a su cabeza, débiles sollozos como los de un niño que llora. Asustada, llamó débilmente, y una vocecita entrecortada le respondió. Era la cría que, acostumbrada a dormir en la habitación de su madre, tenía miedo en su estrecho camaranchón.

Rosa, encantada, se levantó, y despacito, para no despertar a nadie, fue a buscar a la niña. Se la llevó a su cama calentita, la estrechó contra su pecho abrazándola, la mimó, la rodeó con su ternura de exageradas manifestaciones, y después, calmada también ella, se durmió. Y hasta que se hizo de día la comulgante descansó su frente sobre el seno desnudo de la prostituta.

Ya a las cinco, con el *Angelus,* la campanita de la iglesia repicando al vuelo despertó a aquellas señoras que solían dormir toda la mañana, único descanso de sus fatigas nocturnas. Los campesinos de la aldea ya estaban de pie. Las mujeres del pueblo iban ajetreadas de puerta en puerta, charlaban vivamente, llevando con precaución cortos trajes de muselina almidonados como cartón, o cirios descomunales, con un lazo de seda galoneado de oro en el centro, y muescas en la cera para indicar el sitio de la mano. El sol ya alto brillaba en un cielo muy azul que conservaba hacia el horizonte un tono un poco rosado, como un débil rastro de la aurora. Familias de gallinas se paseaban delante de las casas; y, de trecho en trecho, un gallo negro de cuello lustroso alzaba su cabeza rematada de púrpura, batía las alas, y lanzaba al viento su canto de cobre que repetían los otros gallos.

Llegaban carretas de los municipios vecinos, descargando en el umbral de las puertas altas normandas de trajes oscuros, con una pañoleta cruzada sobre el pecho y sujeta por una joya de plata secular. Los hombres se habían puesto la blusa azul sobre la levita nueva o sobre el viejo traje de paño verde cuyos dos faldones asomaban por debajo.

Cuando los caballos estuvieron en las cuadras hubo así a lo largo de toda la carretera una doble fila de carricoches rústicos, carretas, cabriolés, tílburis, charabanes, coches de todas las formas y de todas las edades, tumbados de nariz o bien con el culo a tierra y los varales al cielo.

La casa del carpintero estaba llena de una actividad de colmena. Las señoras, con chambras y enaguas, con el pelo suelto a la espalda, un pelo endeble y corto que se hubiera dicho deslucido y raído por el uso, se ocupaban de vestir a la niña.

La pequeña, de pie sobre una mesa, no se movía, mientras la señora Tellier dirigía los movimientos de su batallón volante. La lavaron someramente, la peinaron, le pusieron la toca, la vistieron y, con ayuda de multitud de alfileres, dispusieron los pliegues del traje, ajustaron la cintura demasiado ancha, organizaron la elegancia del atuendo. Luego, cuando hubieron terminado, mandaron sentarse a la paciente recomendándole que no se moviese: y la agitada tropa de mujeres corrió a ataviarse a su vez.

La pequeña iglesia recomenzaba a tocar. Su frágil tañido de campana pobre ascendía hasta perderse en el cielo, como una voz demasiado feble, pronto ahogada en la inmensidad azul.

Las comulgantes salían por las puertas, iban hacia el edificio municipal que contenía las dos escuelas y el ayuntamiento, situado en una punta del pueblo, mientras que la «casa de Dios» ocupaba la otra punta.

Los padres, vestidos de gala, con una fisonomía torpe y esos movimientos inhábiles de los cuerpos siempre encorvados sobre el trabajo, seguían a sus retoños. Las chiquillas desaparecían entre una nube de tul nevoso parecido a nata batida, mientras que los hombrecitos, similares a camareros en embrión, con la cabeza encolada con fijador, caminaban con las piernas muy abiertas, para no manchar los pantalones negros.

Era un honor para una familia cuando gran número de parientes, llegados de lejos, rodeaban al niño; y así el triunfo del carpintero fue total. El regimiento Tellier, con el ama a la cabeza, seguía a Constance; el padre daba el brazo a su hermana, la madre marchaba al lado de Raphaële, Fernande con Rosa, las dos Bombas juntas, y la tropa se desplegaba majestuosamente como un estado mayor con uniforme de gala.

El efecto en el pueblo fue fulminante.

En la escuela, las niñas se alinearon bajo la toca de la monja, los niños bajo el sombrero del maestro, un guapo mozo muy envarado; y se pusieron en marcha iniciando un cántico.

Los varoncitos que iban a la cabeza alargaban sus dos filas entre las dos hileras de coches desenganchados, las niñas los seguían en el mismo orden; y como todos los vecinos habían cedido el paso, por consideración, a las damas de la ciudad, éstas iban inmediatamente detrás de las crías, prolongando aún la doble línea de la procesión, tres a la derecha y tres a la izquierda, con sus atuendos brillantes como un castillo de fuegos artificiales.

Su entrada en la iglesia enloqueció a la población. Se empujaban, se volvían, se agolpaban para verlas. Y las devotas hablaban casi en voz alta, estupefactas ante el espectáculo de aquellas señoras más recargadas que las casullas de los chantres. El alcalde les ofreció su banco, el primer banco a la derecha junto al coro, y la señora Tellier ocupó un puesto en él con su cuñada, Fernande y Raphaële. Rosa la Marraja y las dos Bombas se colocaron en el segundo banco en compañía del carpintero.

El coro de la iglesia estaba lleno de niños de rodillas, las chicas a un lado, los chicos al otro, y los largos cirios que llevaban en las manos parecían lanzas inclinadas en todos los sentidos.

Ante el facistol, tres hombres de pie cantaban con voz plena. Prolongaban indefinidamente las sílabas del sonoro latín, eternizando los *Amén* con *a-a* indefinidas que el serpentón sostenía con su nota monótona lanzada sin fin, mugida por el instrumento de cobre de ancha boca. La voz aguda de un niño daba la réplica y, de vez en cuando, un sacerdote sentado en una silla de coro y tocado con un bonete cuadrado se levantaba, farfullaba algo y se sentaba de nuevo, mientras los tres cantores volvían a empezar, los ojos clavados en el grueso libro de canto llano abierto ante ellos y sostenido por las alas desplegadas de un águila de madera montada sobre un eje.

Después se produjo un silencio. Toda la concurrencia, con un movimiento unánime, se puso de rodillas, y apareció el oficiante, viejo, venerable, de pelo blanco, inclinado sobre el cáliz que llevaba en la mano izquierda. Ante él marchaban los dos acólitos vestidos de rojo, y, detrás, apareció una muchedumbre de cantores de gruesos zapatos que se alinearon a los dos lados del coro.

Una campanilla tintineó en medio del gran silencio. Comenzaba el oficio divino. El sacerdote circulaba lentamente ante el tabernáculo de oro, hacía genuflexiones, salmodiaba con su voz cascada, temblona por la vejez, las oraciones preparatorias. En cuanto enmudecía, los cantores y el serpentón estallaban a la vez, y los hombres también cantaban en la iglesia, con voz menos fuerte, más humilde, como deben cantar los asistentes.

De pronto el *Kyrie Eleison* brotó hacia el cielo, lanzado por todos los pechos y todos los corazones. Granos de polvo y fragmentos de madera carcomida cayeron incluso de la antigua bóveda, sacudida por esta explosión de gritos. El sol que hería la pizarra del tejado convertía en un horno la pequeña iglesia; y una gran emoción, una ansiosa espera, la proximidad del inefable misterio, oprimían el corazón de los niños, ponían un nudo en la garganta de sus madres.

El sacerdote, que se había sentado un rato, volvió a subir hacia el altar y, destocado, cubierto con sus cabellos de plata, con gestos trémulos, se acercaba al acto sobrenatural.

Se volvió hacia los fieles y, con las manos extendidas hacia ellos, pronunció:

—*Orate, fratres,* «orad, hermanos».

Oraban todos. El anciano cura balbucía ahora muy bajo las palabras misteriosas y supremas; la campanilla tañía una y otra vez; la muchedumbre prosternada llamaba a Dios; los niños desfallecían con inmensa ansiedad.

Entonces fue cuando Rosa, con la frente entre las manos, se acordó de repente de su madre, de la iglesia de su pueblo, de su primera comunión. Se creyó de vuelta a aquella cita, cuando era tan pequeña, ahogada en su traje blanco, y se echó a llorar. Lloró suavemente al principio: lágrimas lentas salían de sus párpados, pero después, con los recuerdos, su emoción creció y, con el cuello hinchado, el pecho palpitante, sollozó. Había sacado el pañuelo, se enjugaba los ojos, se tapaba la nariz y la boca para no gritar: fue en vano; una especie de estertor salió de su garganta, y otros dos suspiros profundos, desgarradores, le respondieron, pues sus dos vecinas, inclinadas junto a ella, Louise y Flora, oprimidas por las mismas remembranzas lejanas, gemían también entre torrentes de lágrimas.

Pero como las lágrimas son contagiosas, *Madame*, a su vez, sintió pronto húmedos los párpados y, volviéndose hacia su cuñada, vio que todo su banco lloraba también.

El sacerdote engendraba el cuerpo de Dios. Los niños no tenían ya ideas, arrojados sobre las losas por una especie de temor devoto, y, en la iglesia, de trecho en trecho, una mujer, una madre, una hermana, presa de la extraña simpatía de las emociones punzantes, trastornada también por aquellas hermosas damas de rodillas a quienes sacudían estremecimientos e hipos, humedecía su pañuelo de indiana de cuadros y, con la mano izquierda, se apretaba violentamente el corazón saltarín.

Como la pavesa que prende fuego a un campo maduro, las lágrimas de Rosa y sus compañeras alcanzaron en un instante a toda la muchedumbre. Hombres, mujeres, ancianos, jóvenes mozos con blusa nueva, pronto todos sollozaron, y sobre sus cabezas parecía ceñirse algo sobrehumano, un alma esparcida, el prodigioso hálito de un ser invisible y todopoderoso.

Entonces, en el coro de la iglesia, resonó un golpecito seco: la monja, golpeando su libro, daba la señal para la comunión; y los niños, tiritando con una fiebre divina, se aproximaron a la santa mesa.

Toda una fila se arrodillaba. El anciano cura, teniendo en la mano el copón de plata dorada, pasaba ante ellos, ofreciéndoles, entre dos dedos, la hostia consagrada, el cuerpo de Cristo, la redención del mundo. Ellos abrían la boca con espasmos, muecas nerviosas, los ojos cerrados, la cara muy pálida; y el largo lienzo extendido bajo sus barbillas temblaba como agua que corre.

De pronto se propagó por la iglesia una especie de locura, un rumor de muchedumbre delirante, una tempestad de sollozos con gritos ahogados. Pasó como esas ráfagas de viento que inclinan los bosques; y el sacerdote permanecía en pie, inmóvil, una hostia en la mano, paralizado por la emoción, diciéndose: «Es Dios, es Dios que está entre nosotros, que manifiesta su presencia, que desciende obediente a mi voz sobre su pueblo arrodillado». Y balbucía plegarias turbadas, sin encontrar las palabras, plegarias del alma, en un furioso impulso hacia el cielo.

Acabó de dar la comunión con tal sobreexcitación de fe que sus piernas desfallecían, y cuando él mismo hubo bebido la sangre de su Señor, se abismó en una loca acción de gracias.

A sus espaldas el pueblo se calmaba poco a poco. Los cantores, realzada su dignidad por la blanca sobrepelliz, reanudaban sus cantos con una voz menos segura, aún húmeda; y el propio serpentón parecía ronco como si el instrumento hubiese llorado también.

Entonces, el sacerdote, alzando las manos, hizo un gesto de que callasen, y pasando entre las dos hileras de comulgantes se acercó hasta la verja del coro.

La asamblea se había sentado entre un ruido de sillas, y ahora todos se sonaban con fuerza. En cuanto vieron al cura se hizo el silencio, y él empezó a hablar en tono muy bajo, vacilante, velado:

–Queridos hermanos, queridas hermanas, hijos míos, os doy las gracias desde lo más hondo de mi corazón: acabáis de procurarme la mayor alegría de mi vida. He sentido a Dios que descendía sobre nosotros llamado por mí. Ha venido, estaba aquí, presente, llenando vuestras almas, haciendo desbordar vuestros ojos. Soy el sacerdote más viejo de la diócesis, y soy también, hoy, el más feliz. Un milagro se ha producido entre nosotros, un auténtico, grande, sublime milagro. Mientras Jesucristo entraba por primera vez en el cuerpo de estos chiquillos, el Espíritu Santo, el ave celestial, el hálito divino, se ha abatido sobre vosotros, se ha apoderado de vosotros, ha hecho presa en vosotros, curvados como cañas bajo la brisa.

Después, con voz más clara, volviéndose hacia los dos bancos donde se encontraban las invitadas del carpintero:

–Gracias sobre todo a vosotras, queridísimas hermanas, que habéis venido de tan lejos, y cuya presencia entre nosotros, cuya visible fe, cuya viva piedad han sido para todos un saludable ejemplo. Sois la edificación de mi parroquia; vuestra emoción ha caldeado los corazones; sin vosotras, acaso, este gran día no habría tenido este carácter realmente divino. Basta a veces una sola oveja escogida para decidir al Señor a descender sobre el rebaño.

La voz le fallaba. Agregó:

—Ésa es la gracia que os deseo. Así sea.

Y volvió a subir hacia el altar para terminar el oficio.

Ahora todos tenían prisa por marcharse. Los propios niños se agitaban, cansados de tan prolongada tensión del ánimo. Tenían hambre, además, y los padres se iban poco a poco, sin esperar al último evangelio, para terminar los preparativos de la comida.

Hubo un barullo a la salida, un barullo ruidoso, un guirigay de voces chillonas en las que cantaba el acento normando. La población formaba dos hileras, y cuando aparecieron los niños, cada familia se precipitó sobre el suyo.

Constance se encontró agarrada, rodeada, besada por todas las mujeres de la casa. Rosa, sobre todo, no se cansaba de abrazarla. Por fin la cogió de una mano, la señora Tellier se apoderó de la otra; Raphaële y Fernande levantaron su larga falda de muselina para que no arrastrase por el polvo; Louise y Flora cerraban la marcha con la señora Rivet; y la niña, recogida, totalmente empapada del Dios que llevaba en sí, se puso en camino entre esta escolta de honor.

El festín estaba servido en el taller sobre largos tablones apoyados en caballetes.

La puerta abierta, que daba a la calle, dejaba entrar toda la alegría del pueblo. Se banqueteaba en todas partes. Por cada ventana se divisaban mesas de gente endomingada, y salían gritos de las casas que estaban de juerga. Los campesinos, en mangas de camisa, bebían vasos llenos de sidra pura, y en medio de cada grupo se veían dos niños, aquí dos niñas, allá dos muchachos, comiendo en casa de una de las dos familias.

A veces, bajo el pesado calor del mediodía, un charabán cruzaba el pueblo al trote saltarín de un viejo jaco, y el hombre con blusa que conducía lanzaba una mirada de envidia a todo aquel despliegue de comilonas.

En casa del carpintero, la alegría conservaba cierto aire de reserva, un resto de la emoción de la mañana. Sólo Rivet estaba en forma y bebía sin medida. La señora Tellier miraba la hora a cada momento, pues para no haraganear dos días seguidos tenían que coger el tren de las tres y cincuenta y cinco, que las dejaría en Fécamp al atardecer.

El carpintero hacía toda clase de esfuerzos para desviar su atención y retener a su gente hasta el día siguiente; pero *Madame* no se dejaba distraer; y nunca bromeaba cuando se trataba de negocios.

En cuanto tomaron café, ordenó a sus pupilas que se preparasen a toda prisa; después, volviéndose hacia su hermano: «Y tú, a enganchar ahora mismo»; y ella misma fue a ultimar sus preparativos.

Cuando volvió a bajar, su cuñada la esperaba para hablarle de la cría; y tuvo lugar una larga conversación en la cual no se decidió nada. La campesina trapaceaba, falsamente enternecida, y la señora Tellier, que tenía a la niña en sus rodillas, no se comprometía a nada, hacía vagas promesas, se ocuparían de ella, tenían tiempo, ya se verían otra vez.

Mientras tanto el coche no llegaba, y las mujeres no bajaban. Incluso se oían arriba grandes carcajadas, empujones, gritos, aplausos. Entonces, mientras la mujer del carpintero se dirigía a la cuadra para ver si el carruaje estaba preparado, *Madame*, por fin, subió.

Rivet, muy curda y semidesvestido, intentaba, aunque en vano, violentar a Rosa que se moría de risa. Las dos

Bombas lo agarraban de los brazos, y trataban de calmarlo, chocadas por esta escena después de la ceremonia de la mañana; pero Raphaëlle y Fernande lo excitaban, retorciéndose de gozo, sujetándose los costados; y lanzaban gritos agudos a cada uno de los esfuerzos inútiles del borracho. El hombre, furioso, con la cara roja, todo despechugado, sacudiéndose con violentos esfuerzos las dos mujeres aferradas a él, tiraba con todas sus fuerzas de la falda de Rosa farfullando: «Guarra, ¿no quieres?». Pero *Madame,* indignada, se abalanzó sobre su hermano, lo cogió de los hombros y lo desprendió tan violentamente que fue a darse contra la pared.

Un minuto después se le oía en el corral, bombeándose agua sobre la cabeza; y cuando reapareció en la carreta, ya estaba totalmente apaciguado.

Se pusieron en camino como la víspera, y el caballito blanco echó a andar con su paso vivo y danzarín.

Bajo el sol ardiente, la alegría adormecida durante la comida se liberaba. Las chicas se divertían ahora con los tumbos del carricoche, empujaban incluso las sillas de sus vecinas, estallaban en risas a cada instante, regocijadas ahora por las vanas tentativas de Rivet.

Una luz loca llenaba los campos, una luz reverberante a la vista; y las ruedas levantaban dos surcos de polvo que remolineaban un buen rato detrás del coche sobre la carretera.

De repente Fernande, a quien le gustaba la música, suplicó a Rosa que cantase; y ésta inició con alegre viveza el *Gordo Cura de Meudon.* Pero *Madame* la mandó callar al punto, opinando que la canción era poco decente para aquel día. Agregó: «Cántanos más bien algo de Béranger». Entonces Rosa, tras haber vacilado unos segundos, se decidió, y con voz gastada comenzó la *Abuela:*

Ma grand-mère, un soir à sa fête,
De vin pur ayant du deux doigts,
Nous disait, en branlant la tête:
Que d'amoureux j'eus autrefois!

Combien je regrette
Mon bras si dodu,
Ma jambe bien faite,
Et le temps perdu!

Y el coro de chicas, dirigido por la propia *Madame*, repitió:

Combien je regrette
Mon bras si dodu,
Ma jambe bien faite,
Et le temps perdu!

—Eso, ¡bien dicho! —declaró Rivet, encendido por la cadencia; y Rosa continuó al punto:

Quoi, maman, vous n'étiez pas sage?
—Non, vraiment!, et de mes appas,
Seule, à quinze ans, j'appris l'usage,
Car, la nuit, je ne dormais pas*.

Todos juntos aullaron el estribillo; y Rivet golpeaba con el pie su varal, llevaba el compás con las riendas so-

---

* «Mi abuela, un día de su santo, / tras beber dos dedos de vino puro, / nos decía, meneando la cabeza: / ¡cuántos enamorados tuve en tiempos! / ¡Cómo echo de menos / mis brazos rollizos, / mi pierna torneada / y el tiempo perdido! / ¿Cómo, mamá, no era usted formal? / —No, realmente, y a los quince años / aprendí yo sola a usar mis encantos / porque, de noche, no dormía.»

bre el lomo del jaco blanco, que, como si también él se viera arrastrado por la vivacidad del ritmo, emprendió el galope, un galope tempestuoso, precipitando a las señoras, amontonadas unas sobre otras, al fondo del coche.

Se levantaron riendo como locas. Y la canción continuó, berreada a grito pelado a través de la campiña, bajo el cielo ardiente, entre las cosechas que maduraban, al paso furioso del caballito que aceleraba ahora a cada repetición del estribillo, y se lanzaba cada vez cien metros al galope, para gran alegría de los viajeros.

De trecho en trecho, algún picapedrero se enderezaba, y miraba a través de su careta de alambre aquella carreta furiosa y aulladora que desaparecía entre la polvareda.

Cuando se apearon delante de la estación, el carpintero se enterneció:

—Lástima que os vayáis, lo habríamos pasado bien.

Madame le respondió sensatamente:

—Cada cosa a su tiempo, no puede uno divertirse siempre.

Entonces, una idea iluminó la mente de Rivet:

—Oye —dijo—, iré a veros a Fécamp el mes que viene.

Y miró a Rosa con aire astuto, con ojos brillantes y pícaros.

—Entonces —concluyó *Madame*—, hay que portarse bien; ven si quieres, pero no hagas tonterías.

Él no respondió, y como se oía pitar el tren, se puso inmediatamente a besar a todas. Cuando le llegó el turno a Rosa, se empeñó en buscar su boca, que ella, riendo con los labios cerrados, le hurtaba cada vez con un rápido movimiento de lado. La tenía en sus brazos, pero no podía lograrlo, estorbado por el gran látigo que seguía entre sus manos y que, en sus esfuerzos, agitaba desesperadamente tras la espalda de la chica.

—¡Los viajeros para Ruán, al tren! —gritó el empleado. Subieron.

Un breve silbido sonó, repetido en seguida por el silbato poderoso de la máquina, que escupió ruidosamente su primer chorro de vapor mientras las ruedas empezaban a girar un poco con visible esfuerzo.

Rivet, al abandonar el interior de la estación, corrió a la barrera para ver una vez más a Rosa; y cuando el vagón lleno de aquella mercancía humana pasó ante él, se puso a restallar el látigo saltando y cantando con todas sus fuerzas:

> *Combien je regrette*
> *Mon bras si dodu,*
> *Ma jambe bien faite,*
> *Et le temps perdu!*

Después miró alejarse un pañuelo blanco que alguien agitaba.

3

Durmieron hasta la llegada, con el sueño apacible de las conciencias satisfechas; y cuando regresaron al hogar, remozadas, descansadas para la tarea de cada noche, *Madame* no pudo evitar decir: «Es igual, ya me estaba aburriendo en aquella casa».

Cenaron deprisa, y después, cuando se hubieron puesto los trajes de combate, esperaron a los clientes habituales; y el farolillo encendido, el farolillo de virgen, indicaba a los transeúntes que el rebaño había vuelto al aprisco.

En un abrir y cerrar de ojos se difundió la noticia, no se sabe cómo, no se sabe a través de quién. Philippe, el hijo del banquero, llevó incluso su amabilidad hasta avisar por un recadero al señor Tournevau, encarcelado en su familia.

El salazonero tenía justamente cada domingo varios primos a cenar, y tomaban café cuando se presentó un hombre con una carta en la mano. El señor Tournevau, muy emocionado, rompió el sobre y palideció: sólo había estas palabras trazadas a lápiz: «Cargamento de bacalao hallado; navío entrado en puerto; buen negocio para usted. Venga pronto».

Rebuscó en sus bolsillos, le dio veinte céntimos al portador y, ruborizándose de repente hasta las orejas, dijo:

—Es necesario que salga.

Y tendió a su mujer el billete lacónico y misterioso. Tocó el timbre, y, cuando apareció la criada:

—Rápido, mi abrigo, rápido, y mi sombrero.

En cuanto estuvo en la calle echó a correr silbando una canción, y el camino le pareció dos veces más largo, tan viva era su impaciencia.

El establecimiento Tellier tenía un aire festivo. En la planta baja las voces escandalosas de los hombres del puerto producían un estrépito ensordecedor. Louise y Flora no sabían a quién atender, bebían con uno, bebían con otro, se merecían más que nunca su mote de las «dos Bombas». Las llamaban a la vez de todas partes; ya no podían dar abasto a la tarea. Y la noche se les anunciaba laboriosa.

El cenáculo del primero estuvo completo a las nueve. El señor Vasse, el juez del tribunal de comercio, el pretendiente reconocido aunque platónico de *Madame*, charlaba en voz baja con ella, en un rincón; y sonreían ambos como si estuvieran a punto de llegar a un entendimiento. El señor Poulin, el ex alcalde, tenía a Rosa a caballo sobre sus piernas; y ella, con la nariz pegada a la de él, paseaba sus manos cortas por las blancas patillas del hombrecillo. Un trozo de muslo desnudo aparecía bajo la falda de seda amarilla levantada, cortando el paño negro del pantalón, y las medias rojas estaban sujetas por unas ligas azules, regalo del viajante.

La voluminosa Fernande, tumbada en el sofá, tenía los dos pies sobre el vientre del señor Pimpesse, el recaudador, y el torso sobre el chaleco del joven Philippe, a cuyo cuello se aferraba con la mano derecha, mientras que en la izquierda sostenía un cigarrillo.

Raphaële parecía en tratos con el señor Dupuis, el agente de seguros, y terminó la conversación con estas palabras:

—Sí, querido, esta noche, acepto.

Después, dando ella sola una rápida vuelta de vals a través del salón:

—Esta noche, todo lo que quieran —gritó.

La puerta se abrió bruscamente y apareció el señor Tournevau. Estallaron gritos entusiastas: «¡Viva Tournevau!». Y Raphaële, que seguía girando, fue a caer sobre su corazón. Él la abrazó con formidable impulso y, sin decir una palabra, levantándola del suelo como una pluma, cruzó el salón, llegó a la puerta del fondo y desapareció por la escalera de las habitaciones con su fardo viviente, en medio de aplausos.

Rosa, que encandilaba al ex alcalde, besándolo una y otra vez y tirándole de las dos patillas al mismo tiempo para mantener erguida su cabeza, aprovechó el ejemplo:

—Vamos, haz como él —dijo. Entonces el hombrecillo se levantó y, ajustándose el chaleco, siguió a la chica rebuscando en el bolsillo donde dormía su dinero.

Fernande y *Madame* se quedaron solas con los cuatro hombres, y Philippe exclamó:

–Invito a champán: señora Tellier, mande a buscar tres botellas.

Entonces Fernande, abrazándolo, le pidió al oído:

–Vamos a bailar, ¿eh?, ¿quieres?

Él se levantó y, sentándose ante la espineta secular dormida en un ángulo, hizo brotar un vals, un vals ronco, lacrimoso, del vientre plañidero del chisme. La voluminosa chica enlazó al recaudador, *Madame* se abandonó en los brazos del señor Vasse; y las dos parejas giraron intercambiándose besos. El señor Vasse, que había sido antaño un gran bailarín, hacía figuras, y *Madame* lo miraba con ojos cautivados, con esos ojos que responden «sí», ¡un «sí» más discreto y delicioso que una palabra!

Frédéric trajo el champán. Saltó el primer tapón, y Philippe ejecutó la invitación de una cuadrilla.

Los cuatro bailarines la danzaron a la manera mundana, decentemente, dignamente, con melindres, reverencias y saludos.

Después empezaron a beber. Entonces reapareció el señor Tournevau, satisfecho, aliviado, radiante. Exclamó:

–No sé qué tiene Raphaële, pero está perfecta esta noche.

Después, como le tendían una copa, la vació de un trago murmurando: «¡Caramba!, esto sí que es un lujo».

En el acto Philippe inició una viva polca, y el señor Tournevau se lanzó a ella con la hermosa judía, a quien mantenía en el aire, sin dejar que sus pies tocaran el suelo. El señor Pimpesse y el señor Vasse se habían sumado a ellos con renovado impulso. De vez en cuando una de las parejas se detenía junto a la chimenea, para trasegar una copa de vino espumoso; la danza amenazaba con eternizarse, cuando Rosa entreabrió la puerta con una palmatoria en la mano. Estaba con el pelo suelto, en chancletas, en camisa, muy animada, muy roja:

—Quiero bailar —gritó.

Raphaële preguntó:

—¿Y tu tío?

Rosa rió a carcajadas:

—¿Ése? Ya duerme, se duerme en seguida.

Agarró al señor Dupuis, que se había quedado de brazos caídos en el diván, y la polca recomenzó.

Pero las botellas estaban vacías:

—Yo pago una —declaró el señor Tournevau.

—Yo también —anunció el señor Vasse.

—Y yo lo mismo —concluyó el señor Dupuis. Entonces todos aplaudieron.

La cosa se organizaba, se convertía en un auténtico baile. De vez en cuando, incluso, Louise y Flora subían a toda prisa, daban rápidamente una vuelta de vals, mientras sus clientes, abajo, se impacientaban; después regresaban corriendo a su café, con el corazón henchido de pesadumbre.

A medianoche seguían bailando. A veces una de las chicas desaparecía, y cuando la buscaban para hacer una mudanza, se daban cuenta de pronto de que uno de los hombres faltaba también.

—¿De dónde vienen? —preguntó con gracia Philippe, en el preciso momento en que el señor Pimpesse regresaba con Fernande.

—De ver dormir a Poulin —respondió el recaudador. La frase tuvo un éxito enorme; y todos, sucesivamente, subían a ver dormir a Poulin, con una u otra de las señoritas, que se mostraron, esa noche, de una complacencia inconcebible. *Madame* cerraba los ojos; y sostenía en los rincones largos apartes con el señor Vasse, como para ultimar los detalles de un asunto ya convenido.

Por fin, a la una, los dos hombres casados, Tournevau y Pimpesse, declararon que se retiraban, y quisieron pagar su cuenta. Solamente les cargaron el champán, y encima a seis francos la botella en lugar de a diez, el precio normal. Y cuando se extrañaban de tanta generosidad, *Madame*, radiante, les respondió:

—No todos los días es fiesta.

Una aventura parisiense*

¿Existe en la mujer un sentimiento más agudo que la curiosidad? ¡Oh! ¡saber, conocer, tocar lo que se ha soñado! ¿Qué no haría por ello? Una mujer, cuando su curiosidad impaciente está despierta, cometerá todas las locuras, todas las imprudencias, tendrá todas las audacias, no retrocederá ante nada. Hablo de las mujeres realmente mujeres, dotadas de ese espíritu de triple fondo que parece, en la superficie, razonable y frío, pero cuyos compartimentos secretos están los tres llenos: uno de inquietud femenina siempre agitada; otro de astucia coloreada de buena fe, de esa astucia de beato, sofística y temible; el último, por fin, de sinvergüencería encantadora, de trapacería exquisita, de deliciosa perfidia, de todas esas perversas cualidades que empujan al suicidio a los amantes imbécilmente crédulos, pero que arroban a los otros.

Aquella cuya aventura quiero contar era una provinciana, vulgarmente honesta hasta entonces. Su vida, tranquila en apariencia, discurría en su hogar, entre un

* *Une aventure parisienne*, en *Gil Blas*, 22 de diciembre de 1881.

marido muy ocupado y dos hijos a los que criaba como mujer irreprochable. Pero su corazón se estremecía de curiosidad insatisfecha, de un prurito de lo desconocido. Pensaba en París, sin cesar, y leía ávidamente los periódicos mundanos. La descripción de las fiestas, de los vestidos, de los placeres hacía hervir sus deseos; pero sobre todo la turbaban misteriosamente los ecos llenos de sobreentendidos, los velos levantados a medias en frases hábiles, y que dejan entrever horizontes de disfrutes culpables y asoladores.

Desde allá lejos veía París en una apoteosis de lujo magnífico y corrompido.

Y durante las largas noches de ensueño, acunada por los ronquidos regulares de su marido que dormía a su lado de espaldas, con un pañuelo en torno al cráneo, pensaba en los hombres conocidos cuyos nombres aparecen en la primera página de los periódicos como grandes estrellas en un cielo sombrío; y se figuraba su vida enloquecedora, entre un continuo desenfreno, orgías antiguas tremendamente voluptuosas y refinamientos de sensualidad tan complicados que ni siquiera podía figurárselos.

Los bulevares le parecían una especie de abismo de las pasiones humanas; y todas sus casas encerraban con seguridad prodigiosos misterios de amor.

Se sentía envejecer mientras tanto. Envejecía sin haber conocido nada de la vida, salvo esas ocupaciones regulares, odiosamente monótonas y triviales, que constituyen, dicen, la felicidad del hogar. Era aún bonita, conservada en aquella existencia tranquila como una fruta de invierno en un armario cerrado; pero estaba roída, asolada, trastornada por ardores secretos. Se preguntaba si moriría sin haber conocido todas esas embriagueces pecaminosas, sin haberse arrojado una vez, una sola vez, por entero, a esa oleada de voluptuosidades parisienses.

Con larga perseverancia preparó un viaje a París, inventó un pretexto, se hizo invitar por unos parientes, y, como su marido no podía acompañarla, partió sola.

En cuanto llegó, supo imaginar razones que le permitirían, en caso necesario, ausentarse dos días o mejor dos noches, si era preciso, pues había encontrado, decía, unos amigos que vivían en la campiña suburbana.

Y buscó. Recorrió los bulevares sin ver nada, salvo el vicio errante y numerado. Sondeó con la vista los grandes cafés, leyó atentamente los anuncios por palabras de *Le Figaro*, que se le presentaba cada mañana como un toque de rebato, una llamada al amor.

Y nunca nada la ponía sobre la pista de aquellas grandes orgías de artistas y de actrices; nada le revelaba los templos de aquellos excesos, que se imaginaba cerrados por una palabra mágica como la cueva de las *Mil y una noches* y esas catacumbas de Roma donde se celebraban secretamente los misterios de una religión perseguida.

Sus parientes, pequeños burgueses, no podían presentarle a ninguno de esos hombres conocidos cuyos nombres zumbaban en su cabeza; y, desesperada, pensaba ya en volverse, cuando el azar vino en su ayuda.

Un día, bajando por la calle de la Chausée d'Antin, se detuvo a contemplar una tienda repleta de esos objetos japoneses tan coloreados que constituyen una especie de gozo para la vista. Examinaba los graciosos marfiles grotescos, los grandes jarrones de esmaltes llameantes, los bronces raros, cuando oyó, en el interior de la tienda, al dueño, que, con muchas reverencias, mostraba a un hombrecito grueso de cráneo calvo y barba gris un enorme monigote ventrudo, pieza única, según decía.

Y a cada frase del comerciante, el nombre del coleccionista, un nombre célebre, resonaba como un toque de clarín. Los otros clientes, jóvenes señoras, elegantes caballeros, contemplaban, con una ojeada furtiva y rápida, una ojeada como es debido y manifiestamente respetuosa, al renombrado escritor, quien, por su parte, miraba apasionadamente el monigote de porcelana. Eran tan feos uno como otro, feos como dos hermanos salidos del mismo seno.

El comerciante decía:

–A usted, don Jean Varin, se lo dejaría en mil francos; es exactamente lo que me cuesta. Para todo el mundo sería mil quinientos francos; pero aprecio a mi clientela de artistas y le hago precios especiales. Todos vienen por aquí, don Jean Varin. Ayer, el señor Busnach me compró una gran copa antigua. El otro día vendí dos candelabros como éstos (son bonitos, ¿verdad?) a don Alejandro Dumas. Mire, esa pieza que usted tiene, señor Varin, estaría ya vendida si la hubiera visto el señor Zola.

El escritor vacilaba, muy perplejo, tentado por el objeto, pero calculando la suma, y no se ocupaba más de las miradas que si hubiera estado solo en un desierto.

Ella había entrado temblando, con la vista clavada descaradamente sobre él, y ni siquiera se preguntaba si era guapo, elegante o joven. Era Jean Varin en persona, ¡Jean Varin!

Tras un largo combate, una dolorosa vacilación, él dejó el jarrón sobre una mesa.

–No, es demasiado caro –dijo.

El comerciante redobló su elocuencia:

–¡Oh, don Jean Varin! ¿Demasiado caro? ¡Vale muy a gusto dos mil francos!

El hombre de letras replicó tristemente, sin dejar de mirar la figurilla de ojos de esmalte:

—No digo que no; pero es demasiado caro para mí.

Entonces ella, asaltada por una enloquecida audacia, se adelantó:

—Para mí —dijo—, ¿cuánto vale este hombrecillo?

El comerciante, sorprendido, replicó:

—Mil quinientos francos, señora.

—Me lo quedo.

El escritor, que hasta entonces ni se había fijado en ella, se volvió bruscamente, y la miró de pies a cabeza como un buen observador, con los ojos un poco cerrados; después, como un experto, la examinó en detalle.

Estaba encantadora, animada, iluminada de pronto por aquella llama que hasta entonces dormía en ella. Y, además, un mujer que compra una chuchería por mil quinientos francos no es una cualquiera.

Ella tuvo entonces un movimiento de arrobadora delicadeza; y, volviéndose hacia él, con voz temblorosa:

—Perdón, caballero, quizás me mostré un poco viva; acaso usted no había dicho su última palabra.

Él se inclinó:

—La había dicho, señora.

Pero ella, muy emocionada:

—En fin, caballero, hoy o más adelante, si decide cambiar de opinión, este objeto es suyo. Yo lo compré sólo porque le había gustado.

Él sonrió, visiblemente halagado:

—¿Cómo? ¿Me conoce usted? —dijo.

Entonces ella le habló de su admiración, le citó sus obras, fue elocuente.

Para conversar, él se había acodado en un mueble y, clavando en ella sus ojos agudos, intentaba descifrarla.

A veces el comerciante, encantado de poseer aquel reclamo viviente, cuando entraban clientes nuevos gritaba desde el otro extremo de la tienda:

—Oiga, mire esto, don Jean Varin, ¿verdad que es bonito?

Entonces todas las cabezas se alzaban, y ella se estremecía de placer al ser vista así, en íntima conversación con un ilustre.

Por fin, embriagada, tuvo una audacia suprema, como los generales que van a emprender el asalto:

—Caballero —dijo—, hágame un favor, un grandísimo favor. Permítame que le ofrezca este monigote en recuerdo de una mujer que lo admira apasionadamente y a quien usted ha visto diez minutos.

Él se negó. Ella insistía. Se resistió, divertido, riéndose de buena gana.

Ella, obstinada, le dijo:

—¡Bueno! Voy a llevárselo a su casa ahora mismo; ¿dónde vive usted?

Se negó a dar su dirección; pero ella, preguntándosela al comerciante, la supo y, una vez pagada su adquisición, escapó hacia un coche de punto. El escritor corrió para alcanzarla, sin querer exponerse a recibir aquel regalo, que no sabría a quién devolver. Se reunió con ella cuando saltaba al coche, y se lanzó, casi cayó sobre ella, derribado por el simón que se ponía en camino; después se sentó a su lado, muy molesto.

Por mucho que rogó, que insistió, ella se mostró intratable. Cuando llegaban delante de la puerta, puso sus condiciones:

—Accederé —dijo— a no dejarle esto, si usted cumple hoy todos mis deseos.

La cosa le pareció tan divertida que aceptó.

Ella preguntó:

—¿Qué suele hacer usted a esta hora?

Tras una leve vacilación:

—Doy un paseo —dijo.

Entonces, con voz resuelta, ella ordenó:

—¡Al Bosque!

Se pusieron en marcha.

Fue preciso que él le nombrara a todas las mujeres conocidas, sobre todo a las impuras, con detalles íntimos sobre ellas, sus vidas, sus hábitos, sus pisos, sus vicios.

Atardeció.

—¿Qué hace usted todos los días a esta hora? —dijo ella.

Él respondió riendo:

—Tomo un ajenjo.

Entonces, gravemente, agregó ella:

—Entonces, caballero, vamos a tomar un ajenjo.

Entraron en un gran café del bulevar que él frecuentaba, donde encontró a unos colegas. Se los presentó a todos. Ella estaba loca de alegría. Y en su cabeza sonaban sin cesar estas palabras:

—¡Al fin!, ¡al fin!

Pasaba el tiempo, y ella preguntó:

—¿Es su hora de cenar?

Él respondió:

—Sí, señora.

—Pues entonces, vamos a cenar.

Y, al salir del café Bignon:

—¿Qué hace usted por la noche? —dijo.

Ella miró fijamente:

—Depende: a veces voy al teatro.

—Pues bien, caballero, vamos al teatro.

Entraron en el Vaudeville, gratis, gracias a él, y, gloria suprema, toda la sala la vio a su lado, sentada en una butaca de palco.

Terminada la representación, él le besó galantemente la mano:

—Sólo me queda, señora, agradecerle el delicioso día...

Ella lo interrumpió:

—A esta hora, ¿qué hace usted todas las noches?

—Pues..., pues... vuelvo a casa.

Ella se echó a reír, con una risa trémula.

—Pues bien, caballero..., volvamos a casa.

Y no hablaron más. Ella se estremecía a ratos, temblorosa de pies a cabeza, con ganas de huir y ganas de quedarse, con, en lo más hondo de su corazón, una voluntad muy firme de llegar hasta el final.

En la escalera se aferraba al pasamanos, tan viva era su emoción; y él subía delante, sin resuello, con una cerilla en la mano.

En cuanto estuvo en el dormitorio, ella se desnudó a toda prisa y se metió en la cama sin pronunciar una palabra; y esperó, acurrucada contra la pared.

Pero ella era tan simple como puede serlo la esposa legítima de un notario de provincias, y él más exigente que un bajá de tres colas. No se entendieron en absoluto.

Entonces él se durmió. La noche transcurrió, turbada solamente por el tictac del reloj, y ella, inmóvil, pensaba en las noches conyugales; y bajo los rayos amarillos de un farol chino miraba, consternada, a su lado, a aquel hombrecillo, de espaldas, rechoncho, cuyo vientre de bola levantaba la sábana como un globo de gas. Roncaba con un ruido de tubo de órgano, con resoplidos prolongados, con cómicos estrangulamientos. Sus veinte cabellos aprovechaban aquel reposo para levantarse extrañamente, cansados de su prolongada fijeza sobre aquel cráneo desnudo cuyos estragos debían velar. Y un hilillo de saliva corría por una comisura de su boca entreabierta.

La aurora deslizó por fin un poco de luz entre las cortinas corridas. Ella se levantó, se vistió sin hacer ruido y ya había abierto a medias la puerta cuando hizo rechinar la cerradura y él se despertó restregándose los ojos.

Se quedó unos segundos sin recobrar enteramente los sentidos, y después, cuando recordó su aventura, preguntó:

–¿Qué? ¿Se marcha usted?

Ella permanecía en pie, confusa. Balbució:

–Pues sí, ya es de día.

Él se incorporó:

–Veamos –dijo–, tengo, a mi vez, algo que preguntarle.

Ella no respondía, y él prosiguió:

–Me tiene usted muy extrañado desde ayer. Sea franca, confiéseme por qué ha hecho todo esto, pues no entiendo nada.

Ella se acercó despacio, ruborizada como una virgen:

–Quise conocer... el... vicio..., y, bueno... y, bueno, no es muy divertido.

Y escapó, bajó la escalera, se lanzó a la calle.

El ejército de los barrenderos barría. Barrían las aceras, los adoquines, empujando toda la basura al arroyo. Con un movimiento regular, el mismo movimiento de los segadores en un prado, empujaban el barro en semicírculo ante sí; y, calle tras calle, ella los encontraba como juguetes de cuerda, movidos automáticamente por el mismo resorte.

Y le parecía que también en ella acababan de barrer algo, de empujar al arroyo, a la cloaca, sus ensueños sobreexcitados.

Regresó a casa, sin resuello, helada, guardando sólo en la cabeza la sensación de aquel movimiento de las escobas que limpiaban París por la mañana.

Y, en cuanto estuvo en su habitación, sollozó.

Marroca*

Me has pedido, amigo mío, que te enviara mis impresiones, mis aventuras, y sobre todo mis historias de amor en esta tierra africana que me atraía hace tanto tiempo. Te reías mucho, de antemano, de mis ternuras negras, como las llamabas; y me veías ya regresar seguido por una mujerona de ébano tocada con un pañuelo amarillo y bamboleándose con ropas resplandecientes.

Ya llegará el turno de las morenazas, sin duda, pues he visto algunas que me han dado ciertas ganas de empaparme en esa tinta; pero he tropezado para mi estreno con algo mejor y singularmente original.

Me has escrito, en tu última carta: «Cuando sé cómo se ama en un país, conozco ese país para describirlo, aun sin haberlo visto nunca». Pues has de saber que aquí se ama violentamente. Se nota, desde los primeros días, una especie de tembloroso ardor, una agitación, una brusca tensión de los deseos, un nerviosismo que corre por la yema de los dedos, que sobreexcitan hasta exaspe-

* *Marroca*, en *Gil Blas*, 2 de marzo de 1882.

rarlas nuestras potencias amorosas y todas nuestras facultades de sensación física, desde el simple contacto de las manos hasta esa innombrable necesidad que tantas tonterías nos hace cometer.

Entendámonos. Yo no sé si lo que vosotros llamáis amor del corazón, amor de las almas, si el idealismo sentimental, el platonismo, a fin de cuentas, puede existir bajo este cielo; e incluso lo dudo. Pero el otro amor, el de los sentidos, que tiene su lado bueno, y muy bueno, es verdaderamente terrible en este clima. El calor, esa constante quemazón del aire que enardece, esas ráfagas sofocantes del Sur, esas oleadas de fuego llegadas del gran desierto, tan próximo, ese pesado siroco, más devastador, más agostador que las llamas, ese perpetuo incendio de un continente entero quemado hasta las piedras por un enorme y devorador sol, abrasan la sangre, enloquecen la carne, embrutecen.

Pero ya llego a mi historia. No te digo nada de los primeros tiempos de mi estancia en Argelia. Tras haber visitado Bona, Constantina, Biskra y Sétif, vine a Bugía por las gargantas del Chabet y una incomparable ruta entre los bosques de la Cabilia, que sigue el mar dominándolo desde doscientos metros, y serpentea según los festones de la alta montaña, hasta este maravilloso golfo de Bugía, tan hermoso como el de Nápoles, como el de Ajaccio y como el de Douarnenez, los más admirables que conozco. Exceptúo de mi comparación esa inverosímil bahía de Porto, ceñida de granito rojo, y poblada por los fantásticos y sangrientos gigantes de piedra llamados las «Calanche» de Piana, en la costa oeste de Córcega.

De lejos, de muy lejos, antes de rodear la gran cuenca donde duerme el agua pacífica, se divisa Bugía. Está construida en las pronunciadas laderas de un monte muy elevado y coronada por bosques. Es una mancha blanca en esa pendiente verde; diríase la espuma de una cascada que cae hacia el mar.

En cuanto puse los pies en esta pequeñita y encantadora ciudad, comprendí que me iba a quedar mucho tiempo. Por doquier los ojos abarcan un auténtico círculo de cimas ganchudas, dentadas, picudas y extrañas, tan cerrado que apenas se descubre el mar abierto, y el golfo parece un lago. El agua azul, de un azul lechoso, es de admirable transparencia; y el cielo de azur, de un azur espeso, como si le hubieran dado dos capas de color, despliega sobre él su sorprendente belleza. Parecen mirarse el uno en el otro y reflejarse mutuamente.

Bugía es la ciudad de las ruinas. En el muelle, al llegar, se encuentran unos restos magníficos que parecen de ópera. Es la vieja puerta sarracena, invadida por la hiedra. Y en los bosques montuosos que rodean la ciudad, ruinas por todas partes, lienzos de murallas romanas, trozos de monumentos sarracenos, vestigios de construcciones árabes.

Había alquilado en la ciudad alta una casita moruna. Ya conoces esas moradas, descritas tan a menudo. No tienen ventanas a la calle, pero un patio interior las ilumina de arriba abajo. En el primero hay una gran sala fresca donde se pasan los días, y encima de todo una terraza donde se pasan las noches.

Me adapté en seguida a las costumbres de los países cálidos, es decir, a dormir la siesta después del almuerzo. Es la hora sofocante de África, la hora en que no se respira, la hora en que las calles, las llanuras, las largas carreteras cegadoras están desiertas, en que todos duermen, o al menos intentan dormir, con la menos ropa posible.

Yo había instalado en mi sala de columnitas de arquitectura árabe un mullido diván, cubierto de tapices de Djebel-Amour. Me tendía en él más o menos en traje de Assan*, pero no podía descansar apenas, torturado por mi continencia.

¡Oh!, amigo mío, hay dos suplicios de esta tierra que no te deseo que conozcas: la falta de agua y la falta de mujeres. ¿Cuál es más espantoso? No lo sé. En el desierto se cometería cualquier infamia por un vaso con agua clara y fría. ¿Qué no se haría en ciertas ciudades del litoral por una guapa moza fresca y sana? ¡Pues las mozas no faltan en África! Al contrario, abundan; pero, por seguir con mi comparación, son todas tan dañinas y corrompidas como el líquido fangoso de los pozos saharianos.

Ahora bien, un día, más nervioso que de costumbre, intentaba, aunque en vano, cerrar los ojos. Mis piernas vibraban como si las pincharan por dentro; una angustia inquieta me hacía dar vueltas a cada momento sobre mis tapices. Por fin, sin poder aguantar más, me levanté y salí.

Era en julio, en una tarde tórrida. En los adoquines de las calles se hubiera podido cocer pan; la camisa, empapada en seguida, se pegaba al cuerpo; y en todo el horizonte flotaba un leve vapor blanco, ese vaho ardiente del siroco, que parece calor palpable.

Bajé hacia el mar; y, bordeando el puerto, empecé a seguir la ribera a lo largo de la linda bahía donde están

---

* Aunque en otras traducciones castellanas he visto «en traje de Adán», la lectura del texto francés no permite dudas: *dans le costume d'Assan*. Louis Forestier aclara que se trata de una alusión a las primeras estrofas del canto I de *Namouna*, de Alfred de Musset. El héroe, Hassan, es presentado así: *Hassan avait d'ailleurs une très noble pose, / Il était nu comme Eve à son premier péché.*

los baños. La montaña escarpada, cubierta de matorral, de altas plantas aromáticas de aromas poderosos, se redondea en círculo en torno a esta cala donde se bañan, todo a lo largo de la orilla, grandes rocas pardas.

Nadie fuera; nada se movía; ni un grito de animal, ni un vuelo de pájaro, ni un ruido, ni siquiera un chapoteo, pues hasta el mar inmóvil parecía entumecido por el sol. Pero en el aire quemante creí percibir una especie de zumbido de fuego.

De repente, tras una de las rocas semiahogadas en la onda silenciosa, adiviné un ligero movimiento y, volviéndome, distinguí, tomando un baño, y creyéndose completamente sola en aquella hora abrasadora, a una chica alta y desnuda, sumergida hasta los senos. Volvía la cabeza hacia el mar abierto, y saltaba suavemente, sin verme.

Nada más asombroso que este cuadro: aquella hermosa mujer en el agua transparente como el cristal, bajo la luz cegadora. Pues era maravillosamente bella, la mujer, alta, modelada como una estatua.

Se dio la vuelta, lanzó un grito y, nadando un poco y andando otro poco, se escondió por completo detrás de su roca.

Como tenía que acabar saliendo, me senté en la orilla y esperé. Entonces mostró muy despacio su cabeza sobrecargada de pelo negro sujeto de cualquier manera. Su boca era ancha, de labios gruesos y prominentes, sus ojos enormes, descarados, y toda su carne un poco tostada por el clima parecía una carne de marfil antiguo, dura y suave, de buena raza, teñida por el sol de los negros.

Me gritó: «Váyase». Y su voz llena, un poco fuerte como toda su persona, tenía un acento gutural. No me moví. Agregó:

—No está bien que se quede ahí, señor.

Las erres, en su boca, rulaban como carretillas. No me moví de donde estaba. La cabeza desapareció.

Transcurrieron diez minutos; y el pelo, luego la frente, luego los ojos volvieron a mostrarse con lentitud y prudencia, como hacen los niños cuando juegan al escondite para observar al que los busca.

Esta vez tenía una pinta furiosa; gritó:

—Va a hacer que me ponga enferma. No me marcharé mientras esté usted ahí.

Entonces me levanté y me fui, aunque no sin volverme con frecuencia. Cuando consideró que yo estaba bastante lejos, salió del agua medio agachada, dándome la espalda, y desapareció en un hueco de la roca, tras una falda colgada en la entrada.

Volví al día siguiente. Estaba otra vez bañándose, pero vestida con un bañador enterizo. Se echó a reír mostrándome sus dientes brillantes.

Ocho días después, éramos amigos. Otros ocho días, y lo fuimos aún más.

Se llamaba Marroca, un mote, sin duda, y pronunciaba esa palabra como si contuviera quince *erres*. Hija de colonos españoles, se había casado con un francés llamado Pontabèze. Su marido era funcionario del Estado. Nunca supe con exactitud cuáles eran sus funciones. Comprobé que estaba muy ocupado, y no pregunté más.

Entonces, cambiando la hora de su baño, ella vino todos los días después del almuerzo a dormir la siesta en mi casa. ¡Qué siesta! ¡Si a eso se le llama descansar!

Era realmente una chica admirable, de un tipo un poco brutal, pero soberbio. Sus ojos parecían siempre brillantes de pasión; su boca entreabierta, sus dientes puntiagudos, su misma sonrisa tenían algo de ferozmente sensual; y sus extraños senos, alargados y erguidos, agudos, como peras de carne, elásticos como si encerrasen muelles de acero, le daban a su cuerpo un algo de animal, la convertían en una especie de ser inferior y magnífico, de criatura destinada al amor desordenado, y despertaban en mí la idea de las obscenas divinidades antiguas cuyas libres ternuras se desplegaban en medio de hierbas y hojas.

Nunca mujer alguna llevó en sus entrañas deseos más insaciables. Sus sañudos ardores y sus brazos clamorosos, con rechinar de dientes, convulsiones y mordiscos, iban seguidos casi al punto por adormilamientos tan profundos como la muerte. Pero se despertaba bruscamente en mis brazos, dispuesta a nuevos abrazos, con la garganta henchida de besos.

Su alma, por lo demás, era tan simple como dos y dos son cuatro, y una sonora risa suplía su pensamiento.

Orgullosa por instinto de su belleza, la horrorizaban los velos, incluso los más ligeros; y circulaba por mi casa, corría, brincaba con un impudor inconsciente y atrevido. Cuando estaba al fin ahíta de amor, agotada por los gritos y el movimiento, dormía a mi lado en el diván, con un sueño profundo y apacible; mientras, el calor abrumador hacía despuntar sobre su piel morena minúsculas gotas de sudor, desprendía de ella, de sus brazos alzados sobre la cabeza, de todos sus repliegues secretos, ese olor salvaje que agrada a los machos.

A veces volvía por la noche, pues su marido estaba de servicio no sé dónde. Nos tumbábamos entonces en la terraza, apenas envueltos en finos y flotantes tejidos orientales.

Cuando la gran luna iluminante de los países cálidos se desplegaba de lleno en el cielo, alumbrando la ciudad y el golfo con su marco redondeado de montañas, distinguíamos entonces en todas las demás terrazas como un ejército de silenciosos fantasmas tumbados que a veces se levantaban, cambiaban de sitio y volvían a acostarse bajo la tibieza lánguida del cielo aplacado.

A pesar de la claridad de esas noches africanas, Marroca se empeñaba en quedarse desnuda también bajo los claros rayos de la luna; no le preocupaban nada todos los que podían vernos, y a menudo lanzaba por la noche, pese a mis temores y mis ruegos, largos gritos vibrantes, que hacían aullar a lo lejos a los perros.

Una noche que yo dormitaba, bajo el ancho firmamento embadurnado de estrellas, vino a arrodillarse en mi alfombra y, acercando a mi boca sus grandes labios prominentes, me dijo:

—Tienes que venir a dormir a mi casa.

Yo no comprendía.

—¿A tu casa? ¿Cómo?

—Sí, cuando mi marido se marche, tú vendrás a dormir en su sitio.

No pude dejar de reírme.

—¿Y para qué, si tú vienes aquí?

Prosiguió, hablándome en la boca, echándome su aliento cálido al fondo de la garganta, mojando mi bigote con su soplo:

—Es para tener un recuerdo.

Y la «erre» de recuerdo se arrastró un buen rato con un estruendo de torrente sobre rocas.

Yo no acababa de coger su idea. Me pasó los brazos por el cuello.

—Cuando ya no estés allí, pensaré en ti. Y cuando bese a mi marido, me parecerá que eres tú.

Y las «erres» adquirían en su voz fragores de truenos familiares.

Murmuré, enternecido y divertidísimo:

—Estás loca. Prefiero quedarme en casa.

En efecto, no siento la menor afición a las citas bajo un techo conyugal; son ratoneras en las que siempre han cogido a los imbéciles. Pero me rogó, me suplicó, y hasta lloró, añadiendo:

—Ya verás cómo te querré.

Te «querrrré» resonaba a la manera de un redoble de tambor tocando a la carga.

Su deseo me parecía tan singular que no me lo explicaba; después, pensando sobre él, creí desentrañar cierto odio profundo a su marido, una de esas secretas venganzas de mujer que engaña con deleite al hombre aborrecido, y encima quiere engañarlo en su casa, en sus muebles, entre sus sábanas.

Le dije:

—¿Tu marido es muy malo contigo?

Puso cara de enfadada:

—Oh, no, muy bueno.

—Pero tú no lo quieres, ¿no?

Me clavó sus grandes ojos asombrados.

—Sí, lo quiero mucho, al contrario, mucho, mucho, pero no tanto como a ti, corazón mío.

No entendía ya nada, y mientras trataba de adivinar, ella oprimió mi boca con una de esas caricias cuyo poder conocía, y luego murmuró:

—¿Vendrás, dime?

Yo me resistía, sin embargo. Entonces ella se vistió en seguida y se marchó.

Estuvo ocho días sin aparecer. El noveno día, se detuvo muy seria en el umbral de mi cuarto y preguntó:

—¿Vendrás a dorrmirr esta noche a mi casa? Si no vienes, me marrcho.

Ocho días son muchos, amigo mío, y, en África, esos ocho días valían por un mes. Grité: «Sí», y abrí los brazos. Se arrojó en ellos.

Me esperó, por la noche, en una calle vecina, y me guió.

Vivían cerca del puerto, en una casita baja. Crucé primero una cocina donde el matrimonio hacía las comidas, y penetré en el dormitorio encalado, limpio, con fotografías de parientes en las paredes y flores de papel en fanales. Marroca parecía loca de alegría; saltaba, repetía:

—Por fin en nuestra casa, por fin en tu casa.

Actué, en efecto, como si estuviera en mi casa.

Estaba un poco molesto, lo confieso, e incluso inquieto. Como dudaba, en aquella casa desconocida, en desprenderme de cierta prenda sin la cual un hombre sorprendido resulta tan torpe como ridículo, e incapaz de toda acción, ella me la arrancó a la fuerza y se la llevó a la habitación contigua, con toda mi otra ropa.

Recobré por fin mi confianza y se lo probé por todos los medios, hasta tal punto que al cabo de dos horas no pensábamos aún en descansar, cuando nos hicieron estremecernos unos violentos golpes asestados contra la puerta; y una voz fuerte de hombre gritó:

—Marroca, soy yo.

Ella dio un salto:

—¡Mi marido! Rápido, métete debajo de la cama.

Busqué enloquecido mi pantalón, pero ella me empujó, jadeante:

—Hale, hale.

Me tumbé de bruces y me deslicé sin murmurar bajo aquella cama, sobre la cual me encontraba tan bien.

Entonces ella pasó a la cocina. La oí abrir un armario, cerrarlo, después regresó trayendo un objeto que no distinguí, pero que dejó vivamente en alguna parte; y, como su marido perdía la paciencia, le respondió con una voz fuerte y tranquila:

—No encuentrrro las cerrillas —y después, de pronto—: Aquí están; ya te abrrro —y abrió.

El hombre entró. No vi sino sus pies, unos pies enormes. Si el resto era proporcionado, debía de ser un coloso.

Oí besos, una palmada sobre la carne desnuda, una risa; después él dijo, con acento marsellés:

—Se me olvidó el monedero, tuve que volver. Y, lo que es tú, parece que dormías a gusto.

Fue hacia la cómoda, buscó un buen rato lo que necesitaba; después, como Marroca se había tumbado en la cama como si estuviera abrumada de cansancio, regresó hacia ella, y sin duda trató de acariciarla pues ella le lanzó, con frases irritadas, una metralla de «erres» furiosas.

Los pies estaban tan cerca de mí que me daban unas ganas locas, estúpidas, inexplicables, de tocarlos suavemente. Me contuve.

Como sus proyectos no tenían éxito, él se amoscó.

—Eres muy mala hoy —dijo. Pero se resignó—. Adiós, pequeña.

Sonó un nuevo beso; después los grandes pies se dieron la vuelta, me mostraron sus clavos al alejarse, pasaron a la habitación contigua; y la puerta de la calle volvió a cerrarse.

¡Estaba salvado!

Salí lentamente de mi retiro, humilde y lastimoso, y mientras Marroca, que seguía desnuda, bailaba una giga a mi alrededor riendo a carcajadas y aplaudiendo, me dejé caer pesadamente en una silla. Pero me levanté de un salto: una cosa fría yacía debajo, y como no estaba más vestido que mi cómplice, su contacto me había sobrecogido. Me di la vuelta.

Acababa de sentarme sobre una pequeña hacha de cortar astillas, afilada como un cuchillo. ¿Cómo había llegado a aquel lugar? No la había visto al entrar.

Marroca, al ver mi sobresalto, se ahogaba de gozo, lanzaba gritos, tosía, con las dos manos sobre el vientre.

Esa alegría me parecía desplazada, inconveniente. Nos habíamos jugado estúpidamente la vida; aún me corrían escalofríos por la espalda, y aquellas risas locas me herían un poco.

—¿Y si tu marido me hubiera visto? —le pregunté.

—No había peligro —respondió.

—¿Cómo? No había peligro. ¡Es el colmo! Le bastaba con haberse bajado para encontrarme.

Ya no se reía; se limitaba a sonreír, mirándome con sus grandes ojos inmóviles, en los que germinaban nuevos deseos.

—No se habría bajado.

Yo insistí:

—¡No me digas! Conque se le hubiera caído el sombrero, habría tenido que recogerlo, y entonces... ¡Bueno estaba yo con el traje que llevo!

Puso sobre mis hombros sus brazos redondos y vigorosos y bajando el tono, como si me hubiera dicho: «Te adorro», murmuró:

—Entonces, no se habría vuelto a levantar.

Yo no entendía nada:

—¿Y eso por qué?

Guiñó un ojo con malicia, alargó la mano hacia la silla donde yo acababa de sentarme; y su dedo extendido, el pliegue de su mejilla, sus labios entreabiertos, sus dientes puntiagudos, claros y feroces, todo eso me mostraba la pequeña hacha de cortar astillas, cuyo afilado corte relucía.

Hizo ademán de cogerla; después, atrayéndome hacia sí con el brazo izquierdo, pegando su cadera a la mía, ¡con el brazo derecho esbozó el movimiento que decapita a un hombre de rodillas!

—Ahí tienes, querido mío, ¡cómo se entienden aquí los deberes conyugales, el amor y la hospitalidad!

Una pasión*

La mar estaba brillante y en calma, apenas movida por la marea, y en el espigón toda la ciudad de El Havre miraba cómo entraban los navíos.

Se los veía a lo lejos, numerosos: unos, los grandes navíos, empenachados de humo; otros, los veleros, arrastrados por remolcadores casi invisibles, irguiendo sobre el cielo sus mástiles desnudos, como árboles despojados.

Acudían de todos los puntos del horizonte hacia la estrecha boca del muelle que se comía a aquellos monstruos; y gemían, gritaban, silbaban, expectorando chorros de vapor como un aliento jadeante.

Dos jóvenes oficiales paseaban por el malecón, atestado de gente, saludando, saludados, deteniéndose a veces a charlar.

De pronto, uno de ellos, el más alto, Paul de Henricel, apretó el brazo de su compañero, Jean Renoldi, y después, en voz baja:

* *Une passion*, en *Gil Blas*, 22 de agosto de 1882.

—Mira, ahí tienes a la señora Poinçot; fíjate bien, te aseguro que te guiña el ojo.

Ella se acercaba del brazo de su marido, un rico armador. Era una mujer de unos cuarenta años, aún muy hermosa, algo gruesa, pero que se conservaba tan fresca como a los veinte años gracias a sus carnes. La llamaban, entre sus amigos, la Diosa, a causa de su altivo porte, de sus grandes ojos negros, de toda la nobleza de su persona. Siempre había sido irreprochable; jamás una sospecha había rozado su vida. La citaban como ejemplo de mujer honorable y sencilla, tan digna que ningún hombre había osado pensar en ella.

Y he aquí que desde hacía un mes Paul de Henricel afirmaba a su amigo Renoldi que la señora Poinçot lo miraba tiernamente, e insistía:

—Puedes estar seguro de que no me equivoco; lo veo con claridad, te ama; te ama apasionadamente, como una mujer casta que nunca ha amado. Los cuarenta años son una edad terrible para las mujeres honestas, cuando tienen sentidos; se vuelven locas y hacen locuras. Ésta está tocada, amigo mío; como un ave herida, cae, va a caer en tus brazos... Mira, fíjate.

La corpulenta señora, precedida por sus dos hijas, de doce y quince años, se acercaba, pálida de repente al divisar al oficial. Lo miraba ardientemente, con la vista fija, y no parecía ver nada más a su alrededor, ni a sus hijas, ni a su marido, ni al gentío. Devolvió el saludo de los jóvenes sin bajar la mirada, inflamada por una llama tal, que por fin una duda penetró en la mente del teniente Renoldi.

Su amigo murmuró:

—Estaba seguro. ¿Lo has visto esta vez? ¡Caray, todavía es un bocado apetitoso!

Pero Jean Renoldi no quería intrigas mundanas. Poco buscador de amores, deseaba ante todo una vida tranquila y se contentaba con las relaciones ocasionales que un joven siempre encuentra. Todo el acompañamiento de sentimentalismo, las atenciones, las ternuras que exige una mujer bien educada le aburrían. La cadena, por ligera que fuese, que ata siempre en una aventura de esta índole, le daba miedo. Decía: «Al cabo de un mes estoy hasta las narices, y me veo obligado a aguantar seis meses por educación». Además, una ruptura le exasperaba, con las escenas, las alusiones, las insistencias de la mujer abandonada.

Evitó encontrarse con la señora Poinçot.

Ahora bien, una noche se halló a su lado, en la mesa, en una cena; y tuvo sin cesar sobre la piel, en los ojos y hasta en el alma, la mirada ardiente de su vecina; sus manos se encontraron y, casi involuntariamente, se estrecharon. Era ya el comienzo de una aventura.

Volvió a verla, siempre a pesar suyo. Se sentía amado; se enterneció, invadido por una especie de piedad vanidosa ante la violenta pasión de aquella mujer. Se dejó adorar, pues, y se mostró simplemente galante, esperando no pasar de este sentimiento.

Pero ella le dio un día una cita, para verse y charlar libremente, decía. Cayó en sus brazos, desfallecida; y él se vio forzado a ser su amante.

Aquello duró seis meses. Ella lo amó con un amor desenfrenado, anhelante. Encerrada en aquella pasión fanática, ya no pensaba en nada; se había entregado por entero; su cuerpo, su alma, su reputación, su posición, su dicha, todo lo había arrojado a aquella llamarada de su corazón, como se arrojaban, en un sacrificio, todos los objetos valiosos a una hoguera.

Él estaba harto desde hacía tiempo y añoraba vivamente sus fáciles conquistas de guapo oficial; pero se hallaba atado, retenido, prisionero. Ella le decía a cada momento: «Te lo he dado todo, ¿qué más quieres?». A él le entraban ganas de responder: «Pero yo no te pedía nada, y te ruego que recobres lo que me has dado». Sin preocuparse de que la vieran, de comprometerse, de perderse, ella iba a su casa todas las tardes, cada vez más inflamada. Se lanzaba a sus brazos, lo estrechaba, se deshacía en besos exaltados que a él le fastidiaban horriblemente. Decía con voz cansada: «Vamos, sé razonable». Ella respondía: «Te amo», y se desplomaba a sus pies para contemplarlo un buen rato en actitud de adoración. Bajo aquella mirada obstinada, él se exasperaba por fin, quería levantarla. «Vamos, siéntate, charlemos». Ella murmuraba: «No, déjame», y allí se quedaba, en éxtasis el alma.

Él le decía a su amigo De Henricel:

—Acabaré pegándole, ¿te enteras? No quiero saber nada, no quiero saber nada. Es preciso que esto acabe, ¡y en seguida! —Luego añadía—: ¿Qué me aconsejas?

El otro respondía:

—Rompe.

Y Renoldi agregaba, encogiéndose de hombros:

—Te tiene sin cuidado. ¿Crees que es fácil romper con una mujer que te martiriza con sus atenciones, que te tortura con su deferencia, que te persigue con su ternura, cuya única preocupación es agradarte y su único error haberse entregado a su pesar?

Pero he aquí que una mañana se supo que el regimiento iba a cambiar de guarnición; Renoldi se puso a bailar de alegría. ¡Estaba salvado! ¡Salvado sin escenas, sin gritos! ¡Salvado!... ¡Ya sólo era cuestión de aguantar dos meses!... ¡Salvado!...

Por la tarde, ella entró en su casa aún más exaltada que de costumbre. Sabía la horrible noticia, y sin quitarse el sombrero, cogiéndole las manos y apretándolas nerviosamente, le clavó los ojos, y con voz vibrante y resuelta dijo:

–Vas a marcharte, lo sé. Al principio sentí el alma rota, luego comprendí lo que tenía que hacer. Ya no vacilo. Vengo a traerte la mayor prueba de amor que pueda ofrecer una mujer: te sigo. Por ti abandono a mi marido, a mis hijas, a mi familia. Me pierdo, pero soy feliz; me parece que me entrego a ti de nuevo. Es el último y mayor sacrificio: ¡Soy tuya para siempre!

Sintió él un sudor frío en la espalda, y fue presa de una rabia sorda y furiosa, una cólera de ser débil. Sin embargo, se calmó, y con tono desinteresado, con mil dulzuras en la voz, rechazó su sacrificio, trató de apaciguarla, de razonarle, ¡de hacerle comprender su locura!

Ello lo escuchaba mirándolo a la cara con sus ojos negros, desdeñosos los labios, sin responder nada. Cuando hubo acabado, se limitó a decirle:

–¿Es que eres un cobarde? ¿Eres de los que seducen a una mujer y luego la abandonan, al primer capricho?

Él palideció y reanudó sus razonamientos; le señaló las inevitables consecuencias de semejante acción, hasta la muerte de ambos: sus vidas destrozadas, la sociedad cerrada para ellos... Ella respondía obstinadamente:

–¡Qué importa, cuando uno se ama!

Entonces, de repente, él estalló:

–Pues bien, ¡no! No quiero. ¿Oyes? No quiero, te lo prohíbo. –Después, arrebatado por sus largos rencores, vació su corazón–: ¡Diantre! Hace ya bastante tiempo que me amas a mi pesar; sólo faltaría que te llevase conmigo. ¡Gracias, nada de eso!

Ella no respondió; pero su rostro lívido tuvo una lenta y dolorosa crispación, como si todos sus nervios y sus músculos se hubiesen retorcido. Y se marchó sin decirle adiós.

Esa misma noche se envenenaba. La creyeron perdida durante ocho días. Y en la ciudad se cotilleó, se la compadeció, disculpando su falta en gracia a la violencia de su pasión; pues los sentimientos extremados, al volverse heroicos en sus arrebatos, se hacen perdonar siempre cuanto tienen de condenable. Una mujer que se mata no es, por así decirlo, adúltera. Y pronto hubo una especie de condena general contra el teniente Renoldi, que se negaba a verla, un unánime sentimiento de censura.

Se contaba que la había abandonado, traicionado, pegado. El coronel, apiadado, le dijo dos palabras a su oficial, con una discreta alusión. Paul de Henricel fue a ver a su amigo.

—¡Qué diantre!, chico, no se deja morir a una mujer; eso no es decente.

El otro, exasperado, obligó a callar a su amigo, quien pronunció la palabra «infamia». Se batieron. Renoldi fue herido, con general satisfacción, y guardó cama mucho tiempo.

Ella lo supo, lo amó aún más, creyendo que se había batido por ella; pero, al no poder salir de su habitación, no volvió a verlo antes de la marcha del regimiento.

Llevaba él tres meses en Lila cuando recibió, una mañana, la visita de una joven, hermana de su antigua amante.

Después de prolongados sufrimientos y de una desesperación que no había podido vencer, la señora Poinçot iba a morir. Estaba desahuciada sin remedio. Quería verlo un minuto, sólo un minuto, antes de cerrar los ojos para siempre.

La ausencia y el tiempo habían aplacado la saciedad y la cólera del joven; se enterneció, lloró, y salió hacia El Havre.

Ella parecía en la agonía. Los dejaron solos; y él tuvo, junto al lecho de aquella moribunda, a quien había matado a su pesar, una crisis de espantosa pena. Sollozó, la besó con labios dulces y apasionados, como jamás había hecho con ella. Balbucía:

—No, no, no morirás; te curarás, nos amaremos.., nos amaremos... siempre...

Ella murmuró:

—¿De veras? ¿Me amas?

Y él, en su desolación, juró, prometió esperarla cuando estuviera curada; se apiadó un buen rato besando las manos tan flacas de la pobre mujer, cuyo corazón latía desordenadamente.

Al día siguiente regresaba a su guarnición.

Seis semanas después ella se reunió con él, muy envejecida, irreconocible, y todavía más enamorada.

Enloquecido, él la recobró. Después, como vivían juntos, a la manera de la gente unida por la ley, el mismo coronel que se había indignado por el abandono se rebeló contra aquella situación ilegítima, incompatible con el buen ejemplo que los oficiales deben dar en un regimiento. Previno a su subordinado, luego actuó con rigor: y Renoldi presentó su dimisión.

Fueron a vivir a un chalet a orillas del Mediterráneo, el clásico mar de los enamorados.

Transcurrieron tres años más. Renoldi, doblegado bajo el yugo, estaba vencido, acostumbrado a aquella ternura perseverante. Ella tenía ahora el pelo blanco.

Él se consideraba un hombre acabado, ahogado. Toda esperanza, toda carrera, toda satisfacción, toda alegría le estaban ahora vedadas.

Ahora bien, una mañana le entregaron una tarjeta: «Joseph Poinçot, armador. El Havre». ¡El marido! El marido, que no había dicho nada, al comprender que no se lucha contra la desesperada obstinación de una mujer. ¿Qué querría?

Esperaba en el jardín, pues se había negado a penetrar en el chalet. Saludó cortésmente; no quiso sentarse, ni siquiera en un banco de un sendero, y empezó a hablar con claridad y lentitud:

—Caballero, no he venido a dirigirle reproches; sé demasiado bien cómo han ocurrido las cosas. He sufrido... hemos sufrido..., una especie de... de... de fatalidad. Jamás los hubiera molestado en su retiro si la situación no hubiese cambiado. Tengo dos hijas, caballero. Una de ellas, la mayor, ama a un joven, y es amada por él. Pero la familia de ese muchacho se opone a la boda, arguyendo la situación de la... madre de mi hija. No siento cólera, ni rencor; pero adoro a mis hijas, caballero. Vengo, pues, a reclamarle a mi... mi mujer; espero que hoy consentirá en regresar a mi casa... a su casa. En cuanto a mí, aparentaré haber olvidado por... por mis hijas.

Renoldi sintió un violento golpe en el corazón, y le inundó una alegría delirante, como un condenado que recibe el indulto.

Balbució:

—Claro que sí... Ciertamente, caballero... yo mismo... puede creerlo... sin duda... es justo, muy justo.

Y le daban ganas de coger las manos de aquel hombre, de estrecharlo en sus brazos, de besarlo en las dos mejillas.

Prosiguió:

—Entre usted. Estará mejor en el salón; voy a buscarla.

Esta vez el señor Poinçot no se resistió ya, y se sentó.

Renoldi subió a saltos la escalera; después, ante la puerta de su amante, se calmó y entró gravemente:

—Preguntan por ti abajo —dijo—; es para una comunicación acerca de tus hijas.

Ella se alzó:

—¿De mis hijas? ¿Cómo? ¿Qué dices? ¿No habrán muerto?

Él prosiguió:

—No. Pero hay una grave situación que sólo tú puedes resolver.

Ella no escuchó más y bajó rápidamente.

Entonces él se derrumbó sobre una silla, emocionadísimo, y esperó.

Esperó mucho tiempo, mucho tiempo. Después, como hasta él ascendían voces irritadas, a través del techo, se decidió a bajar.

La señora Poinçot estaba en pie, exasperada, dispuesta a salir, mientras su marido la retenía por el vestido, repitiendo:

—¡Pero comprenda usted que pierde a nuestras hijas, a sus hijas, a nuestras niñas!

Ella respondía obstinadamente:

—No regresaré a su casa.

Renoldi lo comprendió todo, se acercó desfalleciente y balbuceó:

—¿Cómo? ¿Se niega?

Ella se volvió hacia él y, con una especie de pudor, no lo tuteó ante su esposo legítimo:

—¿Sabe usted lo que él me pide? ¡Quiere que vuelva bajo su techo!

Y se reía sarcástica, con un inmenso desdén hacia aquel hombre, casi arrodillado, que le suplicaba.

Entonces Renoldi, con la determinación del desesperado que juega su última carta, empezó a hablar a su vez: defendió la causa de las pobres niñas, la causa del marido, su causa. Y cuando se interrumpía, buscando algún nuevo argumento, el señor Poinçot, agotados sus recursos, murmuraba, tuteándola en un retorno a viejos hábitos instintivos:

—Vamos, Delphine, piensa en tus hijas.

Entonces ella los envolvió a ambos en una mirada de soberano desprecio, y después, huyendo hacia la escalera con un solo impulso, les gritó:

—¡Sois dos miserables!

Al quedarse solos se examinaron por un momento, tan abatidos, tan consternados el uno como el otro; el señor Poinçot recogió su sombrero, caído junto a él, desempolvó con la mano sus rodillas blanqueadas por el entarimado, y después, con un gesto desesperado, mientras Renoldi lo acompañaba a la puerta, pronunció, despidiéndose:

—Somos muy desdichados, caballero.

Después se alejó con pesados pasos.

La herrumbre*

En toda su vida sólo había tenido una inextinguible pasión: la caza. Cazaba todos los días, de la mañana a la noche, con furioso arrebato. Cazaba tanto en invierno como en verano, en primavera como en otoño, en los pantanos cuando los reglamentos prohibían la caza en la llanura y los bosques; cazaba al aguardo, a caballo, con perro de muestra, con perro corredor, al ojeo, con espejuelos, con hurón. Sólo hablaba de caza, soñaba con la caza; repetía sin cesar:

—¡Deben de ser muy desgraciados los que no aman la caza!

Tenía ahora cincuenta años cumplidos, se conservaba bien, seguía fuerte, aunque calvo, un poco grueso, pero vigoroso; llevaba el bigote recortado para dejar bien al descubierto los labios y tener libre el contorno de la boca, con el fin de poder tocar el cuerno con más facilidad.

En la comarca se le designaba por su nombre de pila, don Héctor. Se llamaba don Héctor Gontran, barón de Coutelier.

* *La Rouille*, en *Gil Blas*, 14 de septiembre de 1882.

Vivía, en medio de los bosques, en una casita de campo que había heredado, y aunque conocía a toda la nobleza del departamento y encontraba a todos sus representantes varones en las cacerías, sólo trataba asiduamente a una familia: los Courville, sus amables vecinos, aliados de su estirpe desde hacía siglos.

En aquella casa lo mimaban, lo querían, lo cuidaban, y él decía:

—Si no fuera cazador, no querría separarme de ustedes.

El señor de Courville era su amigo y camarada desde la infancia. Hidalgo agricultor, vivía tranquilamente con su mujer, su hija y su yerno, el señor de Darnetot, que no hacía nada, con el pretexto de unos estudios históricos.

El barón de Coutelier iba a cenar a menudo a casa de sus amigos, sobre todo para contarles sus proezas con la escopeta. Narraba largas historias de perros y de hurones, de los que hablaba como de personajes notables a quienes hubiera conocido a fondo. Desvelaba sus pensamientos, sus intenciones, los analizaba, los explicaba:

—Cuando *Médor* vio que el rascón le hacía correr así, se dijo: «Espera, buen mozo, vamos a divertirnos». Entonces, haciéndome una seña con la cabeza para que fuera a colocarme en la esquina del campo de trébol, empezó a ventear al sesgo con mucho ruido, moviendo las hierbas para empujar a la pieza al ángulo de donde no podría escapar. Todo ocurrió como él había previsto; el rascón, de repente, se encontró en la linde. Imposible llegar más lejos sin descubrirse. Se dijo: «¡Me ha pillado, el maldito perro!», y se agazapó. *Médor* entonces se detuvo, mirándome; yo le hago una señal y él lo acosa. Brrr —el rascón vuela—, apunto —¡pum!—, cae; y *Médor,* al traérmelo, movía el rabo para decirme: «¿Buena pasada le hemos gastado, eh, don Héctor?».

Courville, Darnetot y las dos mujeres se reían locamente con estos pintorescos relatos, en los que el barón ponía toda su alma. Se animaba, movía los brazos, gesticulaba con todo su cuerpo; y cuando contaba la muerte de la pieza, reía con una formidable carcajada, y preguntaba siempre como conclusión:

—¿Verdad que ésta es buena?

En cuanto se hablaba de otra cosa, ya no escuchaba y canturreaba él solo toques de caza. Por eso, cuando se hacía un instante de silencio entre dos frases, en esos momentos de bruscas treguas que cortan el rumor de las palabras, se oía de repente un aire de caza: «Ton, ton, ton, torontón», que el barón lanzaba inflando los carrillos como si hubiera tenido su cuerno.

Había vivido sólo para la caza y envejecía sin sospecharlo ni percatarse de ello. De improviso tuvo un ataque de reuma y guardó cama dos meses. Estuvo a punto de morir de pena y aburrimiento. Como no tenía criada, pues le preparaba las comidas un viejo servidor, no obtenía ni cataplasmas calientes, ni delicadezas, ni nada de lo que los enfermos necesitan. Su enfermero fue su montero, y aquel jinete, que se aburría al menos tanto como su amo, dormía día y noche en un sillón, mientras el barón juraba y se exasperaba entre sus sábanas.

Las señoras de Courville iban a verlo a veces; eran para él horas de calma y bienestar. Preparaban su tisana, cuidaban el fuego, le servían amablemente el almuerzo, en el borde de la cama; y cuando se marchaban, él murmuraba:

—¡Diantre! ¡Deberían ustedes venirse a vivir aquí!

Y ellas reían de buena gana.

Cuando ya iba mejor y volvía a cazar en los pantanos, fue una noche a cenar a casa de sus amigos; pero ya no tenía su vivacidad ni su alegría. Lo torturaba un pensamiento incesante: el temor de que se le reprodujeran los dolores antes de levantarse la veda. En el momento de despedirse, mientras las mujeres lo envolvían en un mantón, le anudaban un pañuelo al cuello, y él se dejaba por primera vez en su vida, murmuró en tono desolado:

—Si la cosa se repite, estoy aviado.

Cuando se hubo marchado, la señora de Darnetot le dijo a su madre:

—Habría que casar al barón.

Todos se llevaron las manos a la cabeza. ¿Cómo no se les había ocurrido antes? Buscaron toda la velada entre las viudas que conocían, y la elección recayó en una mujer de cuarenta años, todavía bonita, bastante rica, de buen humor y excelente salud, que se llamaba doña Berthe Vilers.

La invitaron a pasar un mes en su casa. Se aburría y fue. Era bulliciosa y alegre; el barón de Coutelier le gustó de inmediato. Se divertía con él como con un juguete vivo y se pasaba horas enteras interrogándole socarronamente sobre los sentimientos de los conejos y las maquinaciones de los zorros. Él distinguía gravemente los diferentes puntos de vista de los diversos animales, y les atribuía planes y razonamientos sutiles, como a los hombres que conocía.

La atención que ella le prestaba le encantó; y una noche, para testimoniarle su estima, le rogó que fuera con él de caza, cosa que jamás había hecho con ninguna mujer. La invitación pareció tan divertida, que ella aceptó. Equiparla fue una fiesta; todos se pusieron a ello, le ofrecieron algo; y apareció vestida a guisa de amazona, con botas, pantalones de hombre, una falda corta, una chaqueta de terciopelo demasiado apretada en la garganta y una gorra de mozo de jauría.

El barón parecía tan emocionado como si fuera a disparar su primer tiro. Le explicó minuciosamente la dirección del viento, las diferentes muestras de los perros, la forma de tirar a las piezas; después la empujó hacia un campo, siguiéndola paso a paso, con la solicitud de una nodriza que ve a su bebé andar por primera vez.

Médor encontró, se arrastró, se detuvo, alzó la pata. El barón, detrás de su alumna, temblaba como una hoja. Balbucía:

–Cuidado, cuidado, son per... per... perdices.

Aún no había acabado cuando un gran ruido alzó el vuelo desde tierra –brrr, brrr, brrr– y un regimiento de grandes aves ascendió en el aire batiendo las alas.

La señora Vilers, asustada, cerró los ojos, soltó los dos tiros, retrocedió un paso con la sacudida de la escopeta; después, cuando recobró su sangre fría, distinguió al barón que bailaba como un loco y a *Médor* que traía dos perdices en la boca.

A partir de aquel día, el barón de Coutelier estuvo enamorado de ella.

Decía, levantando los ojos: «¡Qué mujer!». Y ahora iba todos los días a hablar de caza. Un día el señor de Courville, que lo acompañaba a su casa y lo oía extasiarse con su nueva amiga, le preguntó bruscamente:

–¿Por qué no se casa con ella?

El barón se quedó pasmado:

–¿Yo? ¿Yo? ¿Casarme?... Pero... en realidad...

Y enmudeció. Después, estrechando precipitadamente la mano de su compañero, murmuró: «Hasta la vista, amigo mío», y desapareció a grandes pasos en la noche.

Estuvo tres días sin volver. Cuando reapareció estaba pálido a causa de sus reflexiones y más grave que de costumbre. Se llevó aparte al señor de Courville:

—Ha tenido usted una feliz idea. Trate de prepararla para que me acepte. Diantre, una mujer así parece hecha adrede para mí. Cazaremos juntos todo el año.

El señor de Courville, seguro de que no sería rechazado, respondió:

—Haga su petición en seguida, amigo mío. ¿Quiere que me encargue de ello?

Pero el barón se turbó de pronto, y balbuceó:

—No... no... Primero tengo que hacer un viajecito... Un viajecito... a París. En cuanto regrese le responderé definitivamente.

No pudieron conseguir más aclaraciones, y al día siguiente se marchó.

El viaje duró mucho. Una semana, dos semanas, tres semanas pasaron, y el barón de Coutelier no reaparecía. Los Courville, extrañados, inquietos, no sabían qué decir a su amiga, a quien habían advertido de las intenciones del barón. Todos los días mandaban a su casa en busca de noticias; ninguno de sus servidores las había recibido.

Ahora bien, una noche, cuando la señora Vilers cantaba acompañándose al piano, llegó una criada, con gran misterio, a buscar al señor de Courville, diciéndole en voz baja que un señor preguntaba por él. Era el barón, cambiado, envejecido, con ropas de viaje. En cuanto vio a su viejo amigo, le agarró las manos, y con voz un poco fatigada:

—Llego en este momento, mi querido amigo, y acudo a verlo; no puedo más. —Después vaciló, visiblemente turbado—: Quería decirle..., en seguida..., que ese... ese asunto... ya sabe usted... ha fallado.

El señor de Courville lo miraba estupefacto.

—¿Cómo? ¿Fallado? ¿Y por qué?

—¡Oh! No me interrogue, por favor, sería demasiado penoso decirlo; pero tenga la seguridad de que actúo como... un hombre honrado. No puedo... No tengo derecho, compréndalo; no tengo derecho a casarme con esa señora. Esperaré a que se marche para volver por aquí; me resultaría demasiado doloroso verla. Adiós.

Y escapó.

Toda la familia deliberó, discutió, supuso mil cosas. Se llegó a la conclusión de que la vida del barón ocultaba un gran misterio, que quizá tenía hijos naturales, una vieja relación. En fin, el asunto parecía grave, y para no entrar en complicaciones dificultosas, advirtieron hábilmente a la señora Vilers, que regresó a su casa tan viuda como había llegado.

Transcurrieron aún tres meses. Una noche que había cenado fuerte y trastabillaba un poco, el barón de Coutelier, al fumar su pipa por la noche con el señor de Courville, le dijo:

—¡Si supiera usted cuán a menudo pienso en su amiga, se compadecería de mí!

El otro, a quien la conducta del barón en aquella circunstancia había ofendido un poco, le dijo vivamente sus pensamientos:

—Diantre, amigo mío, cuando uno tiene secretos en su existencia, no llega tan lejos al principio como hizo usted; pues, a fin de cuentas, seguramente podía usted prever el motivo de su retirada.

El barón dejó de fumar, confuso.

—Sí y no. En fin, nunca hubiera creído lo que me ocurrió.

El señor de Courville, impaciente, prosiguió:

—Debe preverse todo.

Pero el señor de Coutelier, sondeando con los ojos las tinieblas para estar seguro de que nadie los escuchaba, prosiguió en voz baja:

—Veo perfectamente que les he herido, y voy a decírselo todo para disculparme. Desde hace veinte años, amigo mío, vivo sólo para la caza. Sólo eso me gusta, ya lo sabe usted; sólo me ocupo de eso. Por ello, en el momento de contraer unos deberes con esa señora, me entró un escrúpulo, un escrúpulo de conciencia. Hace tanto tiempo que he perdido la costumbre de... de... del amor, en fin, que no sabía si sería capaz aún de... de... ya sabe usted... ¡Figúrese! Hace ahora exactamente dieciséis años que... que... por última vez, ya entiende. En estas tierras no es fácil el... el... usted ya cae. Y además tenía otras cosas que hacer. Prefiero disparar un tiro. En resumen, en el momento de comprometerme delante del alcalde y del cura a... a... a lo que usted sabe, me dio miedo. Me dije: Caray, y si... si... fuera a fallar. Un hombre honrado no falta nunca a sus compromisos; y con eso yo adquiriría un compromiso sagrado respecto a esa persona. En fin, para saber a qué atenerme, me prometí ir a pasar ocho días en París.

»Al cabo de ocho días, nada, nada de nada. Y no es por no haber ensayado. Cogí lo mejor que había en todos los estilos. Le aseguro que ellas hicieron lo que pudieron... Sí, ciertamente, no omitieron nada... Pero, ¿qué quiere usted? Se retiraban siempre con las manos vacías..., vacías..., vacías...

»Esperé entonces quince días, tres semanas, siempre aguardando. Comí en los restaurantes un montón de cosas picantes, que me arruinaron el estómago, y... y... nada... siempre nada.

»Comprenderá usted que, en esas condiciones, ante esa comprobación, no podía sino... sino..., sino retirarme. Y eso es lo que hice.

El señor de Courville se retorcía para no reírse. Estrechó gravemente las manos del barón, diciéndole: «Lo compadezco», y lo acompañó hasta la mitad del camino de su casa. Después, cuando se encontró a solas con su mujer, se lo contó todo, ahogándose de risa. Pero la señora de Courville no reía; escuchaba muy atenta, y cuando su marido hubo acabado, respondió con toda seriedad:

—El barón es un necio, querido mío; tenía miedo, eso es todo. Voy a escribirle a Berthe que vuelva, y pronto.

Y como el señor de Courville objetase el largo e inútil ensayo de su amigo, ella prosiguió:

—¡Bah! Cuando uno ama a su mujer, ¿comprende?, esa cosa... reaparece siempre.

Y el señor de Courville no replicó nada, un poco confuso también él.

Un ardid*

Conversaban al amor de la lumbre, el viejo médico y la joven enferma. Ella sólo estaba aquejada de una de esas indisposiciones femeninas que a menudo tienen las mujeres bonitas: un poco de anemia, nervios y una pizca de cansancio, de ese cansancio que experimentan a veces los recién casados al final del primer mes de su unión, cuando se han casado por amor.

Estaba tumbada en una *chaise longue* y charlaba.

–No, doctor, nunca entenderé que una mujer engañe a su marido. Admito incluso que no lo ame, ¡que no le importen nada sus promesas, sus juramentos! Pero, ¿cómo atreverse a entregarse a otro hombre? ¿Cómo ocultar eso a los ojos de todos? ¿Cómo poder amar entre la mentira y la traición?

El médico sonreía.

–Por ese lado es fácil. Le aseguro que uno no reflexiona en todas esas sutilezas cuando le entran las ganas de caer. E incluso estoy seguro de que una mujer sólo está madu-

* *Une ruse*, en *Gil Blas*, 25 de septiembre de 1882.

ra para el verdadero amor tras haber pasado por todas las promiscuidades y todos los hastíos del matrimonio, que no es, según un hombre ilustre, sino un intercambio de malos humores durante el día y de malos olores durante la noche. Nada más cierto. Una mujer sólo puede amar apasionadamente tras haber estado casada. Si pudiera compararla con una casa, diría que sólo es habitable después de que un marido la ha estrenado.

»En cuanto al disimulo, todas las mujeres lo tienen de sobra en esas ocasiones. Las más simples son una maravilla, y se zafan con genio de los casos más difíciles.

Pero la joven parecía incrédula.

—No, doctor, sólo una vez pasado el peligro se nos ocurre lo que hubiéramos debido hacer; y las mujeres, desde luego, son aún más propensas que los hombres a perder la cabeza.

El médico alzó los brazos.

—¿Pasado el peligro, dice usted? Nosotros sí, a nosotros sólo nos viene la inspiración después. ¡Pero a ustedes!... Mire, voy a contarle una pequeña historia que le ocurrió a una de mis clientas, a la cual yo le hubiera dado el pan bendito sin confesión, como suele decirse.

*

»La cosa pasó en una ciudad de provincias.

»Una noche, cuando yo dormía profundamente, con ese sueño pesado tan difícil de turbar, me pareció, como en una oscura pesadilla, que las campanas de la ciudad tocaban a fuego.

»Me desperté de repente: era mi campanilla, la de la calle, que tintineaba desesperadamente. Como mi criado no parecía contestar, agité a mi vez el cordón colgado sobre mi cama, y pronto batieron unas puertas y unos pasos turbaron el silencio de la casa dormida; después apareció Jean, llevando una carta que decía: "La señora Lelièvre ruega encarecidamente al doctor Siméon que pase de inmediato por su casa".

»Reflexioné unos segundos; pensaba: crisis de nervios, gases, tontadas; estoy demasiado fatigado. Y respondí: "El doctor Siméon muy indispuesto, ruega a la señora Lelièvre que llame a su colega el doctor Bonnet".

»Después metí el billete en un sobre y me volví a dormir.

»Alrededor de media hora después la campanilla de la calle llamó de nuevo, y Jean vino a decirme:

»–Es alguien, hombre o mujer (no lo sé a punto fijo, tan tapado está), que quisiera hablar en seguida con usted. Dice que va en ello la vida de dos personas.

»Me incorporé:

»–Hágale pasar.

»Y esperé, sentado en la cama.

»Apareció una especie de fantasma negro que se descubrió en cuanto Jean hubo salido. Era doña Berthe Lelièvre, una señora muy joven, esposa desde hacía tres años de un rico comerciante de la ciudad, que pasaba por haberse casado con la mujer más bonita de la provincia.

»Estaba horriblemente pálida, con esas crispaciones del rostro propias de una persona aterrada; y sus manos temblaban. Intentó hablar por dos veces sin que el menor sonido saliera de su boca. Por fin balbuceó:

»–Pronto, pronto... pronto... Doctor... Venga. Mi... mi amante ha muerto en mi cuarto...

»Se detuvo, sofocada, y luego prosiguió:

»–Mi marido va... va a regresar del casino...

»Salté de la cama, sin pensar siquiera en que estaba en camisón, y me vestí en unos segundos. Después pregunté:

»–¿Fue usted misma quien vino hace un rato?
»Ella, de pie como una estatua, petrificada por la angustia, murmuró:
»–No... era mi criada..., ella sabe... –Después, tras un silencio–: Yo me había quedado... a su lado.
»Y una especie de grito de horrible dolor salió de sus labios, y después de un ahogo, que le provocó estertores, lloró, lloró locamente, con sollozos y espasmos, durante uno o dos minutos; después sus lágrimas, de pronto, se interrumpieron, se agotaron, como secadas por dentro por un fuego, y recobrando su trágica calma, dijo:
»–¡Vamos, pronto!
»Yo estaba preparado, pero exclamé:
»–Diantre, no he mandado enganchar mi cupé.
»Ella respondió:
»–Tengo yo uno, tengo el suyo que le esperaba.
»Se embozó hasta los cabellos. Salimos.
»Cuando estuvo a mi lado en la oscuridad del carruaje, me agarró bruscamente la mano y, estrujándola entre sus finos dedos, balbució con voz entrecortada, con sobresaltos que salían de un corazón desgarrado:
»–¡Oh! ¡Si usted supiera, si usted supiera cuánto sufro! Lo amaba, lo amaba locamente, como una insensata, desde hace seis meses.
»Le pregunté:
»–¿Están despiertos en su casa?
»Respondió:
»–No, nadie, excepto Rose, que lo sabe todo.
»Nos detuvimos delante de su puerta: todos dormían, en efecto, en la casa; entramos sin hacer ruido, con una llave maestra, y henos aquí subiendo de puntillas. La criada, espantada, estaba sentada en el suelo en lo alto de

la escalera, con una vela encendida al lado, pues no se había atrevido a quedarse junto al muerto.

»Penetré en la habitación. Estaba desbarajustada, como después de una lucha. La cama arrugada, en desorden, deshecha, seguía abierta, parecía esperar; una sábana arrastraba por la alfombra; unas toallas mojadas, con las que habían golpeado las sienes del joven, yacían en el suelo, al lado de una palangana y de un vaso. Y un singular olor a vinagre de cocina mezclado con aromas de Lubin revolvía el estómago ya desde la puerta.

»Tendido cuan largo era, de espaldas, en medio de la habitación, estaba el cadáver.

»Me acerqué; lo examiné; lo toqué; le abrí los ojos; le palpé las manos, y luego, volviéndome hacia las dos mujeres, que tiritaban como si estuvieran heladas, les dije:

»—Ayúdenme a llevarlo a la cama.

»Y lo acostamos suavemente. Entonces ausculté el corazón y coloqué un espejo ante la boca; después murmuré:

»—Se acabó, vistámoslo en seguida.

»¡Fue horrible de ver!

»Yo cogía uno a uno los miembros, como los de una enorme muñeca, y los extendía hacia las ropas que traían las mujeres. Le pusimos los calcetines, los calzoncillos, el pantalón, el chaleco, y después la levita en la que nos costó mucho trabajo meter los brazos.

»Cuando hubo que abrochar las botinas, las dos mujeres se arrodillaron, mientras yo les alumbraba; pero como los pies estaban un poco hinchados, resultó tremendamente difícil. Al no encontrar el abotonador, habían cogido sus horquillas.

»Tan pronto como estuvo terminado el horrible arreglo, examiné nuestra obra y dije:

»–Habría que peinarlo un poco.

»La criada fue a buscar el escarpidor y el cepillo de su señora; pero como estaba temblando y arrancaba, con movimientos involuntarios, los cabellos largos y enredados, la señora Lelièvre se apoderó violentamente del peine y acomodó la cabellera con suavidad, como si la acariciara. Le hizo la raya, cepilló la barba, después enrolló lentamente los bigotes con el dedo, como solía hacer, sin duda, en sus familiaridades amorosas.

»Y de pronto, soltando lo que tenía entre las manos, cogió la cabeza inerte de su amante y miró larga, desesperadamente aquella cara muerta que no volvería a sonreírle; después, echándose sobre él, lo estrechó entre sus brazos, besándolo con furia. Sus besos caían como golpes sobre la boca cerrada, sobre los ojos apagados, sobre las sienes, sobre la frente. Después, acercándose a su oreja, como si él hubiera podido oírla aún, como para balbucir la palabra que vuelve más ardientes los abrazos, repitió, diez veces seguidas, con voz desgarradora:

»–Adiós, querido.

»Pero el reloj de pared dio las doce.

»Me sobresalté:

»–¡Caray, las doce! Es la hora de cerrar el casino. Vamos, señora, ¡un poco de energía!

»Ella se incorporó. Ordené:

»–Llevémosle al salón.

»Lo cogimos entre los tres y, tras llevárnoslo allí, lo senté en un sofá y después encendí los candelabros.

»La puerta de la calle se abrió y se cerró pesadamente. Era él ya. Grité:

»–¡Rose, deprisa, tráigame las toallas y la palangana y arregle el dormitorio! ¡Dese prisa, por lo que más quiera! Ya vuelve el señor Lelièvre.

»Oí subir los pasos, acercarse. Unas manos, en las sombras, palpaban las paredes. Entonces llamé:

»—Por aquí, amigo mío; hemos tenido un accidente.

»Y el estupefacto marido apareció en el umbral, un cigarro en la boca. Preguntó:

»—¿Cómo? ¿Qué pasa? ¿Qué es esto?

»Fui hacia él:

»—Amigo mío, en buen aprieto nos encuentra usted. Me había quedado conversando hasta tarde con su mujer y nuestro amigo, quien me había traído en su coche. Y de repente cayó desplomado, y desde hace dos horas, pese a nuestros cuidados, está sin conocimiento. No he querido llamar a extraños. Conque ayúdeme a bajarlo; lo cuidaré mejor en su casa.

»El esposo, sorprendido, aunque sin desconfianza, se quitó el sombrero; después agarró bajo los brazos a su rival, ya inofensivo. Yo me enganché entre las piernas, como un caballo entre dos varas; y henos aquí bajando la escalera, alumbrados ahora por la mujer.

»Cuando estuvimos delante de la puerta incorporé al cadáver y le hablé, animándolo para engañar a su cochero:

»—Vamos, amigo mío, no será nada; se siente usted ya mejor, ¿verdad? Ánimo, hale, un poco de ánimo; haga un pequeño esfuerzo, y ya está.

»Como notaba que iba a derrumbarse, que se me escapaba de las manos, le asesté un fuerte golpe con el hombro que lo lanzó hacia delante y lo hizo caer en el carruaje. Yo subí detrás.

»El marido, inquieto, me preguntaba:

»—¿Cree usted que será grave?

»Respondí: "No", sonriendo, y miraba a la mujer. Ésta había pasado el brazo bajo el del legítimo esposo y hundía sus ojos fijos en el fondo oscuro del cupé.

»Les estreché las manos y di la orden de arrancar. A lo largo de todo el trayecto el muerto me cayó sobre la oreja derecha.

»Cuando llegamos a su casa anuncié que había perdido el conocimiento por el camino. Ayudé a subirlo a su habitación, y luego certifiqué el fallecimiento; representaba toda una nueva comedia ante su desolada familia. Y por fin pude volver a la cama, no sin echar pestes de los enamorados.

*

El doctor enmudeció, sin dejar de sonreír.
 La joven, crispada, preguntó:
 —¿Por qué me ha contado esa espantosa historia?
 Él saludó galante:
 —Para ofrecerle mis servicios, llegado el caso.

El testamento*

A Paul Hervieu

Yo conocía bien a aquel niño grande que se llamaba René de Bourneval. Era amable en su trato, aunque un poco triste; parecía de vuelta de todo, muy escéptico, con un escepticismo concreto y mordaz, diestro sobre todo en desarticular con una frase las hipocresías mundanas. Repetía a menudo:

—No hay hombres honrados; o al menos sólo lo son comparados con los canallas.

Tenía dos hermanos a quienes no veía nunca, los señores de Courcils. Yo los creía sólo hermanastros, en vista de la diferencia de apellidos. Me habían dicho en diversas ocasiones que en aquella familia había ocurrido una extraña historia, pero sin darme ningún detalle.

Como era un hombre que me agradaba, pronto intimamos mucho. Una noche que habíamos cenado solos en su casa, le pregunté por casualidad:

—¿Es usted hijo del primer o del segundo matrimonio de su madre?

* *Le Testament*, en *Gil Blas*, 7 de noviembre de 1882.

Lo vi palidecer un poco, y después ruborizarse; permaneció unos segundos sin hablar, visiblemente embarazado. Después sonrió de la forma melancólica y dulce tan peculiar de él y dijo:
—Mi querido amigo, si no le molesta, voy a darle unos detalles muy singulares sobre mi origen. Sé que es usted hombre inteligente, y no temo por ello que su amistad se resienta; y si se resintiera, me tendría sin cuidado entonces ser amigo suyo.

*

»Mi madre, la señora de Courcils, era una pobre mujercita tímida, con quien su marido se había casado por su fortuna. Toda su vida fue un martirio. De alma amante, medrosa, delicada, fue maltratada sin tregua por quien habría debido ser mi padre, uno de esos patanes a quienes se llama hidalgos campesinos. Al cabo de un mes de casado, vivía con una sirvienta. Amén de eso tuvo queridas entre las mujeres y las hijas de sus colonos, lo cual no le impidió tener dos hijos de su mujer; habría que contar tres, incluyéndome a mí. Mi madre no decía nada; vivía en esta casa siempre ruidosa como esos ratoncitos que se deslizan bajo los muebles. Borrada, desaparecida, temblorosa, miraba a la gente con sus ojos inquietos y claros, siempre en movimiento; con ojos de ser asustado a quien el miedo no abandona. Era bonita, empero; muy bonita, totalmente rubia, de un rubio agrisado, un rubio tímido, como si sus cabellos se hubieran decolorado un poco con sus incesantes temores.

»Entre los amigos del señor de Courcils que venían constantemente a casa se encontraba un ex oficial de caballería, viudo, hombre temido, tierno y violento, capaz de las más enérgicas resoluciones, el señor de Bourneval, cuyo nombre llevo. Era un buen mozo, delgado, con grandes bigotes negros. Me parezco mucho a él. Este hombre había leído, y no pensaba en absoluto como los de su clase. Su bisabuela había sido amiga de Jean-Jacques Rousseau, y hubiérase dicho que había heredado algo de aquellas relaciones de su antepasada. Se sabía de memoria el *Contrato social*, la *Nueva Eloísa* y todos esos libros filosofantes que prepararon de lejos el futuro derrumbe de nuestros antiguos usos, de nuestros prejuicios, de nuestras leyes caducas, de nuestra moral imbécil.

»Amó a mi madre, al parecer, y fue amado por ella. Esta relación permaneció en tal secreto que nadie la sospechó. La pobre mujer, desamparada y triste, debió de aferrarse a él de forma desesperada, y de adquirir con su trato toda su manera de pensar, teorías de libertad de sentimientos, audacias de amor independiente; pero, como era tan medrosa que jamás se atrevía a hablar en voz alta, todo eso se vio reprimido, condensado, prensado en su corazón, que no se abrió jamás.

»Mis dos hermanos eran duros con ella, como su padre, nunca la acariciaban, y, habituados a ver que no contaba para nada en la casa, la trataban en parte como a una criada.

»Yo fui el único de sus hijos que la amó realmente y a quien ella amó.

»Murió. Yo tenía entonces dieciocho años. Debo añadir, para que usted comprenda lo que seguirá, que su marido estaba sometido a una tutela judicial, y que se había fallado una separación de bienes en beneficio de mi madre, quien había conservado, gracias a los artificios de la ley y a la inteligente abnegación de un notario, el derecho de testar a su antojo.

»Fuimos advertidos, pues, de que existía un testamento en poder del notario, e invitados a asistir a su lectura.

»Lo recuerdo como si fuera ayer. Fue una escena grandiosa, dramática, burlesca, sorprendente, provocada por la rebelión póstuma de la muerta, por un grito de libertad, una reivindicación desde el fondo de la tumba de aquella mártir aplastada por nuestras costumbres durante su vida y que lanzaba, desde su ataúd cerrado, una desesperada llamada a la independencia.

»El que se creía mi padre, un hombre corpulento y sanguíneo, que despertaba la idea de un carnicero, y mis hermanos, dos fuertes mocetones de veinte y veintidós años, esperaban tranquilos en sus asientos. El señor de Bourneval, invitado a presentarse, entró y se colocó detrás de mí. Llevaba una levita ajustada, estaba muy pálido y se mordisqueaba a menudo el bigote, un poco gris ya. Sin duda esperaba lo que iba a pasar.

»El notario cerró la puerta con doble vuelta y comenzó la lectura, tras haber abierto delante de nosotros el sobre lacrado en rojo cuyo contenido ignoraba.

Bruscamente mi amigo se levantó, fue a coger en su escritorio un viejo papel, lo desplegó, lo besó largamente y prosiguió.

–He aquí el testamento de mi querida madre:

»"Yo, la infrascrita, Anne Catherine Geneviève Mathilde de Croixluce, esposa legítima de Jean Léopold Joseph Gontran de Courcils, sana de cuerpo y de mente, expreso aquí mis últimas voluntades.

»"Pido perdón a Dios en primer lugar, y después a mi querido hijo René, por el acto que voy a cometer. Creo a mi hijo con suficiente grandeza de ánimo para comprenderme y perdonarme. He sufrido durante toda mi vida. Mi marido se casó conmigo por interés, y después me despreció, me ignoró, me oprimió y me engañó sin cesar.

»"Le perdono, pero no le debo nada.

»"Mis hijos mayores no me han amado, no me han mimado, y apenas me han tratado como a una madre.

»"He sido para ellos, durante mi vida, lo que debía ser; no les debo nada después de mi muerte. Los lazos de sangre no existen sin el afecto constante, sagrado, de cada día. Un hijo ingrato es menos que un extraño; es un culpable, pues no tiene derecho a mostrarse indiferente con su madre.

»"Siempre he temblado ante los hombres, ante sus leyes inicuas, sus costumbres inhumanas, sus infames prejuicios. Ante Dios, nada temo. Una vez muerta, rechazo esa vergonzante hipocresía; me atrevo a decir mi pensamiento, a confesar y firmar el secreto de mi corazón.

»"Nombro, por tanto, depositario de toda la parte de mi fortuna de la cual la ley me permite disponer a mi amante y bien amado Pierre Germer Simón de Bourneval, para que pase luego a nuestro querido hijo René.

»(Esta voluntad está formulada, además, de forma más concreta, en un acta notarial.)

»"Y, delante del juez supremo, que me escucha, declaro que habría maldecido al cielo y a la existencia si no hubiera encontrado el cariño profundo, abnegado, tierno, inquebrantable, de mi amante; si no hubiera comprendido en sus brazos que el Creador ha hecho a los seres para amarse, sostenerse, consolarse y para llorar juntos en las horas de amargura.

»"Mis dos hijos mayores tienen por padre al señor de Courcils. Sólo René debe la vida al señor de Bourneval.

Ruego al Dueño de los hombres y de sus destinos que coloque a padre e hijo por encima de los prejuicios sociales, que les haga amarse hasta su muerte y amarme aún en mi tumba.

»"Tales son mi último pensamiento y mi último deseo.

»*Mathilde de Croixluce"*

»El señor de Courcils se había levantado; gritó:

»–¡Es el testamento de una loca!

»Entonces el señor de Bourneval dio un paso y declaró con voz fuerte, con voz cortante:

»–Yo, Simón de Bourneval, declaro que ese escrito no encierra sino la estricta verdad. Estoy dispuesto a sostenerlo ante quien quiera que sea, e incluso a probarlo con las cartas que tengo.

»Entonces el señor de Courcils avanzó hacia él. Creí que iban a enzarzarse. Allí estaban, altos los dos, uno gordo, otro delgado, temblorosos. El marido de mi madre articuló tartamudeando:

»–¡Es usted un miserable!

»El otro pronunció con el mismo tono vigoroso y seco:

»–Nos encontraremos en otra parte, caballero. Hace ya mucho tiempo que lo habría abofeteado y provocado, de no haberme interesado ante todo la tranquilidad, durante su vida, de la pobre mujer a quien usted hizo sufrir tanto.

»Después se volvió hacia mí.

»–Es usted mi hijo. ¿Quiere seguirme? No tengo derecho a llevármelo, pero me lo tomo, si usted quiere acompañarme.

»Le apreté la mano sin responder. Y salimos juntos. Yo estaba, desde luego, casi del todo loco.

»Dos días después el señor de Bourneval mataba en duelo al señor de Courcils. Mis hermanos, por miedo a un horrible escándalo, callaron. Yo les cedí, y ellos aceptaron, la mitad de la fortuna dejada por mi madre.

»Tomé el nombre de mi verdadero padre, renunciando al que la ley me atribuía y que no era el mío.

»El señor de Bourneval ha muerto hace cinco años. Y todavía no me he consolado.

*

Se levantó, dio unos pasos y, colocándose frente a mí:

—¿Qué? Yo digo que el testamento de mi madre es una de las cosas más hermosas, más leales, más grandes que una mujer pueda realizar. ¿No opina usted lo mismo?

Yo le tendí las dos manos:

—Sí, ciertamente, amigo mío.

Mi mujer*

Era al final de una cena de hombres, de hombres casados, viejos amigos, que se reunían a veces sin sus mujeres, en plan de solteros, como en otros tiempos. Se comía un buen rato, se bebía mucho; se hablaba de todo; se removían recuerdos viejos y alegres, esos cálidos recuerdos que, a pesar de uno mismo, hacen que los labios sonrían y que el corazón se estremezca. Decían:

—¿Te acuerdas, Georges, de nuestra excursión a Saint-Germain con aquellas dos chiquillas de Montmartre?

—¡Pues claro! ¡No me voy a acordar!

Y se recordaban detalles, y esto y lo otro, mil pequeñas cosas que causaban placer todavía hoy.

Se llegó a hablar del matrimonio, y cada cual dijo, con aire de sinceridad:

—¡Oh! Si se pudiera volver a empezar...

Georges Duportin agregó:

—Es extraordinaria la facilidad con que caemos en él. Estamos muy decididos a no tomar mujer jamás; y lue-

* *Ma femme,* en *Gil Blas,* 5 de diciembre de 1882.

go, en primavera, marchamos al campo; hace calor; el verano se presenta bien; la hierba está florida; encontramos a una joven en casa de unos amigos... ¡y zas! cosa hecha. Volvemos casados.

Pierre Létoile exclamó:

—¡Exactamente! Ésa es mi historia, sólo que tengo detalles especiales...

Su amigo le interrumpió:

—Lo que es tú, no te quejes. Tienes la mujer más encantadora del mundo, bonita, amable, perfecta; desde luego eres el más feliz de nosotros.

El otro replicó:

—La culpa no es mía.

—¿Cómo es eso?

—Es cierto que tengo una mujer perfecta; pero me casé con ella a pesar mío.

—¡No me digas!

*

—Sí... He aquí la aventura. Tenía yo treinta y cinco años, y pensaba tanto en casarme como en ahorcarme. Las jovencitas me parecían insípidas y adoraba el placer.

»Fui invitado, en el mes de mayo, a la boda de mi primo Simon de Erabel, en Normandía. Fue una auténtica boda normanda. Nos sentamos a la mesa a las cinco de la tarde, y a las once seguíamos comiendo. Me habían emparejado para esta circunstancia con una señorita Dumoulin, hija de un coronel retirado, una personilla rubia y militar, muy animada, atrevida y verbosa. Me acaparó por completo durante todo el día, me arrastró al parque, me hizo bailar quieras que no, me abrumó.

»Yo me decía: "Por un día, pase, pero mañana me largo. Ya basta".

»Hacia las once de la noche las mujeres se retiraron a sus habitaciones; los hombres se quedaron fumando mientras bebían, o bebiendo mientras fumaban, si os parece mejor.

»Por la ventana abierta se distinguía el baile campestre. Palurdos y palurdas saltaban en corro vociferando un aire de danza salvaje débilmente acompañado por dos violinistas y un clarinete situados sobre una gran mesa de cocina a modo de tablado. El canto tumultuoso de los aldeanos cubría enteramente a veces la canción de los instrumentos; y la débil música desgarrada por las voces desenfrenadas parecía caer del cielo en jirones, en pequeños fragmentos de unas cuantas notas dispersas.

»Dos grandes barricas, rodeadas por antorchas llameantes, servían la bebida al gentío. Dos hombres estaban ocupados aclarando los vasos o los cuencos en una tina para extenderlos inmediatamente bajo las espitas por las que caían el hilo rojo del vino o el hilo dorado de la sidra pura; y los bailarines sedientos, los viejos tranquilos, las chicas sudorosas se agolpaban, tendían los brazos para agarrar a su vez una vasija cualquiera y regarse la garganta, a grandes tragos, echando hacia atrás la cabeza, con el líquido preferido.

»En una mesa había pan, mantequilla, quesos, salchichas. Cada cual engullía un bocado de vez en cuando; y bajo el campo de fuego de las estrellas, daba gusto ver esta fiesta sana y violenta, entraban ganas de beber también del vientre de aquellos gruesos toneles y de comer pan seco con mantequilla y una cebolla cruda.

»Me asaltó un loco deseo de participar en aquellos regocijos, y abandoné a mis compañeros. Quizás estaba un poco achispado, debo confesarlo; pero pronto lo estuve del todo.

»Había agarrado la mano de una robusta aldeana jadeante y la hice saltar enloquecidamente hasta que me quedé sin resuello.

»Y después bebí un trago de vino y agarré otra real moza. Para refrescarme a continuación tragué un cuenco lleno de sidra y volví a brincar como un endemoniado. Yo era ágil; los mozos, encantados, me contemplaban, tratando de imitarme; las chicas querían bailar todas conmigo y saltaban pesadamente con elegancias de vacas.

»Por fin, de ronda en ronda, de vaso con vino en vaso con sidra, me encontré, hacia las dos de la mañana, tan curda que no podía tenerme en pie.

»Fui consciente de mi estado y quise llegar a mi habitación. El castillo dormía, silencioso y oscuro.

»No tenía cerillas y todos estaban acostados. En cuanto estuve en el vestíbulo, me entraron mareos; tuve muchas dificultades para dar con la barandilla; por fin la encontré por casualidad, a tientas, y me senté en el primer peldaño de la escalera para ordenar un poco mis ideas.

»Mi habitación se encontraba en el segundo piso, la tercera puerta a la izquierda. Felizmente no me había olvidado de esto. Fiado de aquel recuerdo, me levanté, no sin trabajo, y comencé la ascensión, peldaño a peldaño, las manos soldadas a las barras de hierro para no caer, con la idea fija de no hacer ruido.

»Sólo tres o cuatro veces me falló el pie en los escalones y me derrumbé sobre las rodillas; pero gracias a la energía de mis brazos y a la tensión de mi voluntad evité una voltereta completa.

»Por fin alcancé el segundo piso y me aventuré por el pasillo, tanteando los muros. Había una puerta; conté:

"Una", pero un repentino vértigo me despegó de la pared y me obligó a realizar un singular circuito que me arrojó sobre otro tabique. Quise volver atrás en línea recta. La travesía fue larga y difícil. Por fin encontré aquel lado y me puse a bordearlo de nuevo con prudencia; y encontré otra puerta. Para estar seguro de no equivocarme, conté una vez más, en alto: "Dos"; y reanudé la marcha. Acabé por encontrar la tercera. Dije: "Tres, soy yo", y giré la llave en la cerradura. La puerta se abrió. A pesar de mi confusión, pensé: "Ya que se abre, es la mía". Y avancé en la sombra tras haber vuelto a cerrar despacito. Tropecé con algo blando: mi *chaise longue*. Y al punto me tumbé sobre ella.

»En mi situación, no debía empeñarme en buscar mi mesa de noche, mi palmatoria, mis cerillas. Me llevaría al menos dos horas. Habría necesitado otro tanto para desvestirme, y quizás no lo hubiera logrado. Renuncié a ello.

»Me limité a quitarme las botinas; desabotoné el chaleco, que me estrangulaba, me aflojé los pantalones, y me dormí con un sueño invencible.

»La cosa duró mucho tiempo, sin duda.

»Me despertó bruscamente una voz vibrante que decía, muy cerca de mí:

»–¿Cómo, perezosa, todavía acostada? ¡Son las diez, sabes!

»Una voz femenina respondió:

»–¡Ya! ¡Estaba tan cansada de ayer!

»Me pregunté con estupefacción qué quería decir este diálogo. ¿Dónde estaba? ¿Qué había hecho? Mi mente flotaba aún, envuelta en una espesa nube.

»La primera voz prosiguió:

»–Voy a abrirte las cortinas.

»Y oí pasos que se acercaban a mí. Me senté, totalmente enloquecido. Entonces una mano se posó en mi cabeza. Hice un movimiento brusco. La voz preguntó con fuerza:

»–¿Quién hay ahí?

»Me guardé de responder. Dos muñecas furiosas me aferraron. A mi vez abracé a alguien y se inició una lucha espantosa. Rodamos por el suelo, derribando los muebles, chocando con las paredes.

»La voz femenina gritaba desesperadamente:

»–¡Socorro! ¡Socorro!

»Acudieron los criados, los vecinos, señoras asustadas. Abrieron los postigos, corrieron las cortinas. ¡Estaba peleándome con el coronel Dumoulin!

»Había dormido junto a la cama de su hija.

»Cuando nos separaron escapé a mi habitación, atontado por el asombro. Me encerré con llave y me senté, con los pies sobre una silla, pues mis botinas se habían quedado en el cuarto de la jovencita. Oía un gran rumor por toda la casa, puertas abiertas y cerradas, susurros, pasos rápidos.

»Al cabo de una media hora llamaron a mi puerta. Grité:

»–¿Quién es?

»Era mi tío, el padre del novio de la víspera. Abrí.

»Estaba pálido y furioso y me trató duramente.

»–Te has conducido en mi casa como un patán, ¿oyes? –Después agregó en tono más suave–: ¿Cómo, pedazo de imbécil, te dejas sorprender a las diez de la mañana? Te has ido a dormir como un tronco en esa habitación, en lugar de marcharte inmediatamente..., inmediatamente después.

»–Pero, tío, le aseguro que no ocurrió nada... Me equivoqué de puerta, estaba achispado –exclamé.

»Él se encogió de hombros
»–Vamos, no digas tonterías.
»Alcé la mano:
»–Se lo juro por mi honor.
»Mi tío prosiguió:
»–Sí, está bien. Tu deber es decir eso.
»Me enfadé a mi vez, y le conté todo mi contratiempo. Me miraba con ojos pasmados, sin saber a qué atenerse.

»Después salió para conferenciar con el coronel. Me enteré a continuación de que habían formado también una especie de tribunal de madres, al cual se sometían las diferentes fases de la situación.

»Volvió una hora después, se sentó con porte de juez, y comenzó:

»–Sea como sea, sólo veo un medio para salir del paso, y es casarte con la señorita Dumoulin.

»Di un salto de espanto:

»–Eso sí que no. ¡Nunca! ¡Faltaría más!

»Me preguntó gravemente:

»–Y qué piensas hacer?

»Respondí con sencillez:

»–Pues... marcharme, cuando me hayan devuelto mis botinas.

»Mi tío prosiguió:

»–No bromeemos, por favor. El coronel está decidido a saltarte la tapa de los sesos en cuanto te vea. Y puedes estar seguro de que no amenaza en vano. Yo he hablado de un duelo, y me ha respondido: "No, le digo a usted que le saltaré la tapa de los sesos".

»"Examinemos ahora la cuestión desde otro punto de vista.

»"O bien tú has seducido a esa niña y, entonces, peor para ti, hijo mío, pues no hay que jugar con las jovencitas; o bien te has equivocado estando ebrio, como dices, y entonces todavía peor. Uno no se coloca en situaciones tan bobas.

»"De todas formas, la reputación de la pobre chica está arruinada, porque nadie creerá nunca en tus explicaciones de borracho. La verdadera víctima, la única víctima en todo esto, es ella. Reflexiona.

»Y se marchó mientras yo gritaba a sus espaldas:

»—Diga usted todo lo que quiera. No me casaré.

»Me quedé solo una hora más.

»Vino mi tía, a su vez. Lloraba. Utilizó todos los razonamientos. Nadie creía en mi error. No podían admitir que la jovencita se hubiera olvidado de cerrar su puerta con llave en una casa llena de gente. El coronel le había pegado. Sollozaba desde por la mañana. Era un escándalo terrible, imborrable. Y mi buena tía añadió:

»—Pide su mano. Quizás encontremos un medio de sacarte del paso al discutir las condiciones del contrato.

»Esta perspectiva me alivió. Y accedí a escribir mi petición.

»Una hora después volvía a salir para París.

»Al día siguiente me avisaron que mi petición había sido aceptada.

»Entonces, en tres semanas, sin que hubiera podido encontrar yo un ardid, un pretexto, se publicaron las amonestaciones, se enviaron las invitaciones, se firmó el contrato, y me encontré, un lunes por la mañana, en el coro de una iglesia iluminada, al lado de una muchachita llorosa, tras haber declarado ante el alcalde que consentía en tomarla por compañera... hasta que la muerte nos separara.

»No la había vuelto a ver, y la miraba de reojo con cierto malévolo asombro. Sin embargo, no era fea, nada fea. Me decía: "No le espera una vida muy alegre".

»No me miró ni una vez hasta la noche, y no me dijo una palabra.

»A mitad de la noche entré en la cámara nupcial con la intención de comunicarle mis resoluciones, pues ahora yo era el amo.

»La encontré sentada en un sillón, vestida como durante el día, con los ojos rojos y la tez pálida. Se levantó en cuanto entré, y vino gravemente hacia mí:

»–Caballero –me dijo–, estoy dispuesta a hacer lo que usted ordene. Me mataré si ése es su deseo.

»Estaba lindísima en aquel papel heroico, la hija del coronel. La besé, estaba en mi derecho.

»Y pronto me di cuenta de que no me habían estafado.

»Hace cinco años que estoy casado. Y todavía no lo lamento.

*

Pierre Létoile enmudeció. Sus compañeros reían. Uno de ellos dijo:

–El matrimonio es una lotería; no hay que escoger nunca los números, los mejores son los del azar.

Y otro añadió para concluir:

–Sí, pero no olvidéis que el dios de los borrachos había escogido por Pierre.

El sustituto*

—¿La señora Bonderoi?
—Sí, la señora Bonderoi.
—¡No es posible!
—Se lo a-se-gu-ro.
—¿La señora Bonderoi, esa vieja de cofias de puntillas, la beata, la santa, la honorable señora Bonderoi que parece que lleva pegados alrededor del cráneo unos pelillos postizos?
—La misma.
—¡Oh! Vamos, ¿está usted loco?
—Se-lo-ju-ro.
—Pues cuénteme todos los detalles.
—Aquí los tiene. En la época del señor Bonderoi, el ex notario, la señora Bonderoi utilizaba a los pasantes, dicen, para su servicio personal. Es una de esas respetables burguesas de vicios secretos y principios inflexibles, como hay muchas. Le gustaban los guapos mozos, ¿hay algo más natural? ¿No nos gustan a nosotros las buenas mozas?

* *Le Remplaçant,* en *Gil Blas,* 2 de enero de 1883.

»Una vez que el viejo Bonderoi murió, la viuda se puso a vivir como una rentista pacífica e irreprochable. Frecuentaba asiduamente la iglesia, criticaba desdeñosamente al prójimo, y no daba nada que hablar.

»Después envejeció, se convirtió en la mujercita que usted conoce, afectada, agria, maligna.

»Ahora bien, he aquí la inverosímil aventura ocurrida el pasado jueves: mi amigo Jean de Anglemate es, como usted sabe, capitán de dragones, y está acuartelado en el arrabal de La Rivette.

»Al llegar al cuartel, la otra mañana, se enteró de que dos hombres de su compañía se habían dado una zurra fenomenal. El honor militar tiene leyes severísimas. Se produjo un duelo. Después del asunto, los soldados se reconciliaron e, interrogados por su oficial, le contaron el motivo de la disputa. Se habían pegado por la señora Bonderoi.

—¡Oh!

—Sí, amigo mío, ¡por la señora Bonderoi!

»Pero le cedo la palabra al dragón Siballe.

*

—La cosa fue así, mi capitán. Hace unos dieciocho meses paseaba yo por la calle, entre las seis y las siete de la tarde, cuando me abordó una individua.

»Me dijo, como si me preguntara una dirección:

»—Militar, ¿quiere ganarse honradamente diez francos por semana?

»—A su disposición, señora. —Le respondí sinceramente.

»Entonces ella me dijo:

»—Venga a verme mañana, a mediodía. Soy la señora Bonderoi, de la calle de la Tranchée, número 6.

»–No faltaré, señora, esté tranquila.

»Después se separó de mí muy contenta, agregando:

»–Se lo agradezco mucho, militar.

»–Soy yo el agradecido, señora.

»La cosa no dejó de inquietarme hasta el día siguiente.

»A mediodía, llamaba a su casa.

»Vino a abrirme en persona. Llevaba un montón de cintitas en el pelo.

»–Démonos prisa –dijo–, porque mi criada podría volver.

»Respondí:

»–Toda la prisa que usted quiera. ¿Qué hay que hacer?

»Entonces ella se echó a reír y replicó:

»–¿No lo comprendes, picaruelo?

»Yo no caía, mi capitán, palabra de honor.

»Ella vino a sentarse muy cerca de mí, y me dijo:

»–Si repites una sola palabra de esto, haré que te metan en la cárcel. Júrame que serás mudo.

»Le juré todo lo que quiso. Pero seguía sin comprender. Tenía la frente bañada en sudor. Entonces me quité el casco, donde estaba mi pañuelo. Ella cogió el pañuelo, y me secó el pelo de las sienes. Y de pronto me besa y me susurra al oído:

»–Entonces, ¿quieres?

»Respondí:

»–Quiero lo que usted quiera, señora, pues para eso he venido.

»Entonces ella se manifestó abiertamente para darse a entender. Cuando vi de qué se trataba, dejé mi casco en una silla, y le demostré que un dragón no retrocede nunca, mi capitán.

»No es que la cosa me dijera mucho, porque la individua ya estaba más que pasada. Pero no hay que andarse con miramientos en este oficio, en vista de que los cuartos andan escasos. Y además uno tiene una familia que mantener. Yo me decía: "Sacaré cinco francos para mi padre, con esto".

»Cumplida la faena, mi capitán, me dispuse a retirarme. Ella habría querido que no me marchara tan pronto. Pero yo le dije:

»–Las cuentas claras, señora. Una copita cuesta cuarenta céntimos, y dos copitas cuestan ochenta céntimos.

»Ella entendió bien el razonamiento y me metió en la palma de la mano un napoleón de diez castañas. No me convenía nada esa moneda, porque se escurre en el bolsillo, y cuando los pantalones no están bien cosidos, uno la encuentra en las botas, o no la encuentra.

»Mientras yo miraba aquella oblea amarilla diciéndome esto, ella me contempla; y después se pone colorada, y se equivoca sobre mi expresión, y me pregunta:

»–¿Es que opinas que no es suficiente?

»Yo le respondo:

»–No es exactamente eso, señora, pero, si no le importa, preferiría dos piezas de cinco francos.

»Me las dio y me largué.

»Pues bien, mi capitán, hace dieciocho meses que dura la cosa. Voy allí todos los martes, por la noche, cuando usted accede a darme permiso. Ella prefiere eso, porque su criada está ya acostada.

»Ahora bien, la semana pasada me encontraba indispuesto, y tuve que pasar a la enfermería. Llega el martes, no hay manera de salir; y me reconcomía la sangre por las diez castañas a que estoy acostumbrado.

»Me dije: "Si no va nadie, menuda lata; seguro que se busca un artillero". Y eso me alborotaba.

»Entonces mandé a buscar a Paumelle, un paisano mío, y le conté el asunto:

»—Habrá cinco francos para ti y cinco para mí, ¿de acuerdo?

»Acepta, y se pone en camino. Yo le había dado todas las informaciones. Llama; ella abre; lo hace pasar; no lo mira a la cara y ni se da cuenta de que no es el mismo.

»Ya comprenderá usted, mi capitán, un dragón y otro dragón, si llevan el casco puesto, se parecen.

»Pero de pronto descubre la transformación, y pregunta con aire colérico:

»—¿Quién es usted? ¿Qué es lo que quiere? Yo a usted no lo conozco.

»Entonces Paumelle se explica. Demuestra que estoy indispuesto y expone que lo he enviado de sustituto.

»Ella lo mira, lo obliga a jurar el secreto, y después lo acepta, como puede imaginarse usted, en vista de que Paumelle tampoco está nada mal.

»Pero cuando ese perro volvió, mi capitán, no quiso darme mis cinco francos. Si hubieran sido para mí, no habría dicho nada, pero, pero eran para mi padre; y en eso, no admito bromas.

»Le dije:

»—Tu proceder no es delicado para un dragón, y deshonras el uniforme.

»Él me levantó la mano, mi capitán, diciendo que aquella faena valía más del doble.

»Cada cual con su opinión, ¿no? Nadie lo obligaba a aceptar. Le di un puñetazo en la nariz. El resto ya lo sabe usted.

*

El capitán de Anglemare lloraba de risa contándome la historia. Pero también me hizo jurar el secreto que él había garantizado a los dos soldados.

–Sobre todo no vaya usted a traicionarme, guárdeselo para usted, ¿me lo promete?

–¡Oh!, no tema. Pero, en definitiva, ¿cómo se arregló todo?

–¿Cómo? ¡Apuesto lo que sea a que no lo adivina! La señora Bonderoi se ha quedado con sus dos dragones, reservándoles un día a cada uno. De esta manera, todos contentos.

–¡Oh ¡Ésa sí que es buena, buenísima!

–Y los ancianos padres tienen ingresos para rato. La moral está satisfecha.

Los zuecos*

A Léon Fontaine

El anciano cura farfullaba las últimas frases de su sermón por encima de las cofias blancas de las campesinas y de los cabellos tiesos o con brillantina de los campesinos. Los grandes cestos de las granjeras que habían llegado de lejos para la misa estaban en el suelo, a su lado; y el pesado calor de un día de julio desprendía de todo el mundo un olor de ganado, un perfume de rebaño. Las voces de los gallos entraban por la gran puerta abierta, así como los mugidos de las vacas tumbadas en un campo vecino. A veces un soplo de aire cargado de aromas campestres se precipitaba bajo el pórtico y, levantando a su paso las largas cintas de las cofias, iba a hacer vacilar sobre el altar las llamitas amarillas de la punta de los cirios...

–Como el buen Dios desea. ¡Amén! –pronunciaba el sacerdote. Después calló, abrió un libro y empezó, como todas las semanas, a recomendar a su grey los asuntillos íntimos de la comunidad. Era un anciano de cabellos blancos que administraba la parroquia desde hacía casi

---

* *Les Sabots*, en *Gil Blas*, 21 de enero de 1883.

cuarenta años, y la plática le servía para comunicarse familiarmente con toda su gente.

Prosiguió:

—Encomiendo a vuestras oraciones a Desiré Vallin, que está muy enfermo, y también a la Paumelle que tarda en recuperarse de su parto.

No se acordaba de más; buscaba los trozos de papel metidos en un breviario. Por fin encontró dos, y continuó:

—Los mozos y las mozas no tienen por qué venir por las noches al cementerio, o avisaré al guarda rural.

»Don Césaire Omont quisiera encontrar una jovencita honrada para sirvienta. —Reflexionó todavía unos segundos, después agregó—: Esto es todo, hermanos, os deseo la gracia, en el nombre del Padre, del Hijo y del Espíritu Santo.

Y bajó del púlpito para terminar la misa.

Cuando los Malandain hubieron regresado a su choza, la última del caserío de La Sablière, junto a la carretera de Fourville, el padre, un campesino viejo, bajito, enjuto y arrugado, se sentó a la mesa, mientras su mujer descolgaba la olla y su hija Adélaïde cogía en el aparador los vasos y los platos, y dijo:

—No estaría mal, esa colocación con el señor Omont, en vista de que está viudo, que su nuera no lo quiere, que está solo y que tiene posibles. Tal vez haríamos bien en mandar a Adélaïde.

La mujer colocó en la mesa la olla renegrida, quitó la tapa y, mientras ascendía hacia el techo un vapor de sopa lleno de olor a coles, reflexionó.

El hombre prosiguió:

—Posibles sí que tiene. Pero habría que ser espabilada y Adélaïde no es ni pizca.

La mujer articuló entonces:

—Podríamos ver, de todos modos.

Después, volviéndose hacia su hija, una mocetona con pinta de boba, pelo amarillo, gruesas mejillas rojas como la piel de las manzanas, gritó:

—Ya oyes, animalota. Irás a casa del señor Omont a ofrecerte de sirvienta, y harás todo lo que te mande.

La chica se echó a reír tontamente, sin responder. Después los tres empezaron a comer.

Al cabo de diez minutos, el padre prosiguió:

—Escúchame unas palabras, hija, y trata de no echar en saco roto lo que voy a decirte...

Y le trazó en términos lentos y minuciosos toda una regla de conducta, previendo los menores detalles, preparándola para esta conquista de un viejo viudo a malas con su familia.

La madre había cesado de comer para escuchar, y con el tenedor en la mano, los ojos sucesivamente sobre su hombre y sobre su hija, seguía estas instrucciones con atención concentrada y muda.

Adélaïde permanecía inerte, la mirada errante y vaga, dócil y estúpida.

En cuanto terminó la comida, la madre le hizo ponerse su cofia y salieron las dos para ir a ver a don Césaire Omont. Éste habitaba en una especie de pabelloncito de ladrillo adosado a las construcciones de la casa de labor que ocupaban sus granjeros, pues se había retirado de la explotación para vivir de sus rentas.

Tenía unos cincuenta y cinco años; era gordo, jovial y brusco como un hombre rico. Reía y gritaba con un vozarrón que derribaba los muros, bebía vasos llenos de sidra y aguardiente, y se le tenía aún por fogoso, a pesar de su edad.

Le gustaba pasearse por el campo, las manos a la espalda, hundiendo sus zuecos de madera en la tierra fértil, examinando la recolección del trigo o la floración de la colza con ojos de aficionado, perfectamente a sus anchas, a quien le gusta eso pero que ya no se mata trabajando.

De él se decía: «Marca siempre buen tiempo, aunque algunos días se levante de malas».

Recibió a las dos mujeres con la barriga pegada a la mesa, terminando su café. Y, echándose hacia atrás, preguntó:

—¿Qué es lo que desean?

La madre tomó la palabra:

—Es nuestra hija Adélaïde que vengo a ofrecerle de sirvienta, en vista de lo que dijo esta mañana el señor cura.

El señor Omont examinó a la chica, y después, bruscamente:

—¿Qué edad tiene esta pichona?

—Veintiún años para San Miguel, señor Omont.

—Está bien; le daré quince francos al mes y la comida. La espero mañana, para hacerme la sopa del desayuno.

Y despidió a las dos mujeres.

Adélaïde entró en funciones al día siguiente y se puso a trabajar duro, sin decir una palabra, como hacía en casa de sus padres.

A eso de las nueve, mientras limpiaba las baldosas de la cocina, el señor Omont le dio una voz:

—¡Adélaïde!

Acudió corriendo.

—Aquí estoy, amo.

En cuanto estuvo ante él, las manos rojas y abandonadas, la mirada inquieta, él declaró:

—Óyeme bien, que no haya equívocos entre nosotros. Tú eres mi sirvienta, pero nada más. Ya entiendes. No juntaremos nuestros zuecos.

—Sí, amo.

—Cada cual en su lugar, hija mía; tú tienes tu cocina, yo tengo mi sala. Aparte eso, todo será para ti como para mí. ¿De acuerdo?

—Sí, amo.

—Entonces, está bien, a tu trabajo.

Y ella se marchó a reanudar sus faenas.

Al mediodía sirvió la comida del amo en su salita de papel pintado, y después, cuando la sopa estuvo en la mesa, fue a avisar al señor Omont.

—Está usted servido, amo.

Él entró, se sentó, miró a su alrededor, desplegó su servilleta, vaciló un segundo y después, con voz tonante:

—¡Adélaïde!

Ella llegó, asustada. Él gritó como si fuera a asesinarla.

—Pero, bueno, ¡maldita sea!... Y tú, ¿dónde está tu sitio?

—Pero... amo...

Él chillaba:

—No me gusta comer solo, ¡maldita sea!... Vas a sentarte ahí, o si no quieres, ya puedes largarte. Ve a buscar tu plato y tu vaso.

Espantada, trajo su cubierto balbuciendo:

—Aquí estoy, amo.

Y se sentó frente a él.

Entonces él se puso jovial; bebía, golpeaba la mesa, contaba historias que ella escuchaba con los ojos bajos, sin atreverse a pronunciar palabra.

De vez en cuando se levantaba para ir a buscar pan, sidra, platos.

Al traer el café, sólo colocó una taza delante de él; entonces, encolerizado de nuevo, gruñó:

—¿Y para ti, qué?

—Yo no tomo, amo.

—¿Por qué no tomas?

—Porque no me gusta.

Entonces él estalló de nuevo:

—No me gusta tomar café solo, maldita sea... Si no quieres sentarte y tomarlo tú, vas a largarte, maldita sea... Vete a buscar una taza, y deprisita.

Ella fue a buscar una taza, se sentó, saboreó el negro licor, hizo una mueca; pero, ante los furiosos ojos de su amo, se lo tragó hasta el final. Después él le hizo beber un primer vaso de aguardiente para enjuagar la taza, un segundo para empujar el enjuague, y un tercero, el de la espuela.

Y el señor Omont la despidió.

—Vete ahora a fregar los platos, eres una buena chica.

Lo mismo ocurrió por la noche. Luego tuvo que jugar con él su partida de dominó; y después la mandó a la cama.

—Vete a acostar, yo subiré en seguida.

Y se dirigió a su cuarto, una buhardilla bajo el tejado. Rezó sus oraciones, se desvistió y se deslizó entre las sábanas.

Pero de repente dio un salto, asustada. Un grito furioso hacía retemblar la casa:

—¡Adélaïde!

Abrió la puerta y respondió desde el desván:

—Estoy aquí, amo.

—¿Dónde estás?

—Pues estoy en la cama, amo.

Entonces él vociferó:

—¿Quieres bajar, maldita sea?... No me gusta dormir solo, maldita sea..., y si no quieres, ya puedes largarte, maldita sea...

Entonces respondió desde arriba, desatinada, buscando su vela:

—Voy en seguida, amo.

Y él oyó sus pequeños zuecos abiertos golpear las escaleras de abeto; y, cuando ella hubo llegado a los últimos peldaños, la cogió del brazo, y en cuanto ella hubo dejado delante de la puerta su estrecho calzado de madera al lado de las grandes galochas de su amo, la empujó hacia su habitación, gruñendo:

—¡Date prisa, maldita sea!...

Y ella repetía sin cesar, sin saber lo que decía:

—Aquí estoy, aquí estoy, amo.

Seis meses después, un domingo que fue a ver a sus padres, su padre la examinó curiosamente, y después preguntó:

—¿No estás tú preñada?

Ella se quedó atónita, mirándose el vientre, repitiendo:

—No, no creo.

Entonces él la interrogó, quiso saberlo todo:

—Dime, ¿no habréis juntado, alguna noche, vuestros zuecos?

—Sí, los juntamos la primera noche, y todas las demás.

—Pues no me digas más... Estás hecha un tonel relleno.

Ella se puso a sollozar, balbuciendo:

—¿Y yo qué sabía, y yo qué sabía?

El tío Malandain la acechaba, con ojos despiertos y pinta de satisfecho. Preguntó:

—¿Qué es lo que no sabías?

Ella contestó, entre lloros:

—¿Y yo qué sabía, yo, que era así como se hacían los hijos?

Su madre llegaba. El hombre articuló, sin cólera:

—Ahí la tienes, preñada, donde la ves.

Pero la mujer se enfadó, rebelándose instintivamente, insultando a voz en grito a su llorosa hija, motejándola de «palurda» y de «arrastrada».

Entonces el viejo la hizo callar. Y mientras cogía su gorra para ir a hablar del asunto con don Césaire Omont, declaró:

—Es aún más idiota de lo que me imaginaba. No sabía lo que hacía, esta tontaina.

En la plática del domingo siguiente, el viejo cura publicaba las amonestaciones de D. Onufre Césaire Omont con Céléste Adélaïde Malandain.

De viaje*

A Gustave Toudouze

1

El vagón venía completo desde Cannes; la gente charlaba, todos se conocían. Cuando pasaron por Tarascón, alguien dijo: «Aquí es donde ocurren los asesinatos». Y se pusieron a hablar del misterioso y escurridizo asesino que, desde hace dos años, se permite el lujo de matar a un viajero de vez en cuando. Cada cual hacía suposiciones, cada cual daba su opinión; las mujeres miraban escalofriadas la oscura noche de detrás de los cristales, con el temor de ver aparecer de repente una cabeza de hombre en la portezuela. Y empezaron a contar historias espantosas de malos encuentros, viajes a solas con locos en un rápido, horas pasadas frente a un personaje sospechoso.

Cada hombre sabía una anécdota que lo honraba, cada cual había intimidado, derribado y agarrotado a algún malhechor en sorprendentes circunstancias, con

---

* *En voyage*, en *Le Gaulois*, 10 de mayo de 1883.

una presencia de ánimo y una audacia admirables. Un médico, que pasaba los inviernos en el Sur, quiso a su vez contar una aventura:

*

—Yo —dijo— jamás he tenido la suerte de probar mi valor en un caso de este tipo; pero conocí a una mujer, una de mis clientas, hoy muerta, a quien le ocurrió la cosa más singular del mundo, y también de lo más misteriosa y enternecedora.

»Era una rusa, la condesa María Baranof, una gran dama, de exquisita belleza. Ya saben ustedes lo guapas que son las rusas, o al menos lo guapas que nos parecen, con su nariz fina, su boca delicada, sus ojos juntos, de color indefinible, de un azul grisáceo, y su gracia fría, un poco dura. Tienen algo de malvado y seductor, de altanero y dulce, de tierno y severo, totalmente fascinante para un francés. En el fondo, acaso sea sólo la diferencia de raza y de tipo lo que me hace ver en ellas tantas cosas.

»Su médico la veía amenazada, desde hacía varios años, por una enfermedad del pecho, y trataba de decidirla a venir al sur de Francia; pero ella se negaba obstinadamente a abandonar Petersburgo. Por fin el pasado otoño, juzgándola perdida, el doctor previno al marido, quien ordenó al punto a su esposa que partiera para Menton.

»Cogió ella el tren, sola en su vagón, pues su servidumbre ocupaba otro departamento. Estaba sentada junto a la portezuela, un poco triste, viendo cómo pasaban campos y aldeas, sintiéndose muy aislada, muy abandonada en la vida, sin hijos, casi sin parientes, con un marido cuyo amor había muerto y que la arrojaba así al otro extremo del mundo sin venir con ella, como quien envía al hospital a un criado enfermo.

»En todas las estaciones su servidor, Iván, venía a informarse de si la señora necesitaba algo. Era un viejo criado, ciegamente servicial, dispuesto a cumplir todas las órdenes que ella le diera.

»Cayó la noche, el tren rodaba a toda velocidad. Ella no podía dormir, nerviosa en exceso. De repente se le ocurrió la idea de contar el dinero que su marido le había entregado en el último minuto, en oro francés. Abrió su pequeño bolso y vació sobre sus rodillas el brillante raudal metálico.

»Pero de pronto una ráfaga de aire frío hirió su rostro. Sorprendida, alzó la cabeza. La portezuela acababa de abrirse. La condesa María, trastornada, arrojó bruscamente un chal sobre el dinero extendido sobre su vestido, y esperó. Transcurrieron unos segundos, después apareció un hombre, destocado, herido en la mano, jadeante, con traje de etiqueta. Cerró la puerta, se sentó, miró a su vecina con ojos brillantes, y después envolvió con un pañuelo su muñeca, de la que corría la sangre.

»La joven se sentía desfallecer de miedo. Aquel hombre la había visto contar su dinero, con toda seguridad, y había venido a robarla y a matarla.

»Él la miraba fijamente, sin resuello, el rostro convulso, dispuesto a saltar sobre ella, sin duda.

»Él dijo bruscamente:

»—¡Señora, no tenga miedo!

»Ella no respondió nada, incapaz de abrir la boca; oía los latidos de su corazón y los zumbidos de sus oídos.

»Él prosiguió:

»—No soy un malhechor, señora.

»Ella seguía sin decir nada, pero al hacer un movimiento brusco sus rodillas se acercaron y el oro empezó a correr por la alfombra como el agua corre de un canalón.

»El hombre, sorprendido, miraba aquel chorro de metal, y de pronto se agachó a recogerlo.

»Ella, aterrada, se levantó, lanzando al suelo toda su fortuna, y corrió a la portezuela para precipitarse a la vía. Pero él comprendió lo que iba a hacer: se abalanzó, la cogió entre sus brazos, la obligó a sentarse a la fuerza, y sujetándola por las muñecas:

»–Óigame, señora, no soy un malhechor, y la prueba es que voy a recoger ese dinero y a devolvérselo. Pero soy un hombre perdido, un hombre muerto, si usted no me ayuda a pasar la frontera. No puedo decirle más. Dentro de una hora estaremos en la última estación rusa; dentro de una hora y veinte, cruzaremos la frontera del Imperio. Si usted no me socorre, estoy perdido. Y, sin embargo, señora, no he matado, ni robado, ni he hecho nada contrario al honor. Se lo juro. No puedo decirle más.

»Y poniéndose de rodillas recogió el oro bajo los asientos, buscando las últimas piezas, que habían rodado a lo lejos. Después, cuando el bolsito de cuero estuvo de nuevo lleno, se lo entregó a su vecina sin agregar una palabra, y volvió a sentarse en la otra esquina del vagón.

»Ya no se movían ni el uno ni la otra. Ella permanecía inmóvil y muda, todavía desfallecida de terror, pero calmándose poco a poco. En cuanto a él, no hacía un gesto, ni un movimiento; seguía muy tieso, los ojos clavados en el vacío, palidísimo, como si estuviera muerto. De vez en cuando ella le lanzaba una brusca mirada, desviándola en el acto. Era un hombre de unos treinta años, muy guapo, con toda la apariencia de un hidalgo.

»El tren corría en las tinieblas, lanzaba entre la noche llamadas desgarradoras, aflojaba a veces la marcha, y después volvía a arrancar a toda velocidad. Pero de pronto moderó su avance, silbó varias veces y se detuvo del todo.

»Iván apareció en la portezuela para recibir órdenes.

»La condesa María, con voz trémula, examinó por última vez a su extraño compañero, y después dijo a su servidor, con voz brusca:

»—Iván, vas a regresar con el conde, ya no te necesito.

»El hombre, desconcertado, abría unos ojos enormes. Balbució:

»—Pero... *barina**.

»Ella prosiguió:

»No, no vendrás, he cambiado de opinión. Quiero que te quedes en Rusia. Ten, ahí tienes dinero para regresar. Dame tu gorro y tu abrigo.

»El viejo doméstico, pasmado, se destocó y tendió su abrigo, sin replicar, siempre obediente, habituado a las voluntades repentinas y a los irresistibles caprichos de los amos. Y se alejó con lágrimas en los ojos.

»El tren arrancó, corriendo hacia la frontera.

»Entonces la condesa María le dijo a su vecino:

»—Estas cosas son para usted, caballero; usted es Iván, mi servidor. No pongo sino una condición a lo que hago: y es que no me hablará nunca, no me dirá una palabra, ni para darme las gracias ni para nada de nada.

»El desconocido se inclinó sin pronunciar una palabra.

---

* *Bárin* significa señor en ruso. Maupassant le da una terminación femenina, y santas pascuas, sin tener en cuenta la palatalización que sufre el femenino, *báriña*.

»Pronto se detuvieron de nuevo y unos funcionarios de uniforme visitaron el tren. La condesa les tendió sus papeles, y señalando al hombre sentado en el fondo de su vagón:

»—Es mi criado Iván, y éste es su pasaporte.

»El tren reanudó la marcha.

»Durante toda la noche permanecieron a solas, mudos los dos.

»Llegada la mañana, cuando se pararon en una estación alemana, el desconocido se apeó; y después, de pie en la portezuela:

»—Perdóneme, señora, por romper mi promesa; pero la he privado de su criado, y es justo que lo reemplace. ¿No necesita usted nada?

»Ella respondió fríamente:

»—Vaya a buscar a mi doncella.

»Y él se fue. Después desapareció.

»Cuando ella bajaba en alguna cantina, lo divisaba a lo lejos, mirándola. Llegaron a Menton.

2

El doctor enmudeció un segundo, después prosiguió:

—Un día que recibía yo a mis clientes en la consulta, vi entrar a un joven alto, que me dijo:

»—Doctor, vengo a pedirle noticias de la condesa María Baranof. Soy, aunque ella no me conozca, un amigo de su esposo.

»Respondí:

»—Está perdida. No regresará a Rusia.

»Y el hombre empezó de repente a sollozar, después se levantó y salió dando traspiés como un borracho.

»Esa misma tarde advertí a la condesa que un extranjero había venido a interrogarme sobre su salud. Pareció emocionada y me contó toda la historia que acabo de narrarles. Agregó:

»—Ese hombre, que no sé quién es, me sigue ahora como mi sombra, lo encuentro cada vez que salgo; me mira de una forma extraña, pero no me ha hablado nunca.

»Reflexionó, y después añadió:

»—Mire, apuesto a que está bajo mis ventanas.

»Abandonó su *chaise longue,* fue a correr las cortinas y me mostró, en efecto, al hombre que había venido a verme, sentado en un banco del paseo, con los ojos alzados hacia el hotel. Nos vio, se levantó y se alejó sin volver la cabeza una sola vez.

»Entonces asistí a una cosa sorprendente y dolorosa: al amor mudo de aquellos dos seres que no se conocían.

»Él la amaba con la fidelidad de un animal salvaje, agradecido y fiel hasta la muerte. Venía todos los días a preguntarme: "¿Cómo sigue?", comprendiendo que yo lo había adivinado. Y lloraba terriblemente cuando la veía pasar, más débil y más pálida cada día.

»Ella me decía:

»—Sólo he hablado una vez con ese hombre singular, y me parece que lo conozco hace veinte años.

»Y cuando se encontraban, ella le devolvía el saludo con una sonrisa grave y encantadora. Yo la notaba feliz a ella, tan abandonada y que se sabía condenada; la notaba feliz por ser amada así, con aquel respeto y aquella constancia, con aquella poesía exagerada, con aquella abnegación dispuesta a todo. Y, no obstante, fiel a su obstinación de exaltada, se negaba desesperadamente a recibirlo, a saber su nombre, a hablarle. Decía:

»–No, no, eso estropearía esta extraña amistad. Es preciso que sigamos ajenos el uno al otro.

»En cuanto a él, era igualmente una especie de Don Quijote, pues nada hizo para acercarse a ella. Quería cumplir hasta el fin la absurda promesa de no hablarle nunca que había hecho en el vagón.

»A menudo, durante sus largas horas de debilidad, ella se levantaba de la *chaise longue* e iba a entreabrir las cortinas para mirar si él estaba allí, bajo su ventana. Y cuando lo había visto, siempre inmóvil en su banco, volvía a acostarse con una sonrisa en los labios.

»Murió una mañana, hacia las diez. Al salir yo del hotel, él vino hacia mí, con el rostro descompuesto; sabía ya la noticia.

»–Quisiera verla un segundo, delante de usted –dijo.

»Lo cogí del brazo y entré de nuevo en la casa.

»Cuando estuvo delante del lecho de la muerta, le cogió la mano y la besó con un interminable beso, después escapó como desatinado.

*

El doctor enmudeció de nuevo, y prosiguió:

–Ahí tienen, con toda seguridad, la más singular aventura de ferrocarril que conozco. Hay que decir también que los hombres están completamente chalados.

»Una mujer murmuró a media voz:

–Esos dos seres no estaban tan locos como ustedes creen... Eran..., eran...

Pero no podía hablar, de tanto como lloraba. Y cambiaron de conversación para calmarla; nunca se supo lo que quería decir.

El amigo Patience*

–¿Sabes qué ha sido de Leremy?
 –Es capitán del sexto de dragones.
 –¿Y Pinson?
 –Subprefecto.
 –¿Y Racollet?
 –Murió.

Buscábamos otros nombres que nos recordaban jóvenes figuras tocadas con el quepis galoneado de oro. Habíamos encontrado más adelante algunos de aquellos compañeros, barbudos, calvos, casados, padres de varios hijos; y esos encuentros con esos cambios nos habían provocado desagradables escalofríos, mostrándonos cuán corta es la vida, cómo todo pasa, cómo todo cambia. Mi amigo preguntó:

–¿Y Patience, el gordo de Patience?

Lancé una especie de alarido:

–¡Oh!, lo que es ése, escucha, escucha... Estaba yo, hace cuatro o cinco años, de visita de inspección en Limoges,

* *L'Ami Patience*, en *Gil Blas*, 4 de septiembre de 1883.

esperando la hora de cenar. Sentado delante del gran café de la plaza del Teatro, me aburría una barbaridad. Los comerciantes llegaban de dos en dos, tres o cuatro, a tomar un ajenjo o un vermut, hablaban muy alto de sus negocios y de los de los demás, reían violentamente o bajaban el tono para comunicarse cosas importantes y delicadas.

»Yo me decía: "¿Qué haré después de cenar?". Y pensaba en la larga noche en esta ciudad de provincia, en el paseo lento y triste a través de calles desconocidas, en la abrumadora tristeza que se desprende, para el viajero solitario, de esa gente que pasa y que le es del todo ajena, en todo: por la forma de la chaqueta provinciana, del sombrero y de los pantalones, por los hábitos y el acento local, tristeza penetrante que brota también de las casas, de las tiendas, de los carruajes de formas singulares, de los ruidos habituales a los que uno no está acostumbrado, tristeza agobiante que nos hace apretar poco a poco el paso, como si estuviéramos perdidos en un país peligroso que nos oprime, nos hace desear el hotel, el repelente hotel cuya habitación ha conservado mil olores sospechosos, cuyo lecho induce a vacilar, cuya palangana conserva un cabello pegado en el polvo del fondo.

»Pensaba en todo eso al ver encender el gas, y sentía aumentar la angustia de mi aislamiento con la caída de las sombras. ¿Qué haré después de cenar? Estaba solo, totalmente solo, lamentablemente perdido.

»Un hombre gordo vino a sentarse a la mesa contigua, y ordenó con voz formidable:

»–¡Camarero, mi bíter!

»El "mi" sonó en la frase como un cañonazo. Comprendí en seguida que todo era suyo, muy suyo, en la existencia, y no de otro; que tenía su carácter, caramba, su apetito, su pantalón, su lo que fuera de una manera propia, absoluta, más completa que nadie. Después miró a su alrededor con pinta satisfecha. Le trajeron su bíter, y llamó:

»–¡Mi periódico!

»Yo me preguntaba: "¿Cuál puede ser su periódico?".

»El título, sin duda, me revelaría su opinión, sus teorías, sus principios, sus monomanías, sus ingenuidades.

»El camarero trajo *Le Temps*. Me sorprendió. ¿Por qué *Le Temps*, periódico serio, gris, doctrinario, ponderado? Pensé: "Es un hombre prudente, de costumbres serias, de hábitos regulares, en fin, un buen burgués".

»Se puso unos lentes de oro en la nariz, se retrepó y, antes de comenzar su lectura, lanzó de nuevo una mirada circular. Me vio y al punto empezó a examinarme de forma insistente y molesta. Ya iba incluso a preguntarle la razón de esa atención, cuando me gritó desde su sitio:

»–¡Caray!, pero si es Gontran Lardois.

»Respondí:

»–Sí, caballero, no se equivoca usted.

»Entonces se levantó bruscamente y vino hacia mí, alargando las manos.

»–¡Ah, chico! ¿Qué tal te va?

»Yo seguía muy molesto, pues no lo reconocía. Balbucí:

»–Pues..., muy bien..., y... ¿a usted?

»Se echó a reír:

»–¡Apuesto a que no me reconoces!

»–No, en absoluto... Sin embargo... me parece...

»Me palmeó en un hombro:

»–Vamos, menos bromas. Soy Patience, Robert Patience, tu amigo, tu compañero.

»Lo reconocí. Sí, Robert Patience, mi compañero de colegio. Era eso. Estreché la mano que me tendía:

»–¿Y tú? ¿Te va bien?

»–¿A mí? Divinamente.

»Su sonrisa proclamaba el triunfo.

»Preguntó:

»–¿Qué vienes a hacer por aquí?

»Expliqué que era inspector de Hacienda y que estaba de gira. Él prosiguió, señalando mi condecoración:

»–¿Has triunfado, no?

»Respondí:

»–Sí, bastante. ¿Y tú?

»–¡Oh! Yo, ¡muy bien!

»–¿A qué te dedicas?

»–A los negocios.

»–¿Ganas dinero?

»–Mucho, soy muy rico. Pero ven a buscarme a la hora del almuerzo, mañana por la mañana, a mediodía, en el diecisiete de la calle del Gallo; verás mi instalación.

»Pareció vacilar un segundo, luego prosiguió:

»–¿Sigues siendo el buen tipo de siempre?

»–Pues... ¡eso espero!

»–No te casaste, ¿verdad?

»–No.

»–Mejor que mejor. ¿Y te siguen gustando la juerga y las patatas?

»Empezaba a encontrarlo deplorablemente vulgar. No obstante, respondí:

»–Claro que sí.

»–¿Y las chicas guapas?

»–Lo que es eso, sí.

»Se echó a reír con una risa satisfecha:

»–Mejor que mejor, mejor que mejor. ¿Te acuerdas de nuestra primera broma en Burdeos, cuando estuvimos cenando en el cafetín de Roupie? ¡Qué francachela, eh!

»Recordaba, en efecto, aquella francachela; y el recuerdo me alegró. Otros hechos volvieron a mi memoria, otros más, y decíamos:

»—Oye, ¿y aquella vez que encerramos al vigilante en el sótano del padre Latoque?

»Y él se reía, golpeaba la mesa con el puño, proseguía:

»—Sí... sí... sí... ¿Y te acuerdas de la jeta del profesor de geografía, el señor Marin, cuando hicimos estallar un petardo en el mapamundi, en el momento en que peroraba sobre los principales volcanes del globo?

»Pero bruscamente le pregunté:

»—¿Y tú, te has casado?

»Gritó:

»—Hace diez años, amigo mío, y tengo cuatro hijos, unos críos maravillosos. Pero ya los verás, y también a la madre.

»Hablábamos alto; los vecinos se volvían para examinarnos con asombro.

»De repente mi amigo miró la hora en su reloj, un cronómetro del tamaño de una calabaza, y gritó:

»—¡Truenos!, es una lata, pero tengo que dejarte; por la noche, no estoy libre.

»Se levantó, me cogió las dos manos, las sacudió como si quisiera arrancarme los brazos y pronunció:

»—Hasta mañana al mediodía, ¿de acuerdo?

»—De acuerdo.

»Me pasé la mañana trabajando con el interventor de Hacienda. Quería retenerme a almorzar, pero le anuncié que estaba citado con un amigo. Como él tenía que salir, me acompañó.

»Le pregunté:

»–¿Sabe usted dónde está la calle del Gallo?

»Respondió:

»–Sí, a cinco minutos de aquí. Como no tengo nada que hacer, puedo llevarlo.

»Y nos pusimos en camino.

»Alcancé pronto la calle buscada. Era grande, bastante bonita, en el límite entre la ciudad y el campo. Yo miraba las casas y distinguí el 17. Era una especie de chalet con un jardín detrás. La fachada, adornada con frescos a la moda italiana, me pareció de mal gusto. Se veían diosas volcando urnas, otras cuyas bellezas secretas ocultaba una nube. Dos amorcillos sostenían el número.

»Le dije al interventor:

»–Es ahí adonde voy.

»Y le tendí la mano para separarnos. Él hizo un gesto brusco y singular, pero no dijo nada y estrechó la mano que le presentaba.

»Llamé. Apareció una criada. Pregunté:

»–¿El señor Patience, por favor?

»Respondió:

»–Aquí es, caballero... ¿Desea usted hablar con él?

»–Pues sí.

»El vestíbulo estaba adornado también con pinturas debidas al pincel de algún artista local. Pablos y Virginias se besaban bajo palmeras anegadas en una luz rosa. Un farol oriental y horroroso colgaba del techo. Varias puertas estaban enmascaradas por cortinajes llamativos.

»Pero lo que más me impresionaba era el olor. Un olor repugnante y perfumado, que recordaba los polvos de arroz y el moho de los sótanos. Un olor indefinible en una atmósfera pesada, abrumadora, como la de los baños turcos donde dan masajes a los cuerpos humanos.

Subí, detras de la criada, una escalera de mármol cubierta por una alfombra de tipo oriental, y me introdujeron en un suntuoso salón.

»Al quedarme solo miré a mi alrededor.

»La pieza estaba ricamente amueblada, pero con unas pretensiones de nuevo rico licencioso. Grabados del siglo pasado, bastante bellos, por lo demás, representaban mujeres con altos peinados empolvados, medio desnudas, sorprendidas por galantes caballeros, en posturas interesantes. Otra dama acostada en un gran lecho desordenado jugueteaba con el pie con un perrito tapado por las sábanas; otra se resistía con complacencia a su amante, cuya mano escapaba bajo las faldas. Un dibujo mostraba cuatro pies, cuyos cuerpos se adivinaban escondidos detrás de una cortina. La vasta pieza, rodeada por mullidos divanes, estaba impregnada por entero de aquel olor irritante y soso que ya me había asaltado. Algo sospechoso se desprendía de los muros, de las telas, del lujo exagerado, de todo.

»Me acerqué a la ventana para mirar el jardín, cuyos árboles divisaba. Era muy grande, sombreado, soberbio. Un ancho camino rodeaba un césped donde se desgranaba en el aire un surtidor, entraba bajo unos macizos, volvía a salir más lejos. Y de pronto, allá abajo, al fondo, entre dos matas de arbustos, aparecieron tres mujeres. Marchaban lentamente, cogidas del brazo, vestidas con largas batas blancas con nubes de encajes. Dos eran rubias y la otra morena. En seguida entraron bajo los árboles. Me quedé pasmado, encantado, ante aquella breve y fascinante aparición que hizo surgir en mí todo un mundo poético. Se habían mostrado apenas, a la luz precisa, en aquel marco de hojas, en aquel fondo de parque secreto y delicioso. Había vuelto a ver, de una sola ojeada, las hermosas damas del siglo pasado errando bajo las enramadas, esas hermosas damas cuyos ligeros amores evocaban los grabados galantes de las paredes. Y pensaba en el tiempo feliz, florido, espiritual y tierno en el cual las costumbres eran tan dulces y los labios tan fáciles...

»Una gruesa voz me hizo dar un salto. Patience había entrado y, radiante, me tendió las manos.

»Me miró a los ojos con el aire socarrón que se adopta para las confidencias amorosas, y con un gesto amplio y circular, con un gesto de Napoleón, me mostró su salón suntuoso, su parque, las tres mujeres que volvían a pasar por el fondo, y después, con voz triunfante que proclamaba el orgullo:

»–¡Quién diría que empecé con nada... mi mujer y mi cuñada!

La dicha*

Era la hora del té, antes de que entraran las lámparas. El chalet dominaba el mar; el sol, desaparecido, había dejado el cielo todo rosado a su paso, frotado de polvo de oro; y el Mediterráneo, sin una arruga, sin un temblor, liso, brillante aún bajo la luz agonizante, parecía una placa de metal bruñido y desmesurado.

A lo lejos, a la derecha, las montañas dentadas dibujaban su perfil negro sobre la púrpura descolorida del ocaso.

Se hablaba del amor, se discutía este viejo tema, se repetían cosas que se habían dicho ya con mucha frecuencia. La dulce melancolía del crepúsculo alargaba las palabras, hacía flotar un enternecimiento sobre las almas, y la palabra «amor», que reaparecía sin cesar, ora pronunciada por una fuerte voz masculina, ora dicha por una voz femenina de ligero timbre, parecía llenar la sala, revolotear por ella como un pájaro, planear sobre ella como un espíritu.

* *Le Bonheur*, en *Le Gaulois*, 16 de marzo de 1884.

¿Se puede amar varios años seguidos?

«Sí», pretendían unos.

«No», afirmaban otros.

Se distinguían los casos, se establecían demarcaciones, se citaban ejemplos; y todos, hombres y mujeres, llenos de recuerdos que brotaban turbadores, que no podían citar y que ascendían a sus labios, parecían emocionados, hablaban de esa cosa trivial y soberana, el acuerdo tierno y misterioso de dos seres, con profunda emoción y ardiente interés.

Pero, de repente, alguien, con los ojos clavados a lo lejos, exclamó:

–¡Oh! ¡Miren allá abajo! ¿Qué es eso?

Sobre el mar, al fondo del horizonte, surgía una masa gris, enorme y confusa.

Las mujeres se habían levantado y contemplaban sin comprenderla aquella cosa sorprendente que nunca habían visto.

Alguien dijo:

–¡Es Córcega! Se la divisa así dos o tres veces al año en ciertas condiciones atmosféricas excepcionales, cuando el aire, de una perfecta limpidez, no la oculta con esas brumas de vapor de agua que siempre velan la lontananza.

Se distinguían vagamente las crestas, creyeron reconocer la nieve de las cumbres. Y todos estaban sorprendidos, turbados, casi asustados por aquella brusca aparición de un mundo, por aquel fantasma salido del mar. Acaso tuvieron esas mismas extrañas visiones quienes partieron, como Colón, a través de los océanos inexplorados.

Entonces un viejo caballero, que todavía no había hablado), dijo:

—Fíjense, he conocido en esa isla, que se alza ante nosotros como para responder a lo que decíamos y traer a mi memoria un singular recuerdo, he conocido un ejemplo admirable de un amor constante, de un amor inverosímilmente dichoso.

»Es éste.

*

»Hice, hace cinco años, un viaje a Córcega. Esa isla salvaje es más desconocida y está más lejos de nosotros que América, aun cuando se la vea a veces desde las costas de Francia, como hoy.

»Figúrense un mundo todavía caótico, una tempestad de montañas separadas por estrechos barrancos por donde corren torrentes; ni una sola llanura, sino inmensas olas de granito y gigantescas ondulaciones de tierra cubiertas de maleza o de altos bosques de castaños y pinos. Es un suelo virgen, inculto, desierto, aunque a veces se divise una aldea, semejante a un montón de rocas en la cima de un monte. Nada de cultivos, ni la menor industria, ni el menor arte. Jamás se encuentra un pedazo de madera labrada, un trozo de piedra esculpida; jamás un recuerdo del gusto infantil o refinado de los antepasados por las cosas graciosas y bellas. Eso mismo es lo que más impresiona en ese soberbio y duro país: la indiferencia hereditaria hacia esa búsqueda de formas seductoras que se llama el arte.

»Italia, donde cada palacio, lleno de obras maestras, es una obra maestra en sí, donde mármol, madera, bronce, hierro, metales y piedras atestiguan el genio del hombre, donde los más menudos objetos antiguos que rondan por las viejas mansiones revelan esa divina preocupación por la gracia, es para todos nosotros la patria sagrada a la cual amamos porque nos muestra y nos prueba el esfuerzo, la grandeza, el poderío y el triunfo de la inteligencia creadora.

»Y, frente a ella, la Córcega salvaje ha perdurado tal como en sus primeros días. Los seres viven allá en rústicas casas, indiferentes a cuanto no afecte a su propia existencia o a sus querellas de familia. Y han conservado los defectos y cualidades de las razas incultas: violentos, rencorosos, sanguinarios con inconsciencia, pero también hospitalarios, generosos, abnegados, ingenuos, con las puertas abiertas a los transeúntes y dispuestos a una fiel amistad ante el menor indicio de simpatía.

»Desde hacía un mes, pues, vagaba yo a través de esa isla magnífica, con la sensación de estar en el fin del mundo. Nada de posadas, nada de tabernas, nada de carreteras. Uno llega, por senderos de cabras, a esos villorrios colgados del flanco de las montañas, que dominan abismos tortuosos desde donde se oye ascender, de noche, el ruido continuo, la voz sorda y profunda del torrente. Uno llama a la puerta de las casas. Pide un abrigo para la noche y con qué sustentarse hasta el día siguiente. Y uno se sienta a la humilde mesa, y duerme bajo el humilde techo; y estrecha, por la mañana, la mano extendida del anfitrión que os condujo hasta los límites de la aldea.

»Ahora bien, una tarde, después de diez horas de marcha, llegué a una pequeña vivienda totalmente aislada en el fondo de un estrecho valle que iba a arrojarse al mar una legua más adelante. Las dos rápidas pendientes de la montaña, cubiertas de maleza, de rocas desprendidas y de grandes árboles, encerraban cual dos sombrías murallas este barranco lamentablemente triste.

»En torno a la choza, algunas vides, un jardincillo y, más lejos, unos grandes castaños; en fin, algo con que vivir, una fortuna para ese país pobre.

»La mujer que me recibió era vieja, severa y limpia, excepcionalmente. El hombre, sentado en una silla de enea, se levantó para saludarme, después volvió a sentarse sin decir una palabra. Su compañera me dijo:

»—Discúlpelo, está sordo. Tiene ochenta y dos años.

»Hablaba el francés de Francia. Me sorprendió.

»Le pregunté:

»—¿No es usted de Córcega?

»Respondió:

»—No, somos continentales. Pero hace cincuenta años que vivimos aquí.

»Me invadió una sensación de angustia y de miedo ante la idea de aquellos cincuenta años transcurridos en aquel oscuro agujero, tan lejos de las ciudades donde habitan los hombres. Regresó a la casa un viejo pastor, y nos pusimos a comer el único plato de la cena: una sopa espesa en la que habían cocido juntos patatas, tocino y coles.

»Cuando la corta comida terminó, fui a sentarme delante de la puerta, con el corazón oprimido por la melancolía del lúgubre paisaje, embargado por ese desamparo que asalta a veces a los viajeros en ciertas noches tristes, en ciertos parajes desolados. Parece que todo está a punto de acabar: la existencia y el universo. Se percibe bruscamente la espantosa miseria de la vida, el aislamiento de todos, la nada de todo, y la negra soledad del corazón que se acuna y se engaña a sí mismo con sueños hasta la muerte.

»La anciana se reunió conmigo y, torturada por esa curiosidad que vive siempre en el fondo de las almas más resignadas, me dijo:

»—Entonces, ¿viene usted de Francia?

»—Sí, viajo por placer.

»—¿Es usted de París, acaso?

»—No, soy de Nancy.

»Me pareció que una honda emoción la agitaba. No sé cómo lo vi, o mejor dicho lo noté.

»Repitió con voz lenta:

»—¿Es usted de Nancy?

»El hombre apareció en la puerta, impasible como los sordos.

»Ella prosiguió:

»—No importa. No oye.

»Después, al cabo de unos segundos:

»—Entonces, ¿conoce usted gente en Nancy?

»—Claro que sí; a casi todo el mundo.

»—¿Y a la familia de Sainte-Allaize?

»—Sí, muy bien; eran amigos de mi padre.

»—¿Cómo se llama usted?

»Le dije mi nombre. Me miró fijamente, y después pronunció, con esa voz baja que despiertan los recuerdos:

»—Sí, sí, me acuerdo muy bien. Y los Brisemare, ¿qué ha sido de ellos?

»—Todos han muerto.

»—¡Ah! Y a los Sirmont, ¿los conocía?

»—Sí, el último es general.

»Entonces ella dijo, temblando de emoción, de angustia, de no sé qué sentimiento confuso, poderoso y sagrado, de no sé qué necesidad de confesar, de decirlo todo, de hablar de cosas que había tenido encerradas hasta entonces en lo hondo del corazón, y de personas cuyo nombre trastornaba su alma:

»—Sí, Henri de Sirmont. Lo sé muy bien. Es mi hermano.

»Y yo alcé los ojos hacia ella, pasmado por la sorpresa. Y de repente volvió a mí el recuerdo.

»El hecho había provocado, en tiempos, un gran escándalo en la noble Lorena. Una joven, hermosa y rica, Suzanne de Sirmont, había sido raptada por un suboficial de húsares del regimiento que mandaba su padre.

»Era un guapo mozo, hijo de campesinos, pero que llevaba con garbo el dormán azul, aquel soldado que había seducido a la hija de su coronel. Ella lo había visto, se había fijado en él, lo había amado al ver desfilar los escuadrones, sin duda. Pero ¿cómo le había hablado, cómo habían podido verse, entenderse? ¿Cómo se había atrevido a darle a entender que lo amaba? Eso jamás se supo.

»Nadie había adivinado nada, presentido nada. Una noche, cuando el soldado acababa de licenciarse, desapareció con ella. Los buscaron, no los encontraron. Jamás se tuvieron noticias de ellos, y la dieron por muerta.

»Y yo la encontraba así en aquel siniestro valle.

»Entonces proseguí a mi vez:

»—Sí, me acuerdo muy bien. Usted es la señorita Suzanne.

»Dijo que sí con la cabeza. Por sus mejillas corrían las lágrimas. Entonces, señalándome con una mirada al anciano inmóvil en el umbral de la casucha, me dijo:

»—Es él.

»Y comprendí que lo seguía amando, que lo veía aún con sus ojos seducidos.

»Pregunté:

»—¿Ha sido usted feliz, al menos?

»Respondió con una voz que brotaba del corazón:

»—¡Oh! Sí, muy feliz. Me hizo muy feliz. Jamás lamenté nada.

»La contemplaba triste, sorprendido, ¡maravillado por el poderío del amor! Aquella muchacha rica había seguido a este hombre, este campesino. Se había convertido en una campesina. Se había acomodado a su vida sin encantos, sin lujo, sin delicadezas de ninguna clase, se había plegado a sus sencillos hábitos. Y lo amaba aún. Se había convertido en la mujer de un patán, con cofia, con sayas de lienzo. Comía en una fuente de barro sobre una mesa de madera, sentada en una silla de enea, un caldo de coles y de patatas con tocino. Se acostaba en un jergón a su lado.

»¡Jamás había pensado en nada, salvo en él! No había añorado ni las joyas, ni las telas, ni las elegancias, ni la blandura de las sillas, ni la tibieza perfumada de los dormitorios rodeados de colgaduras, ni la suavidad de las plumas donde se hunden los cuerpos para el reposo. Jamás había tenido necesidad de otra cosa que no fuera él; con tal de que estuviera a su lado, no deseaba nada.

»Había abandonado la vida, jovencísima, y el mundo, y a quienes la habían criado, amado. Había ido, sola con él, a aquel salvaje barranco. Y él lo había sido todo para ella, todo lo que se desea, todo lo que se sueña, todo lo que se espera sin cesar, todo lo que se aguarda sin fin. Él había llenado de dicha su existencia, de un extremo a otro.

»No habría podido ser más dichosa.

»Y toda la noche, al escuchar el ronco resollar del viejo soldado tendido en su camastro, al lado de ella, que lo había seguido tan lejos, yo pensaba en esta extraña y sencilla aventura, en aquella dicha tan completa, compuesta de tan poco.

»Y me marché al salir el sol, tras haber estrechado la mano de los dos ancianos esposos.

*

El narrador calló. Una mujer dijo:

—Da igual, ella tenía un ideal demasiado fácil, necesidades demasiado primitivas y exigencias demasiado simples. No podía ser más que una boba.

Otra pronunció con voz lenta:

—¡Qué importa! Fue feliz.

Y allá abajo, al fondo del horizonte, Córcega se hundía en la noche, regresaba lentamente al mar, borraba su gran sombra aparecida como para contar también la historia de los dos humildes amantes que albergaban sus riberas.

Las hermanas Rondoli*

A Georges de Porto-Riche

1

–No –dijo Pierre Jouvenet–, no conozco Italia, y, sin embargo, he intentado dos veces entrar en ella, pero me hallé detenido en la frontera de tal forma que siempre me resultó imposible avanzar más. Y, sin embargo, esas dos tentativas me han dado una agradable idea de las costumbres de ese hermoso país. Me falta conocer las ciudades, los museos, las obras maestras que pueblan esa tierra. Probaré de nuevo, cualquier día, a aventurarme por ese territorio infranqueable.

»¿No comprende usted? Me explicaré.

*

»En 1874 sentí deseos de ver Venecia, Florencia, Roma y Nápoles. Esta afición me entró hacia el 15 de junio,

---

* *Les Soeurs Rondoli*, en *L'Écho de Paris*, 29 de mayo - 5 de junio de 1884.

cuando la savia violenta de la primavera infunde en el corazón ardores de viaje y de amor.

»No soy un viajero, sin embargo. Cambiar de sitio me parece una acción inútil y fatigosa. Las noches en ferrocarril, el sueño agitado de los vagones con dolores de cabeza y agujetas en las extremidades, el despertar deslomado en esa caja rodante, esa sensación de mugre en la piel, esas suciedades voladoras que empolvan los ojos y el vello, ese perfume de carbón con el que uno se alimenta, esas cenas execrables entre corrientes de aire en las cantinas son, a mi parecer, detestables inicios para una partida de recreo.

»Después de esta introducción del *Rápido*, tenemos las tristezas del hotel, del gran hotel lleno de gente y tan vacío, la habitación desconocida, lastimosa, la cama sospechosa... Me gusta más que nada mi cama. Es el santuario de la vida. Le entregamos desnuda nuestra carne fatigada para que la reanime y la descanse entre la blancura de las sábanas y el calor de los colchones de plumas.

»Allí es donde encontramos las más dulces horas de la existencia, las horas de amor y de sueño. La cama es sagrada. Debe ser respetada, venerada por nosotros y amada como lo mejor y más dulce que poseemos en la tierra.

»No puedo levantar la sábana de una cama de hotel sin un estremecimiento de asco. ¿Qué habrán hecho allá dentro la pasada noche? ¿Qué gente desaseada, repugnante, habrá dormido sobre esos colchones? Y pienso en todos los seres horrorosos con quienes nos codeamos cada día, en los desagradables jorobados, en las carnes granujientas, en las manos negras que recuerdan los pies y todo lo demás. Pienso en aquellos cuyo encuentro os lanza a la nariz olores asquerosos de ajo o de humanidad. Pienso en los deformes, en los purulentos, en los sudores de los enfermos, en todas las fealdades y en todas las suciedades del hombre.

»Todo esto ha pasado por esa cama donde voy a dormir. Se me encoge el corazón al deslizar el pie dentro de ella.

»Y las cenas de hotel, esas largas cenas en la mesa redonda en medio de todas esas personas fastidiosas o grotescas; y las horribles cenas solitarias en la mesita de un restaurante frente a una pobre vela coronada por una pantalla.

»¿Y las tardes desconsoladoras en la ciudad ignorada? ¿Conoce usted nada más lamentable que la noche que cae sobre una ciudad extranjera? Andamos sin rumbo entre un movimiento, una agitación que parecen tan sorprendentes como los de los sueños. Miramos esas caras que nunca hemos visto, que jamás volveremos a ver; escuchamos esas voces hablar de cosas que nos son indiferentes, en una lengua que no comprendemos. Experimentamos la atroz sensación de estar perdidos. Tenemos el corazón en un puño, las piernas vacilantes, el alma abatida. Caminamos como si huyéramos, caminamos para no regresar al hotel, donde nos encontraríamos aún más perdidos porque estamos en casa, en la casa pagada de todo el mundo, y acabamos por derrumbarnos en la silla de un café iluminado, cuyos dorados y luces nos abruman mil veces más que las sombras de la calle. Entonces, delante de la caña babosa traída por un camarero apresurado, nos sentimos tan abominablemente solos que nos asalta una especie de locura, una necesidad de marcharnos, de ir a otra parte, adonde sea, para no quedarnos allí, ante esa mesa de mármol y bajo esa araña resplandeciente. Y percibimos entonces que estamos realmente y siempre y por doquier solos en el mundo, aunque en los lugares conocidos el trato familiar nos dé la ilusión de la fraternidad humana. En esas horas de abandono, de negro aislamiento en las ciudades lejanas, es cuando pensamos largamente, claramente, profundamente. Entonces es cuando vemos bien toda la vida de una sola ojeada, al margen de la óptica de esperanza eterna, al margen de la engañifa de los hábitos adquiridos y de la espera de la felicidad siempre soñada.

»Es al marchar lejos cuando comprendemos cuán próximo y corto y vacío es todo; es al buscar lo desconocido cuando percibimos cuán mediocre y breve es todo; es al recorrer la tierra cuando vemos a la perfección cuán pequeña y casi semejante es.

»¡Oh! Conozco las sombrías veladas de caminatas al azar por calles ignoradas. Las temo más que a nada.

»Por ello, como no quería por nada del mundo partir solo a ese viaje a Italia, decidí a acompañarme a mi amigo Paul Pavilly.

»Ya conoce usted a Paul. Para él, el mundo, la vida, es la mujer. Hay muchos hombres de esa ralea. La existencia le aparece poetizada, iluminada por la presencia de las mujeres. La tierra sólo es habitable porque en ella hay mujeres; el sol es brillante y cálido porque las ilumina. El aire es dulce de respirar porque se desliza bajo su piel y hace remolinear los cortos cabellos de sus sienes. La luna es encantadora porque las hace soñar y presta al amor un lánguido encanto. Ciertamente, todos los actos de Paul tienen por móvil a las mujeres; todos sus pensamientos van hacia ellas, así como todos sus esfuerzos y todas sus esperanzas.

»Un poeta ha reprobado a esta especie de hombres:

Je déteste sourtout le barde à l'oeil humide
Qui regarde une étoile en murmurant un nom,
Et pour qui la nature immense serait vide
S'il ne portait en croupe ou Lisette ou Ninon.
Ces gens-là sont charmants qui se donnent la peine,
Afin qu'on se intéresse à son pauvre univers,
D'attacher des jupons aux arbres de la plaine
Et la cornette blanche au front des coteaux verts.
Certes ils n'ont pas compris tes musiques divines,
Éternelle nature aux frémissantes voix,
Ceux qui ne vont pas seuls par les creuses ravines
Et rêvent d'une femme au bruit que font les bois!*

»Cuando le hablé a Paul de Italia, se negó al principio en redondo a abandonar París, pero me puse a contarle aventuras de viaje, le dije que las italianas tienen fama de encantadoras; le hice esperar refinados placeres, en Nápoles, gracias a una recomendación que yo tenía para un tal *signor* Michel Amoroso, cuyas relaciones son utilísimas para los viajeros; y se dejó tentar.

---

* «Detesto sobre todo el bardo de ojos húmedos / que mira una estrella mientras murmura un nombre, / y para quien la naturaleza inmensa estaría vacía / si él no llevara a la grupa a Lisette o Ninon. / Esa gente tan desagradable se toma el trabajo, / con el fin de que nos interesemos por su pobre universo, / de colgar enaguas de los árboles de la llanura / y una cofia blanca en la frente de las verdes laderas. / Con certeza no han comprendido tus músicas divinas, / ¡oh, eterna naturaleza de trémulas voces!, / aquellos que no van solos por los encajonados barrancos / ¡y sueñan con una mujer en medio del rumor de los bosques!» Se trata de unos versos de Louis Bouilhet: *«J'aimai. Qui n'aima pas?...»*, que Maupassant cita en más de una ocasión. Bouilhet (1821-1869), poeta y dramaturgo, era muy amigo de Flaubert.

2

»Cogimos el "Rápido" un jueves por la noche, el 26 de junio. Nadie va hacia el Sur por esa época; estábamos solos en el vagón, y de mal humor, fastidiados por dejar París, deplorando haber cedido a esta idea de viaje, añorando Marly, tan fresco; el Sena, tan hermoso; las riberas, tan gratas; los excelentes días de vagabundeo en una barca; las excelentes veladas de somnolencia en la ribera, a la espera de la noche que cae.

»Paul se arrellanó en su rincón, y declaró, en cuanto el tren se puso en marcha:

»—Es una estupidez ir tan lejos.

»Como era demasiado tarde para que cambiara de opinión, repliqué:

»—Nadie te obligaba a venir.

»No respondió. Pero me entraron ganas de reír al mirarlo, tan furioso era su aspecto. Realmente, se parece a una ardilla. Cada uno de nosotros, por lo demás, conserva en los rasgos, bajo la línea humana, un tipo de animal, como la marca de su raza primitiva. ¿Cuánta gente tiene hocico de bulldog, cabezas de chivo, de conejo, de zorro, de caballo, de buey? Paul es una ardilla convertida en hombre. Tiene los ojos vivos de este animal, su pelaje rojo, su nariz puntiaguda, su cuerpo pequeño, fino, ágil y revoltoso, y además un misterioso parecido en su facha general. ¿Cómo diría?, una similitud de gestos, de movimientos, de porte, que nos la recuerdan.

»Por fin nos dormimos los dos con ese sueño zumbador del ferrocarril entrecortado por horribles calambres en los brazos y el cuello y por las bruscas paradas del tren.

»El despertar se produjo cuando corríamos a lo largo del Ródano. Y pronto el chirrido continuo de las cigarras, que entraba por la portezuela, ese chirrido que parece la voz de la tierra cálida, el canto de Provenza, nos arrojó al rostro, al pecho, al alma la alegre sensación del Sur, el sabor del sol requemado, de la patria pedregosa y clara del olivo rechoncho de follaje verde-gris.

»Al detenerse de nuevo el tren, un empleado empezó a recorrer el convoy en toda su longitud, lanzando un sonoro *Valence,* un auténtico *Valence,* con el acento, con todo el acento; un *Valence,* en fin, que nos hizo pasar otra vez por el cuerpo ese gusto de Provenza que ya nos había dado la nota chirriante de las cigarras.

»Hasta Marsella, nada nuevo.

»Bajamos a almorzar a la cantina.

»Cuando volvimos a subir a nuestro vagón, una mujer se había instalado en él.

»Paul me lanzó una ojeada de satisfacción; con gesto maquinal se rizó el corto bigote, y después, levantándose un poco el sombrero, deslizó, como un peine, los cinco dedos abiertos por el pelo bastante revuelto por la noche de viaje. Luego se sentó frente a la desconocida.

»Cada vez que me hallo, sea en los viajes, sea en sociedad, ante un rostro nuevo, tengo la obsesión de adivinar qué alma, qué inteligencia, qué carácter se ocultan tras esos rasgos.

»Era una joven, muy joven y bonita, seguramente una hija del Sur. Tenía unos ojos soberbios, admirables cabellos negros, ondulados, un poco crespos, tan espesos, vigorosos y largos que parecían pesados, que daban sólo con verlos la sensación de su peso sobre la cabeza. Vestida con elegancia y cierto mal gusto meridional, parecía un poco ordinaria. Los rasgos regulares de su rostro no tenían esa gracia, ese acabado de las razas elegantes, esa leve delicadeza que los hijos de la aristocracia reciben al nacer y que es como la marca hereditaria de una sangre menos espesa.

»Llevaba unas pulseras demasiado anchas para ser de oro, pendientes adornados con piedras transparentes demasiado gruesas para ser diamantes, y había en toda su persona un no-sé-qué de popular. Se adivinaba que debía de hablar demasiado fuerte, de gritar en cualquier ocasión con gestos exuberantes.

»El tren echó a andar.

»Permanecía inmóvil en su sitio, los ojos clavados en el vacío, con una actitud enfurruñada de mujer furiosa. Ni siquiera nos había echado una mirada.

»Paul se puso a charlar conmigo, diciendo cosas encaminadas a surtir efecto, desplegando un escaparate de conversación para atraer el interés, al igual que los comerciantes exhiben sus objetos más escogidos para despertar el deseo.

»Pero no parecía oírnos.

»–¡Tolón! ¡Diez minutos de parada y fonda! –gritó el empleado.

»Paul me hizo una señal de que nos apeáramos, y en cuanto estuvimos en el andén:

»–¿Quién crees que podrá ser?

»Me eché a reír:

»–Y yo qué sé. Me da igual.

»Estaba enardecido:

»–¡Una real moza, terriblemente linda y fresca! ¡Qué ojos! Pero no tiene una pinta muy satisfecha. Debe de tener problemas; no se fija en nada.

»Murmuré:

»–Pierdes el tiempo.

»Pero él se enfadó:

»–No es mucho perder, amigo mío; opino que esa mujer es muy bonita, sin más. ¡Si pudiera hablar con ella! Pero, ¿qué le diría? Veamos, ¿a ti no se te ocurre ninguna idea? ¿No sospechas quién podrá ser?

»–No, ni idea. Sin embargo, me inclinaría por una comicastra que va a reunirse con su compañía después de una escapatoria amorosa.

»Puso una cara ofendida, como si le hubiese dicho algo hiriente, y prosiguió:

»–¿De dónde sacas eso? Yo, en cambio, le encuentro un aire muy distinguido.

»Respondí:

»–Fíjate en las pulseras, amigo mío, y en los pendientes, y en su traje. Tampoco me extrañaría que fuese una bailarina, o quizá incluso una artista ecuestre; pero más bien una bailarina. Hay en toda su persona algo que huele a teatro.

»Esta idea le molestaba, decididamente:

»–Es demasiado joven, amigo mío, apenas tiene veinte años.

»–Pero, chico, hay muchas cosas que se pueden hacer antes de los veinte años, la danza y la declamación están entre ellas, sin contar otras más que tal vez practica únicamente.

»–Señores viajeros del exprés de Niza y Ventimiglia, ¡al tren! –gritaba el empleado.

»Había que subir. Nuestra vecina comía una naranja. Decididamente, su aspecto no era distinguido. Había desplegado el pañuelo sobre las rodillas, y su manera de arrancar la piel dorada, de abrir la boca para coger los gajos entre los labios, de escupir las pepitas por la portezuela, revelaban toda una educación vulgar de hábitos y gestos.

»Parecía, además, más cascarrabias que nunca, y tragaba rápidamente su fruta con una pinta de furor muy graciosa.

»Paul la devoraba con los ojos, buscando lo que habría que hacer para llamar su atención, para despertar su curiosidad. Y volvió a charlar conmigo, alumbrando una procesión de ideas distinguidas, citando familiarmente nombres conocidos. Ella no hacía el menor caso de sus esfuerzos.

»Pasamos Fréjus, Saint-Raphaël. El tren corría por aquel vergel, por aquel paraíso de las rosas, por aquel bosque de naranjos y limoneros que ofrecen al mismo tiempo sus ramilletes blancos y sus frutos de oro, por aquel reino de los perfumes, por aquella patria de las flores, por aquella admirable ribera que va desde Marsella a Génova.

»Es en junio cuando hay que seguir esa costa donde crecen, libres, silvestres, en los estrechos valles, en las laderas de las colinas, las flores más hermosas. Y siempre se ven rosas, campos, llanuras, setos, bosquetes de rosas. Trepan por las paredes, se abren sobre los tejados, escalando los árboles, estallan en los follajes, blancas, rojas, amarillas, pequeñas o enormes, delgadas con un traje liso y sencillo, o carnosas con pesadas y brillantes ropas.

»Y su hálito poderoso, su hálito continuo espesa el aire, lo vuelve sabroso y lánguido. Y el aroma aún más penetrante de los naranjos en flor parece azucarar lo que uno respira, convertirlo en una golosina para el olfato.

»La gran costa de rocas pardas se extiende bañada por el Mediterráneo inmóvil. El pesado sol de verano cae como un lienzo de fuego sobre las montañas, sobre las largas orillas de arena, sobre el mar de un azul duro y yerto. El tren sigue avanzando, entra en los túneles para cruzar los cabos, se desliza por las ondulaciones de las colinas, pasa encima del agua sobre cornisas rectas como muros; y un suave, un vago olor salado, un olor a algas que se secan se mezcla a veces con el grande y turbador olor de las flores.

»Pero Paul no veía nada, no miraba nada, no sentía nada. La viajera había atraído toda su atención.

»En Cannes, como tenía que decirme algo más, me hizo señas de que bajáramos de nuevo.

»Apenas salidos del vagón, me cogió del brazo.

»–Te habrás fijado en que es encantadora. Mira sus ojos. Y su pelo, amigo mío, ¡nunca he visto otro semejante!

»Le dije:

»–Cálmate, vamos; o bien, si tienes esa intención, ataca. No me parece inexpugnable, aunque tenga una pinta algo gruñona.

»Prosiguió:

»–¿No podrías hablarle tú? A mí no se me ocurre nada. Soy de una timidez estúpida al principio. Jamás he sabido abordar a una mujer por la calle. Las sigo, doy vueltas a su alrededor, me acerco, y jamás descubro la frase necesaria. Sólo una vez hice un intento de conversación. Como veía de forma muy evidente que mis proposiciones eran esperadas, y como resultaba absolutamente preciso decir algo, balbucí: "¿Cómo está usted, señora?". Se rió en mi cara, y escapé.

»Prometí a Paul que desplegaría toda mi habilidad para entablar una conversación, y cuando ocupamos nuestros sitios, le pregunté galantemente a nuestra vecina:

»–¿Le molesta el humo del tabaco, señora?

»Respondió:

»–*Non capisco.*

»¡Era italiana! Me invadieron unas ganas locas de reír. Como Paul no sabía una palabra de esta lengua, tenía que servirle yo de intérprete. Iba a comenzar mi papel. Dije entonces, en italiano:

»—Le preguntaba, señora, que si el humo del tabaco le molesta.

»Ella me lanzó con aire furioso:

»—*Che mi fa!*

»No había vuelto la cabeza ni alzado sus ojos hacia mí, y yo estaba muy perplejo, sin saber si debía tomar ese "¡qué más me da!" por una autorización, por una negativa, por una auténtica señal de indiferencia o por un simple: "¡Déjeme en paz!".

Proseguí:

»—Señora, si el olor le molesta un poquito...

»Respondió entonces: *"Mica",* con una entonación que equivalía a "¡Váyase a paseo!". No obstante, era un permiso, y le dije a Paul: "Puedes fumar". Me miraba con esos ojos asombrados que uno pone cuando trata de entender a gente que habla delante de él una lengua extranjera. Y preguntó con un aire muy gracioso:

»—¿Qué le has dicho?

»—Le pregunté que si podíamos fumar.

»—¿No sabe francés, pues?

»—Ni una palabra.

»—¿Qué ha respondido?

»—Que nos autorizaba a hacer lo que nos apeteciera.

Y encendí mi cigarro.

»Paul prosiguió:

»—¿No ha dicho más que eso?

»—Amigo mío, si hubieras contado sus palabras, habrías reparado en que ha pronunciado exactamente seis, dos de ellas para hacerme comprender que no entendía francés. Conque quedan cuatro. Ahora bien, en cuatro palabras no se pueden expresar realmente montones de cosas.

»Paul parecía absolutamente desdichado, contrariado, desorientado.

»Pero de pronto la italiana me preguntó con aquel mismo tono descontento que parecía natural en ella:
»–¿Sabe usted a qué hora llegaremos a Génova?
»Respondí:
»–A las once de la noche, señora. –Después, tras un minuto de silencio, proseguí–: Mi amigo y yo vamos también a Génova, y será un placer para nosotros serle útiles en algo, durante el trayecto.
»Como ella no respondía, insistí:
»–Está usted sola, y si necesita nuestros servicios...
»Articuló un nuevo "mica" tan duro que enmudecí bruscamente.
»Paul preguntó:
»–¿Qué ha dicho?
»–Ha dicho que te encontraba encantador.
»Pero no estaba de humor para bromas, y me rogó secamente que no me burlase de él. Entonces traduje la pregunta de la joven y mi galante propuesta, tan acremente rechazada.
»Realmente, estaba tan agitado como una ardilla en la jaula. Dijo:
»–Si pudiéramos saber en qué hotel para, iríamos al mismo. Conque trata de interrogarla hábilmente, de provocar una nueva ocasión de hablarle.
»No era nada fácil y no sabía qué inventar, deseoso también yo de entablar conocimiento con aquella persona tan difícil.
»Pasamos Niza, Mónaco, Mentón, y el tren se detuvo en la frontera para la inspección de los equipajes.
»Aunque siento horror por la gente mal educada que almuerza y cena en los vagones, fui a comprar todo un cargamento de provisiones para intentar un último esfuerzo a cuenta de la glotonería de nuestra compañera.

Percibía perfectamente que la muchacha debía de ser, en momentos normales, fácil de abordar. Una contrariedad cualquiera la volvía irritable; pero quizá bastase una insignificancia, un deseo despertado, una palabra, un ofrecimiento bien hecho para desfruncir su ceño, decidirla y conquistarla.

»Arrancamos. Seguíamos solos los tres. Desplegué mis víveres sobre el asiento, partí el pollo, dispuse elegantemente las lonchas de jamón en un papel, después ordené cuidadosamente, muy cerca de la joven, nuestro postre: fresas, ciruelas, cerezas, pasteles y dulces.

»Cuando vio que nos poníamos a comer, sacó a su vez de un bolso un trozo de chocolate y dos croissants y empezó a mordisquear con sus bonitos dientes el bollo crujiente y la tableta.

»Paul me dijo a media voz:

»—¡Invítala de una vez!

»—Ésa es mi intención, amigo mío; pero no es fácil empezar.

»Mientras tanto ella miraba a veces hacia nuestras provisiones, y noté que tendría más hambre una vez acabados sus dos croissants. La dejé, pues, que terminase su frugal cena. Después le pregunté:

»—¿Sería tan amable, señora, de aceptar alguna fruta?

»Respondió de nuevo *"¡mica!",* pero con una voz menos desagradable que durante el día, e insistí:

»—Entonces, permítame que le ofrezca un poco de vino. Veo que no ha bebido nada. Es un vino de su tierra, vino de Italia, y puesto que ahora estamos en su país, nos resultaría muy agradable ver una linda boca italiana aceptando el ofrecimiento de sus vecinos franceses.

»Ella decía que no con la cabeza, despacio, con voluntad de rehusar y deseo de aceptar, y repitió de nuevo *mica*, pero un *mica* casi educado. Cogí la botellita revestida de paja a la moda italiana; llené un vaso y se lo presenté.

»–Beba –le dije–; será nuestra bienvenida a su patria.

»Cogió el vaso con aire descontento y lo vació de un solo trago, como una mujer torturada por la sed; después me lo devolvió sin darme las gracias.

»Entonces le presenté las cerezas:

»–Coja, señora, por favor. Ya ve usted que nos complace mucho.

»Ella miraba desde su rincón todas las frutas desplegadas a su lado, y replicó tan deprisa que me costaba mucho entenderla:

»–*A me non piacciono ne le ciliegie ne le susine; amo soltanto le fragole.*

»–¿Qué dice? –preguntó Paul de inmediato.

»–Dice que no le gustan ni las cerezas ni las ciruelas, solamente las fresas.

»Y coloqué sobre sus rodillas el periódico lleno de fresas del bosque. Empezó al punto a comerlas a toda prisa, cogiéndolas con la yema de los dedos y lanzándolas, desde un poco lejos, en su boca, que se abría para recibirlas de forma coqueta y encantadora.

»Cuando hubo acabado el montoncito rojo que habíamos visto en unos minutos menguar, fundirse, desaparecer bajo el vivo movimiento de sus manos, le pregunté:

»–Y ahora, ¿qué puedo ofrecerle?

»Respondió:

»–Tomaría un poco de pollo.

»Y, en efecto, devoró la mitad del ave, que despedazaba con grandes movimientos de mandíbula con traza de carnívoro. Después se decidió a coger cerezas, que no le gustaban, después ciruelas, después pasteles; y después dijo: "Ya basta", y se acurrucó en su rincón.

»Yo empezaba a divertirme mucho, y quise hacerla comer más, multiplicando, para decidirla, cumplidos y ofrecimientos. Pero volvió a ponerse furiosa de golpe y me arrojó a la cara un *mica* repetido, tan terrible que no me aventuré más a perturbar su digestión.

»Me volví hacia mi amigo:

»—Mi pobre Paul, creo que hemos perdido el tiempo.

»Llegaba la noche, una cálida noche veraniega que descendía lentamente, extendía sus sombras tibias sobre la tierra ardiente y cansada. A lo lejos, de trecho en trecho, hacia el mar, se encendían luces en los cabos, en la cima de los promontorios, y también comenzaban a aparecer estrellas en el horizonte oscurecido, y yo las confundía a veces con los faros.

»El perfume de los naranjos se hacía más penetrante; lo respirábamos con embriaguez, ensanchando los pulmones para beberlo a fondo. Algo dulce, delicioso, divino, parecía flotar en el aire embalsamado.

»Y de repente distinguí bajo los árboles, a lo largo de la vía, en la sombra enteramente negra ahora, algo así como una lluvia de estrellas. Hubiéranse dicho gotas de luz que brincaban, revoloteaban, jugaban y corrían por las hojas, pequeños astros caídos del cielo para hacer una excursión por la tierra. Eran luciérnagas, esas moscas ardientes, danzando en el aire perfumado un extraño ballet de fuego.

»Una de ellas, por casualidad, entró en nuestro vagón y empezó a vagabundear despidiendo su resplandor intermitente, tan pronto apagada como encendida. Cubrí nuestro quinqué con su velo azul y contemplé las idas y venidas de la mosca fantástica, según los caprichos de su vuelo encendido. Se posó, de pronto, en los cabellos negros de nuestra vecina, amodorrada después de cenar. Y

Paul permanecía en éxtasis, los ojos clavados en aquel punto brillante que centelleaba, como una joya viva, sobre la frente de la mujer dormida.

»La italiana se despertó hacia las once menos cuarto, llevando siempre en su peinado el animalillo encendido. Dije, al verla moverse:

»—Estamos llegando a Génova, señora...

» Murmuró, sin responderme, como obsesionada por una idea fija y molesta: "¿Qué voy a hacer ahora?".

»Después, de pronto, me preguntó:

»—¿Quieren que vaya con ustedes?

»Me quedé tan estupefacto que no comprendía.

»—¿Cómo, con nosotros? ¿Qué quiere decir?

»Repitió, con un aire cada vez más furioso:

»—¿Quieren que vaya con ustedes en seguida?

»—Sí que quiero, pero ¿adónde desea usted ir? ¿Adónde quiere que la lleve?

»Se encogió de hombros con soberana indiferencia.

»—¡Adonde ustedes quieran! Me es igual.

»Repitió, dos veces: *"Che mi fa?"*.

»—Pero es que nosotros vamos al hotel.

»Dijo con un tono de lo más despreciativo:

»—¡Pues bueno! Vayamos al hotel.

»Me volví hacia Paul y expliqué:

»—Pregunta si queremos que venga con nosotros.

»La sorpresa azarada de mi amigo me hizo recuperar mi sangre fría. Él balbució:

»—¿Con nosotros? ¿Y adónde? ¿Por qué? ¿Cómo?

»—¡Y yo qué sé! Acaba de hacerme esa extraña proposición con un tono de lo más irritado. He respondido que íbamos al hotel, y ella ha replicado: "¡Pues bueno, vayamos al hotel!". No debe de tener un céntimo. Es igual, tiene una singular manera de entablar conocimiento.

»Paul, agitado y tembloroso, exclamó:

»—Claro que sí, me parece bien, dile que la llevaremos adonde quiera. —Después vaciló un segundo y prosiguió con voz inquieta—: Sólo que habrá que saber con quién viene. ¿Contigo o conmigo?

»Me volví hacia la italiana, que ni siquiera parecía escucharnos, sumida en su total despreocupación, y le dije:

»—Estaremos encantados, señora, de llevarla con nosotros. Sólo que mi amigo desea saber si es mi brazo o el suyo el que usted quiere coger como apoyo.

»Abrió mucho sus grandes ojos negros y respondió con vaga sorpresa:

»—*Che mi fa?*

»Me expliqué:

»—En Italia, creo, al amigo que se cuida de todos los deseos de una mujer, que se ocupa de todas sus voluntades y satisface todos sus caprichos, le llaman un *patito**. ¿A cuál de los dos quiere usted de *patito*?

»Respondió sin vacilar:

»—¡A usted!

»Me volví hacia Paul:

»—Me ha elegido a mí, amigo mío, no estás de suerte.

»Declaró con aire rabioso:

»—Mejor para ti.

»Después, tras haber reflexionado unos minutos:

»—¿Es que te interesa llevarte a esa zorra? Nos va a estropear el viaje. ¿Qué quieres que hagamos con esa mujer que tiene una pinta tan rara? ¡Ni siquiera nos aceptarán en un hotel como es debido!

Pero yo empezaba justamente a encontrar a la italiana mucho mejor de lo que la había juzgado al principio; y

---

* *Patito*, en italiano en el original, significa en efecto «novio», «enamorado».

me interesaba, sí; me interesaba llevármela ahora. Incluso estaba fascinado por la idea, y sentía ya esos pequeños escalofríos de espera que la perspectiva de una noche de amor hace pasar por las venas.

»Respondí:

»–Amigo mío, hemos aceptado. Es demasiado tarde para volverse atrás. Tú has sido el primero en aconsejarme que respondiera: sí.

»Rezongó:

»–¡Qué estupidez! En fin, haz lo que quieras.

»El tren silbaba, disminuía la marcha; llegamos.

»Bajé del vagón, después tendí la mano hacia mi nueva compañera. Saltó ágilmente a tierra y le ofrecí el brazo, que pareció coger con repugnancia. Una vez identificado y reclamado el equipaje, echamos a andar a través de la ciudad. Paul marchaba en silencio, con paso nervioso.

»Le dije:

»–¿En qué hotel vamos a parar? Quizá sea difícil ir al "Ciudad de París" con una mujer, sobre todo con esta italiana.

»Paul me interrumpió:

»–Sí, con una italiana que tiene más pinta de moza que de duquesa. En fin, no es asunto mío. ¡Haz lo que te parezca!

»Me quedé perplejo. Había escrito al "Ciudad de París" para reservar habitaciones... y ahora... no sabía qué decisión tomar.

»Dos mozos de cuerda nos seguían con los baúles. Proseguí:

»–Deberías adelantarte. Di que llegamos. Y, además, dale a entender al dueño que estoy con una... amiga, y que deseamos una *suite* totalmente aislada para nosotros tres, con el fin de no mezclarnos con los otros viajeros. Comprenderá y, según su respuesta, ya decidiremos.

»Pero Paul rezongó:

»–Gracias, no me van ni esos recaditos, ni ese papel. No he venido aquí para prepararte tus habitaciones ni tus placeres.

»Pero yo insistía:

»–Vamos, amigo mío, no te enfades. Más vale, con toda seguridad, parar en un buen hotel que en uno malo, y no es muy difícil ir a pedirle al dueño tres habitaciones separadas, con comedor.

»Recalqué lo de tres, y se decidió.

»Tomó la delantera, pues, y lo vi entrar por la puerta principal de un hermoso hotel, mientras yo permanecía al otro lado de la calle, arrastrando a mi muda italiana, y seguido paso a paso por los portadores de los bultos.

»Paul regresó por fin, con un rostro tan huraño como el de mi compañera:

»–Listo –dijo–, nos acepta; pero no hay más que dos habitaciones. Arréglatelas como puedas.

»Y lo seguí, avergonzado por entrar con aquella compañía dudosa.

»Teníamos dos habitaciones, en efecto, separadas por un saloncito. Rogué que nos llevaran una cena fría, y después me volví, un poco perplejo, hacia la italiana.

»–No hemos podido procurarnos más que dos habitaciones, señora, elija usted la que desee.

»Respondió con su eterno *"Che mi fa?"*. Entonces cogí del suelo su cajita de madera negra, un auténtico baúl de criada, y la llevé al aposento de la derecha, que escogí para ella... para nosotros. Una mano francesa había escrito en un cuadrado de papel engomado: "Señorita Francesca Rondoli, Génova".

»Pregunté:

»—¿Se llama usted Francesca?

»Dijo que sí con la cabeza, sin responder.

»Proseguí:

»—Vamos a cenar en seguida. Mientras tanto, ¿le apetece quizá asearse?

»Respondió con un *mica,* palabra tan frecuente en su boca como el *che mi fa.* Insistí:

»—Después de un viaje en ferrocarril, ¡es tan agradable lavarse!

»Después pensé que a lo mejor no tenía los objetos indispensables para una mujer, pues me parecía en una singular situación, como al salir de alguna aventura desagradable, y traje mi neceser.

»Saqué todos los pequeños instrumentos de limpieza que contenía: un cepillo de uñas, un cepillo de dientes nuevo —pues siempre llevo conmigo un surtido—, mis tijeras, mis limas, esponjas. Destapé un frasco de agua de colonia, un frasco de lavanda, un frasquito de newmownhay*, para que eligiera. Abrí mi caja de polvos de arroz, donde se bañaba la ligera borla. Coloqué una de mis toallas finas a caballo sobre la jarra de agua y puse un jabón nuevo junto a la palangana.

»Ella seguía mis movimientos con sus ojos rasgados y enojados, sin parecer extrañada ni satisfecha de mis atenciones.

»Le dije:

»—Ahí tiene todo lo necesario, la avisaré cuando la cena esté lista.

»Y regresé al salón. Paul había tomado posesión del otro cuarto y se había encerrado en él, conque me quedé solo esperando.

---

* Según nota de L. Forestier, se trata de un perfume de heno.

»Un camarero iba y venía, trayendo los platos, los vasos. Puso la mesa lentamente, después colocó sobre ella un pollo frío y me anunció que estaba servido.

»Llamé suavemente a la puerta de la señorita Rondoli. Gritó: "¡Entre!". Entré. Un sofocante olor a perfumería me asaltó: ese olor violento, espeso, de las peluquerías.

»La italiana estaba sentada en su baúl, en una actitud de soñadora descontenta o de criada despedida. Aprecié de un vistazo qué entendía por asearse. La toalla seguía doblada sobre la jarra de agua, siempre llena. El jabón, intacto y seco, permanecía al lado de la palangana vacía; pero hubiérase dicho que la joven se había bebido la mitad de los frascos de esencia. Sin embargo, había perdonado al agua de colonia; sólo faltaba cerca de un tercio de la botella; en compensación, había hecho un sorprendente consumo de lavanda y de newmownhay. Una nube de polvos de arroz, una vaga niebla blanca parecía flotar aún en el aire, de tanto como se había embadurnado el rostro y el cuello. Llevaba una especie de nieve en las pestañas, en las cejas y sobre las sienes, mientras que sus mejillas estaban enharinadas y se veían profundas capas de polvos en todos los huecos de su rostro: bajo las aletas de la nariz, en el hoyuelo de la barbilla, en las comisuras de los ojos.

»Cuando se levantó difundió un olor tan violento que sentí una sensación de jaqueca.

»Nos sentamos a la mesa para cenar. Paul se había puesto de un humor execrable. No podía sacarle más que palabras de censura, apreciaciones irritadas o cumplidos desagradables.

»La señorita Francesca comía como un pozo sin fondo. En cuanto hubo acabado la comida, se amodorró en el sofá. Mientras tanto, yo veía llegar con inquietud la hora decisiva de la distribución de los cuartos. Me resolví a forzar las cosas, y sentándome junto a la italiana, le besé la mano con galantería.

»Entreabrió sus ojos fatigados, me lanzó entre los párpados alzados una mirada dormida y siempre descontenta.

»Le dije:

»–Como no tenemos más que dos habitaciones, ¿me permite que vaya con usted a la suya?

»Respondió:

»–Haga lo que le parezca. Me da igual. *Che mi fa?*

»Esta indiferencia me hirió:

»–Entonces, ¿no le resulta desagradable que vaya con usted?

»–Me da igual, haga lo que le parezca.

»–¿Quiere usted acostarse en seguida?

»–Sí, sí quiero; tengo sueño.

»Se levantó, bostezó, tendió la mano a Paul, que se la cogió con aire furioso, y le iluminé nuestro aposento.

»Pero me obsesionaba una inquietud:

»–Ahí tiene –le dije de nuevo– todo lo que necesita.

»Y tuve buen cuidado de verter yo mismo la mitad de la jarra de agua en la palangana y de colocar la toalla junto al jabón.

»Después volví con Paul. Declaró en cuanto hube entrado:

»–¡Menuda pájara te has traído!

»Repliqué riendo:

»–Amigo mío, no hables mal de las uvas demasiado verdes.

»Él prosiguió con socarrona malignidad:

»–Veremos si no te cuesta caro, amigo mío.

»Me estremecí, y me asaltó ese miedo importuno que nos persigue después de los amores sospechosos, ese miedo que nos estropea los encuentros encantadores, las caricias imprevistas, todos los besos atrapados al azar. Me hice el valiente, sin embargo:

»–Quita allá, esta chica no es una buscona.

»¡Pero me había calado, el muy bribón! Había visto pasar por mi rostro la sombra de mi inquietud:

»–¿Tanto la conoces? ¡Te encuentro sorprendente! Recoges en un vagón a una italiana que viaja sola; te ofrece con un cinismo realmente singular ir a acostarse contigo en el primer hotel. Te la traes. ¡Y ahora pretendes que no es una furcia! Y te persuades de que no corres más peligro esta noche que si fueras a pasar la noche en la cama de una... de una mujer enferma de sífilis.

»Y reía con su risa maligna y vejada. Me senté, torturado por la angustia. ¿Qué iba a hacer? Porque él tenía razón. Y un terrible combate se entablaba en mí entre el temor y el deseo.

»Prosiguió:

»–Haz lo que quieras, yo ya te he avisado; no te quejes después de las consecuencias.

»Pero vi en sus ojos una alegría tan irónica, tal placer de venganza, se burlaba tan descaradamente de mí, que no vacilé. Le tendí la mano:

»–Buenas noches –le dije.

À vaincre sans péril, on triomphe sans gloire*.

»Y, a fe mía, querido, la victoria vale el peligro.

»Y entré con paso firme en la habitación de Francesca.

Me quedé junto a la puerta, sorprendido, maravillado. Dormía ya, completamente desnuda, en la cama. El sue-

---

* «Quien vence sin peligro triunfa sin gloria», cita del *Cid*, de Corneille, acto II, escena 2.

ño la había sorprendido cuando acababa de desnudarse, y reposaba en la actitud encantadora de la gran mujer de Tiziano.

»Parecía haberse acostado por cansancio, para quitarse las medias, pues éstas habían quedado sobre las sábanas; después había pensado en algo, sin duda en algo agradable, pues había esperado un poco antes de levantarse, para dejar que su ensoñación terminase, y después, cerrando suavemente los ojos, había perdido la conciencia. Un camisón, bordado en el cuello, comprado en una tienda de confección, lujo de primeriza, yacía sobre una silla.

»Era encantadora, joven, firme y fresca.

»¿Hay cosa más bonita que una mujer dormida? Ese cuerpo, cuyos contornos son todos suaves, cuyas curvas seducen todas, cuyos blandos relieves turban todos el corazón, parece hecho para la inmovilidad de la cama. Esa línea sinuosa que se ahonda en el flanco, se alza en la cadera, después desciende por la pendiente ligera y graciosa de la pierna para terminar tan coquetamente en la punta del pie, sólo se dibuja realmente con todo su exquisito encanto al alargarse sobre las sábanas de un lecho.

»Iba a olvidar yo, en un segundo, los prudentes consejos de mi camarada; pero de pronto, al volverme hacia el tocador, vi todas las cosas en el estado en que yo las había dejado; y me senté, muy ansioso, torturado por la irresolución.

»Con seguridad me quedé allí mucho tiempo, muchísimo, quizá una hora, sin decidirme a nada, ni a la audacia ni a la huida. La retirada me resultaba imposible, por lo demás, y o bien tenía que pasar la noche en una silla, o bien que acostarme a mi vez, por mi cuenta y riesgo.

»En cuanto a dormir, aquí o allá, no podía pensar en ello, tenía la cabeza demasiado agitada, y los ojos demasiado ocupados.

»Me meneaba sin cesar, vibrante, afiebrado, incómodo, nervioso en exceso. Después me hice un razonamiento abandonista: "Acostarme no me compromete a nada. Siempre estaré mejor, para descansar, en un colchón que en una silla".

»Y me desvestí lentamente; después, pasando por encima de la durmiente, me extendí junto al muro, dando la espalda a la tentación.

»Y permanecí todavía mucho tiempo, muchísimo, sin dormir.

»Pero de pronto mi vecina se despertó. Abrió unos ojos asombrados y siempre descontentos, y después, advirtiendo que estaba desnuda, se levantó y se puso tranquilamente el camisón, con tanta indiferencia como si yo no hubiera estado allí.

»Entonces..., a fe mía... aproveché la circunstancia, sin que a ella pareciera preocuparle en absoluto. Y volvió a dormirse plácidamente, la cabeza posada sobre el brazo derecho.

»Y yo me puse a meditar sobre la imprudencia y la debilidad humanas. Después me adormilé por fin.

»Ella se vistió temprano, como mujer habituada a las labores de la mañana. El movimiento que hizo al levantarse me despertó; y la aceché entre los párpados semicerrados.

»Iba y venía, sin apresurarse, como extrañada de no tener nada que hacer. Después se decidió a acercarse a la mesa del tocador, donde vació, en un minuto, todos los perfumes que quedaban en los frascos. Utilizó también agua, es cierto, pero poca.

»Después, cuando se hubo vestido por completo, se sentó en su baúl y, con una rodilla entre las manos, permaneció pensativa.

»Fingí entonces verla y dije:

»—Buenos días, Francesca.

»Rezongó, sin parecer más graciosa que la víspera:

»—Buenos días.

»Pregunté:

»—¿Durmió usted bien?

»Dijo que sí con la cabeza, sin responder; y, saltando al suelo, me adelanté para besarla.

»Me tendió su rostro con un movimiento aburrido de niño a quien se acaricia a su pesar. La cogí entonces tiernamente entre mis brazos (una vez abierto el vino, tonto sería al no beber más) y posé lentamente mis labios en sus grandes ojos enojados, que ella cerraba, aburrida, bajo mis besos, en sus mejillas claras, en sus labios carnosos que apartaba.

»Le dije:

»—¿No le gusta que la besen?

»Respondió:

»—*Mica*.

»Me senté en el baúl, a su lado, y pasando mi brazo bajo el suyo:

»—¡*Mica, mica, mica*! para todo. La llamaré señorita Mica.

»Por primera vez creí ver en su boca una sombra de sonrisa; pero se borró tan pronto, que bien pude haberme equivocado.

»—Pero, si usted sigue respondiendo *mica*, ya no sabré qué intentar para agradarle. Veamos, ¿qué vamos a hacer hoy?

»Vaciló como si una apariencia de deseo hubiera cruzado por su cabeza, después dijo indolente:

»—Me es igual, lo que usted quiera.

»—Pues bien, señorita Mica, cogeremos un carruaje e iremos de paseo.

»Murmuró:

»—Como usted quiera.

»Paul nos esperaba en el comedor con el semblante aburrido de un tercero en asuntos de amor. Afecté una cara arrobada y le estreché la mano con una energía llena de confesiones triunfantes.

»Preguntó:

»—¿Qué piensas hacer?

»Respondí:

»—Pues primero vamos a recorrer un poco la ciudad, y después podremos coger un coche para ver algún rincón de los alrededores.

»El almuerzo fue silencioso; después salimos a la calle para visitar los museos. Yo arrastraba a Francesca de mi brazo de palacio en palacio. Recorrimos el palacio Spinola, el palacio Doria, el palacio Marcello Durazzo, el palacio Rojo y el palacio Blanco. Ella no miraba nada, o bien alzaba a veces hacia las obras maestras unos ojos cansados e indolentes. Paul, exasperado, nos seguía rezongando cosas desagradables. Después un carruaje nos paseó por la campiña, mudos los tres.

»Luego regresamos para cenar.

»Y al día siguiente ocurrió lo mismo, y al otro día igual.

»Paul me dijo al tercer día:

»—Te abandono, ¿sabes? No me voy a quedar tres semanas mirando cómo haces el amor con esa zorra.

»Me dejó muy perplejo, muy molesto, pues, para gran sorpresa mía, me había ligado a Francesca de forma singular. El hombre es débil e idiota, influenciable por una nadería, y cobarde cada vez que sus sentidos son excitados o domados. Me apegaba a esta chica, a la que no conocía, a esta chica taciturna y siempre descontenta. Amaba su cara gruñona, el mohín de su boca, el aburrimiento de su mirada; amaba sus gestos fatigados, su consentimiento despreciativo, hasta la indiferencia de sus caricias. Un lazo secreto, ese lazo misterioso del amor bestial, ese nudo secreto de la posesión que no sacia, me retenía junto a ella. Se lo dije a Paul con toda franqueza. Me motejó de imbécil, y después me dijo:

»–Pues bien, llévatela.

»Pero ella se negó obstinadamente a dejar Génova, sin querer explicar por qué. Empleé ruegos, razonamientos, promesas; de nada sirvió.

»Y me quedé.

»Paul declaró que iba a marcharse solo. E incluso hizo las maletas, pero se quedó también.

»Y transcurrieron quince días más.

»Francesca, siempre silenciosa y de humor irritable, vivía a mi lado más bien que conmigo, respondiendo a todos mis deseos, a todas mis peticiones, a todas mis propuestas con su eterno *che mi fa* o con su no menos eterno *mica*.

»Mi amigo no dejaba de rabiar. A todas sus cóleras yo respondía:

»–Puedes marcharte si te aburres. Yo no te retengo.

»Entonces él me insultaba, me abrumaba a reproches, exclamaba:

»–Pero, ¿adónde quieres que vaya ahora? Podíamos disponer de tres semanas, ¡y ya han pasado quince días! ¡No es ahora cuando puedo continuar este viaje! Y además, ¡como si fuera a marcharme solo a Venecia, Florencia y Roma! Pero me las pagarás, y más de lo que piensas.

¡No se hace venir a un hombre desde París para encerrarlo en un hotel de Génova con una buscona italiana!

»Yo le decía tranquilamente:

»—Bueno, pues regresa a París entonces.

»Y él vociferaba:

»—Es lo que voy a hacer, y mañana a lo más tardar.

»Pero al día siguiente se quedaba igual que la víspera, siempre furioso y blasfemando.

»Nos conocían ya por las calles, por donde errábamos de la mañana a la noche, por las calles estrechas y sin aceras de esta ciudad, que se asemeja a un inmenso laberinto de piedra, horadado por corredores parecidos a subterráneos. Íbamos a esos pasajes donde soplan furiosas corrientes de aire, a esas travesías encerradas entre murallas tan altas que apenas se ve el cielo. Algunos franceses se volvían a veces, extrañados de reconocer a unos compatriotas en compañía de aquella chica aburrida de trajes llamativos, cuya pinta parecía realmente singular, desplazada entre nosotros, comprometedora.

»Caminaba apoyada en mi brazo, sin mirar nada. ¿Por qué se quedaba conmigo, con nosotros, que parecíamos agradarle tan poco? ¿Quién era? ¿De dónde venía? ¿Qué hacía? ¿Tenía un proyecto, una idea? ¿O bien vivía a la ventura, de encuentros y de casualidades? Trataba en vano de comprenderla, de calar en ella, de explicarla. Cuanto más la conocía, más me asombraba, se me aparecía como un enigma. Ciertamente no era una bribona, una profesional del amor. Me parecía más bien una hija de gente pobre, seducida, arrastrada, después abandonada, y perdida ahora. Pero ¿en qué pensaba convertirse? ¿Qué esperaba? Pues no parecía esforzarse para nada por conquistarme o por sacar de mí algún beneficio bien real.

»Probé a interrogarla, a hablarle de su infancia, de su familia. No me respondió. Y permanecía con ella, el corazón libre y la carne atenazada, nada cansado de tenerla en mis brazos, a aquella hembra arisca y soberbia, acoplado como un animal, atrapado por los sentidos, o mejor dicho, seducido, vencido por una especie de encanto sensual, un encanto joven, sano, poderoso, que se desprendía de ella, de su piel sabrosa, de las líneas robustas de su cuerpo.

»Transcurrieron ocho días más. El término de mi viaje se acercaba, pues debía estar de regreso en París el 11 de julio. Paul, ahora, se resignaba a la aventura, más o menos, aunque insultándome siempre. En cuanto a mí, inventaba placeres, distracciones, paseos para divertir a mi amante y a mi amigo; me tomaba infinito trabajo.

»Un día les propuse una excursión a Santa Margarita. Esta encantadora pequeña ciudad, en medio de jardines, se oculta a los pies de una costa que avanza a lo lejos en el mar hasta la aldea de Portofino. Seguíamos los tres la admirable carretera que corre a lo largo de la montaña. Francesca me dijo de pronto:

»—Mañana no podré pasear con ustedes. Iré a ver a mis padres.

»Después se calló. No la interrogué, seguro de que no me respondería.

»Se levantó, en efecto, al día siguiente muy temprano. Después, como yo seguía acostado, se sentó a los pies de la cama y dijo, como molesta, contrariada, vacilante:

»—Si no he vuelto esta noche, ¿irá usted a buscarme?

»Respondí:

»—Sí, claro que sí. ¿Adónde hay que ir?

»Me explicó:

»–Vaya a la calle Víctor Manuel, después coja el pasaje Falcone y la travesía San Rafael, entre usted en la tienda de muebles, en el patio, al fondo del todo, en el edificio que está a la derecha, y pregunte por la señora Rondoli. Es allí.

»Y se marchó. Me quedé sorprendidísimo.

»Al verme solo, Paul, estupefacto, balbució:

»–¿Dónde está Francesca?

»Y le conté lo que acababa de pasar.

»Exclamó:

»Pues bien, amigo mío, aprovecha la ocasión y larguémonos. De todos modos, se nos acaba el tiempo. Dos días más o menos no cambian nada. ¡En ruta, en ruta, haz tu baúl! ¡En ruta!

»Me negué:

»–No, amigo mío; realmente no puedo abandonar a esta chica de semejante forma, después de haberme quedado cerca de tres semanas con ella. Tengo que decirle adiós, que hacerle aceptar algo; no, me comportaría como un sinvergüenza.

»Pero él no quería saber nada, me metía prisa, me hostigaba. Sin embargo, no cedí.

»No salí en todo el día, esperando el regreso de Francesca. No volvió.

»Por la noche, a la cena, Paul estaba exultante: "Es ella la que te ha abandonado, amigo mío. Es gracioso, graciosísimo".

»Yo estaba extrañado, lo confieso, y un poco vejado. Él se me reía en las narices, se metía conmigo:

»–El método no es malo, por otra parte, aunque primitivo: "Espéreme, ahora vuelvo". ¿Es que vas a esperarla mucho tiempo? ¿Quién sabe? Quizá tengas la ingenuidad de ir a buscarla a la dirección indicada: "La señorita

Rondoli, por favor". "No es aquí, caballero." Apuesto a que tienes ganas de ir.

»–No, amigo mío, y te aseguro que si no ha regresado mañana por la mañana, me marcho a las ocho en el exprés. Me habré quedado veinticuatro horas. Es bastante: mi conciencia estará tranquila.

»Pasé toda la velada inquieto, un poco triste, un poco nervioso. Mi corazón sentía verdaderamente algo por ella. A medianoche me acosté. Apenas dormí.

»Estaba en pie a las seis. Desperté a Paul, hice las maletas; y cogíamos juntos, dos horas después, el tren para Francia.

3

»Ahora bien, ocurrió que al año siguiente, por esa misma época, me asaltó, como lo hace una fiebre periódica, un nuevo deseo de ver Italia. Me decidí de inmediato a emprender ese viaje, pues la visita de Florencia, Venecia y Roma forma parte, con toda seguridad, de la instrucción de un hombre bien educado. Y además proporciona en sociedad multitud de temas de conversación y permite declamar trivialidades artísticas que siempre parecen profundas.

»Partí solo esta vez, y llegué a Génova a la misma hora que el año anterior, pero sin ninguna aventura de viaje. Fui a dormir al mismo hotel, ¡y por casualidad me dieron la misma habitación!

»Pero apenas me metí en la cama, el recuerdo de Francesca, que desde la víspera flotaba vagamente en mis pensamientos, me persiguió con extraña persistencia.

»¿Conoce usted esa obsesión de una mujer mucho tiempo después, cuando regresamos a los lugares donde la hemos amado y poseído?

»Es una de las sensaciones más violentas y penosas que conozco. Parece que la vamos a ver entrar, sonreír, abrir los brazos. Su imagen, huidiza y precisa, está ante nosotros, pasa, regresa y desaparece. Nos tortura como una pesadilla, nos aferra, nos llena el corazón, conmueve nuestros sentidos con su presencia irreal. El ojo la percibe; el olor de su perfume nos acosa; tenemos en los labios el gusto de sus besos, y la caricia de su carne sobre la piel. Y, sin embargo, estamos solos, lo sabemos, sufrimos con la turbación singular de ese fantasma evocado. Y una tristeza pesada, desconsoladora, nos envuelve. Parece que acabamos de ser abandonados para siempre. Todos los objetos adquieren una significación desoladora, siembran en el alma, en el corazón, una impresión horrible de aislamiento, de desamparo. ¡Oh, no volváis a ver jamás la ciudad, la casa, la habitación, el bosque, el jardín, el banco donde habéis tenido en vuestros brazos a una mujer amada!

»En fin, durante toda la noche me persiguió el recuerdo de Francesca; y poco a poco, el deseo de volver a verla entró en mí; un deseo confuso al principio, después más vivo, más agudo, ardiente. Y me decidí a pasar en Génova todo el día siguiente para tratar de encontrarla. Si no lo conseguía, cogería el tren de la noche.

»Conque, llegada la mañana, me puse en su busca. Recordaba perfectamente la información que me había dado al dejarme: "Calle Víctor Manuel-pasaje Falcone-travesía de San Rafael-tienda de muebles-al fondo del patio, el edificio de la derecha".

»Lo encontré todo, no sin trabajo, y llamé a la puerta de una especie de deteriorado pabellón. Vino a abrir una mujer gruesa, que había debido de ser muy guapa, y que ya no era sino muy sucia. Demasiado gorda, conservaba, sin embargo, una notable majestad de líneas. Su pelo despeinado caía en mechones sobre la frente y los hombros, y se veía flotar, en una amplia bata acribillada a manchas, todo su corpachón bamboleante. Llevaba al cuello un enorme collar dorado, y en las dos muñecas, magníficas pulseras de filigrana de Génova.

»Preguntó con aire hostil:

»–¿Qué desea usted?

»Respondí:

»–¿No vive aquí la señorita Francesca Rondoli?

»–¿Qué le quiere usted?

»–Tuve el gusto de conocerla el año pasado, y desearía verla.

»La vieja me escudriñaba con ojos desconfiados:

»–Dígame, ¿dónde la conoció?

»–Aquí mismo, en Génova.

»–¿Cómo se llama usted?

»Vacilé un segundo, después dije mi nombre. Apenas lo había pronunciado cuando la italiana alzó los brazos como para abrazarme.

»–¡Ah! Es usted el francés. ¡Qué contenta estoy de verlo! ¡Qué contenta! Pero cuánto ha hecho sufrir a la pobre niña... Lo esperó un mes, señor, sí, un mes. El primer día creía que usted iba a venir a buscarla. ¡Quería ver si la amaba! Si supiera cuánto lloró cuando comprendió que no vendría usted. Sí, señor, lloró a lágrima viva. Y después fue al hotel. Usted se había marchado. Entonces creyó que estaba usted haciendo su viaje por Italia, y que iba a pasar otra vez por Génova y que la buscaría al regreso, ya que no había querido ir con usted. Y esperó, sí, señor, más de un mes; y estaba muy triste, ea, muy triste. ¡Soy su madre!

»Me sentí un poco desconcertado, realmente. Recobré mi seguridad, sin embargo, y pregunté:

»—¿Está aquí en este momento?

»—No, señor, está en París con un pintor, un chico encantador que la ama, señor, que la ama con un gran amor y que le da todo lo que quiere. Mire, fíjese en lo que ella me envía a mí, a su madre. ¿Son bonitas, verdad?

»Y me mostraba, con una animación muy meridional, las gruesas pulseras y el pesado collar de su cuello. Prosiguió:

»—También tengo dos pendientes con piedras, y un traje de seda, y sortijas; pero no los llevo por la mañana, me los pongo sólo hacia la tarde, cuando me visto de tiros largos. ¡Oh!, es muy feliz, señor, muy feliz. ¡Qué contenta se pondrá cuando le escriba que ha venido usted! Pero pase, señor, siéntese. Tomará usted algo; pase.

»Yo me negaba, pues ahora quería marcharme en el primer tren. Pero me había cogido del brazo y me atraía, repitiendo:

»—Pase de una vez, señor, tengo que decirle que ha venido usted a nuestra casa.

»Y penetré en una salita bastante oscura, amueblada con una mesa y unas cuantas sillas.

»Prosiguió:

»—¡Oh! Es muy feliz ahora, muy feliz. Cuando usted la encontró en el ferrocarril, tenía un gran pesar. Su amiguito la había abandonado en Marsella. Y regresaba, la pobre niña. A usted lo quiso mucho en seguida, pero todavía estaba un poco triste, ya comprenderá usted. Ahora no le falta nada; me escribe todo lo que hace. Él se llama señor Bellemin. Dicen que es un gran pintor en su tierra. La encontró al pasar por aquí en la calle; sí, señor, en la calle, y la amó en seguida. ¿Tomará usted un vaso de jarabe? Es muy bueno. ¿Está usted solo este año?

»Respondí:

»—Sí, estoy solo.

»Me senté, ganado ahora por unos crecientes deseos de reír, pues mi desengaño inicial se evaporaba con las declaraciones de la señora Rondoli. Tuve que tomar un vaso de jarabe.

»Ella continuaba:

»—¿Cómo, está usted solo? ¡Oh! Cuánto siento entonces que Francesca no esté aquí; le habría hecho compañía el tiempo que usted fuera a quedarse en la ciudad. No es muy alegre pasear solo; y ella lo lamentará mucho, por su parte.

»Después, como yo me levantaba, exclamó:

»—Pero, si usted quiere, Carlotta irá con usted; conoce muy bien los paseos. Es mi otra hija, señor, la segunda.

»Sin duda tomó mi estupefacción por un consentimiento, y precipitándose a la puerta interior, la abrió y gritó en la oscuridad de una escalera invisible:

»—¡Carlotta! ¡Carlotta! Baja en seguida, ven ahora mismo, hijita.

»Quise protestar; no me lo permitió:

»—No, le hará compañía; es muy dulce, y mucho más alegre que la otra; es una buena chica, una buenísima chica a la que quiero mucho.

»Oí en los peldaños un ruido de suelas de chancletas; y apareció una muchacha alta, morena, delgada y bonita, pero también despeinada, que dejaba adivinar, bajo un vestido viejo de su madre, un cuerpo joven y esbelto.

»La señora Rondoli la puso en seguida al tanto de mi situación:

»–Es el francés de Francesca, el del año pasado, ya sabes. Venía a buscarla; está solo, el pobre. Entonces le he dicho que irías con él para hacerle compañía.

»Carlotta me miraba con sus hermosos ojos pardos; y murmuró empezando a sonreír:

»–Si él quiere, me parece bien.

»¿Cómo hubiera podido negarme? Declaré:

»–Claro que quiero.

»Entonces la señora Rondoli la empujó hacia fuera:

»–Vete a vestir, rápido, rapidito: ponte el traje azul y el sombrero de flores; date prisa.

»En cuanto su hija hubo salido, me explicó:

»–Tengo aún otras dos; pero más pequeñas. ¡Cuesta caro, ea, criar a cuatro hijas! Afortunadamente, la mayor ha salido adelante ya.

»Y después me habló de su vida, de su marido, que había muerto de empleado del ferrocarril, y de todas las cualidades de su segunda hija, Carlotta.

»Ésta regresó, vestida al estilo de la mayor, con un traje llamativo y singular.

»Su madre la examinó de pies a cabeza, la juzgó muy de su agrado, y nos dijo:

»–Y ahora, váyanse, hijos míos.

»Después, dirigiéndose a su hija:

»–Sobre todo, no vuelvas después de las diez, esta noche; ya sabes que la puerta está cerrada.

»Carlotta respondió:

»–No tengas cuidado, mamá.

»Se cogió de mi brazo, y heme aquí vagando con ella por las calles, como con su hermana, el año antes.

»Regresé al hotel a almorzar, después llevé a mi nueva amiga a Santa Margarita, repitiendo el último paseo que había dado con Francesca.

»Y por la noche no volvió a casa, aunque la puerta debiera cerrarse después de las diez.

»Y durante los quince días de que podía disponer paseé a Carlotta por los alrededores de Génova. No me hizo añorar a la otra.

»La dejé deshecha en lágrimas, la mañana de mi partida, al entregarle, con un recuerdo para ella, cuatro pulseras para su madre.

»Cuento con regresar un día de éstos para ver Italia, aunque pensando con cierta inquietud, mezclada de esperanzas, que la señora Rondoli posee todavía dos hijas.

El crimen del tío Bonifacio*

Aquel día Bonifacio, el cartero, comprobó al salir de Correos que su recorrido sería menos largo que de costumbre, y sintió una viva alegría. Tenía a su cargo la campiña en torno al villorrio de Vireville, y cuando regresaba, de noche, con su largo paso fatigado, más de cuarenta kilómetros le pesaban a veces en las piernas.

Conque el reparto se haría en seguida; podría incluso gandulear un poco por el camino y volver a casa hacia las tres de la tarde. ¡Qué suerte!

Salió de la aldea por el camino de Sennemare y comenzó su tarea. Era en junio, el mes verde y florido, el verdadero mes de las llanuras.

El hombre, vestido con su blusa azul y tocado con un quepis negro galoneado de rojo, cruzaba, por estrechos senderos, los campos de colza, de avena o de trigo, sepultado hasta los hombros en las cosechas; y su cabeza, al sobresalir entre las espigas, parecía flotar sobre un mar en calma y verdeante que ondulaba blandamente una ligera brisa.

* *Le Crime au père Boniface,* en *Gil Blas,* 24 de junio de 1884.

Entraba en las granjas por la barrera de madera clavada en los taludes que sombreaban dos hileras de hayas, y saludando por su nombre al campesino: «Buenos días, señor Chicot», le tendía su periódico, *Le Petit Normand*. El granjero se limpiaba la mano en los fondillos de los pantalones, recibía la hoja de papel y la deslizaba en el bolsillo para leerla a sus anchas después de la comida del mediodía. El perro, alojado en un barril, al pie de un manzano torcido, ladraba con furia tirando de su cadena; y el peatón, sin volverse, reanudaba su marcha militar, alargando sus grandes piernas, el brazo izquierdo sobre la cartera, y el derecho manejando su bastón, que marchaba como él, de forma continua y presurosa.

Repartió sus impresos y sus cartas en el caserío de Sennemare, y después siguió su camino a campo traviesa para llevar el correo del recaudador, que habitaba en una casita aislada a un kilómetro de la aldea.

Era un recaudador nuevo, el señor Chapatis, llegado la semana antes y casado hacía poco.

Recibía un periódico de París, y a veces Bonifacio, el cartero, cuando tenía tiempo, le echaba un vistazo al impreso antes de entregarlo a su destinatario.

Conque abrió la cartera, cogió el diario, lo sacó de su faja, lo desplegó y empezó a leer, mientras caminaba. La primera página no le interesaba nada; la política lo dejaba frío; las finanzas se las saltaba siempre, pero los sucesos lo apasionaban.

Eran muy nutridos ese día. E incluso se emocionó tan vivamente con el relato de un crimen cometido en la vivienda de un guardabosque, que se detuvo en medio de un sembrado de trébol para releerlo lentamente. Los detalles eran horribles. Un leñador, al pasar de madrugada junto a la casa forestal, había reparado en un poco de sangre sobre el umbral, como si alguien hubiera sangrado por la nariz. «El guarda habrá matado algún conejo esta noche», pensó; pero al acercarse se dio cuenta de que la puerta estaba entreabierta y de que habían roto la cerradura.

Entonces, presa del miedo, corrió al pueblo a avisar al alcalde; éste cogió de refuerzo al guarda rural y al maestro, y los cuatro hombres regresaron juntos. Encontraron al guardabosque degollado delante de la chimenea, a su mujer estrangulada debajo de la cama, y a su hijita, de seis años de edad, asfixiada entre dos colchones.

Bonifacio, el cartero, se quedó tan emocionado con la idea de aquel asesinato, cuyas espantosas circunstancias se le aparecían una tras otra, que sintió flojera en las piernas, y pronunció en voz alta:

—¡Maldita sea, qué canalla es alguna gente!

Después metió el periódico en su cintura de papel y echó a andar, con la cabeza llena de la visión del crimen. Pronto llegó a la vivienda del señor Chapatis; abrió la barrera del jardincillo y se acercó a la casa. Era una construcción baja, de una sola planta, coronada por un tejado abuhardillado. Estaba alejada por lo menos quinientos metros de la casa más próxima.

El cartero subió los dos escalones del porche, puso la mano en la cerradura, intentó abrir la puerta y comprobó que estaba cerrada. Entonces advirtió que los postigos no estaban abiertos y que nadie había salido ese día.

Lo invadió la inquietud, pues el señor Chapatis, desde su llegada, se había levantado bastante pronto. Bonifacio sacó el reloj. Aún no eran más que las siete y diez de la mañana, conque llevaba cerca de una hora de adelanto. No importa, el recaudador habría tenido que estar de pie.

Entonces dio una vuelta a la casa, caminando con precaución, como si corriera peligro. No observó nada sospechoso, salvo unas pisadas de hombre en un arriate de fresas.

Pero, de pronto, se quedó inmóvil, paralizado de angustia, al pasar delante de una ventana. En la casa alguien gemía.

Se acercó, saltando sobre una bordura de tomillo, pegó la oreja al tejadillo para escuchar mejor: alguien gemía, con toda seguridad. Oía perfectamente largos suspiros doloridos, una especie de estertor, un ruido de lucha. Después los gemidos se hicieron más fuertes, más repetidos, se acentuaron más, se mudaron en gritos.

Entonces Bonifacio, sin caberle dudas de que se estaba cometiendo un crimen en ese mismo momento en casa del recaudador, escapó a todo correr, volvió a cruzar el jardincillo, se lanzó a través de la llanura, a través de las cosechas, corriendo hasta perder el resuello, sacudiendo la cartera que le golpeaba los riñones, y llegó extenuado, jadeante, enloquecido a la puerta de la gendarmería.

El cabo, Malautour, reparaba una silla rota, con puntas y un martillo. El gendarme, Rautier, tenía entre sus piernas el mueble estropeado y sujetaba un clavo sobre los bordes de la rotura; entonces el cabo, masticándose el bigote, los ojos muy abiertos y humedecidos de atención, asestaba grandes golpes sobre los dedos de su subordinado.

El cartero, en cuanto los divisó, exclamó:

—¡Vengan rápido, están asesinando al recaudador, rápido, rápido!

Los dos hombres interrumpieron su trabajo y levantaron la cabeza, esas cabezas atónitas de las personas a quienes se sorprende y se molesta.

Bonifacio, al verlos más sorprendidos que apresurados, repitió:

—¡Rápido, rápido! Los ladrones están en la casa, he oído los gritos, es más que hora.

El cabo, dejando el martillo en el suelo, preguntó:

—¿Quién ha puesto en su conocimiento ese hecho?

El cartero prosiguió:

—Iba yo a llevar el periódico y dos cartas cuando observé que la puerta estaba cerrada y que el recaudador no se había levantado. Di una vuelta a la casa para enterarme, y oí que gemían como si estuvieran estrangulando a alguien o le rebanaran el cuello, y entonces vine a toda prisa a buscarlos a ustedes. Es más que hora.

El cabo, enderezándose, prosiguió:

—¿Y no se le ocurrió prestar auxilio en persona?

El cartero, trastornado, respondió:

—Temía no ser suficiente, por el número.

Entonces el gendarme, convencido, anunció:

—Un momento, que me visto, y lo sigo.

Y entró en la gendarmería seguido por su soldado, que llevaba la silla.

Reaparecieron casi al punto, y los tres se pusieron en camino, a paso gimnástico, hacia el lugar del crimen.

Al llegar cerca de la casa aflojaron la marcha por precaución, y el cabo sacó su revólver; después penetraron muy despacio en el jardín y se acercaron al muro. Ninguna nueva huella anunciaba que los malhechores se hubieran ido. La puerta seguía cerrada, las ventanas igual.

—Son nuestros —murmuró el cabo.

El tío Bonifacio, palpitando de emoción, lo hizo pasar al otro lado, y señalándole un tejadillo:

—Es ahí —dijo.

Y el cabo se adelantó solo y pegó la oreja a la tabla. Los otros dos esperaban, dispuestos a todo, los ojos clavados en él.

Se quedó un buen rato inmóvil, escuchando. Para acercar mejor la cabeza al postigo de madera se había quitado el tricornio y lo sostenía en la mano derecha.

¿Qué oía? Su rostro impasible nada revelaba; pero de pronto sus bigotes se erizaron, sus mejillas se arrugaron como en una carcajada silenciosa, y saltando de nuevo la bordura de boj*, regresó hacia los dos hombres, que lo miraban con estupor.

Después les hizo señas de que lo siguieran, caminando de puntillas; y regresando hacia la entrada ordenó a Bonifacio que deslizara bajo la puerta el periódico y las cartas.

El cartero, desconcertado, obedeció con docilidad, no obstante.

—Y ahora, en marcha —dijo el cabo.

Pero en cuanto hubieron pasado la barrera se volvió hacia el peatón, y con aire guasón, una sonrisa socarrona en los labios, los ojos saltones y brillantes de alegría:

—¡Menudo pícaro está usted hecho!

El viejo preguntó:

—¿Por qué? He oído, le juro que he oído.

Pero el gendarme, sin aguantarse más, estalló en carcajadas. Reía como alguien que se ahoga, las dos manos sobre el vientre, doblado en dos, los ojos llenos de lágrimas, con espantosas muecas en torno a la nariz. Y los otros dos, pasmados, lo miraban.

---

* El texto es inequívoco. La bordura de tomillo que salta el cartero se ha convertido en boj cuando la salta el gendarme. ¿Inadvertencia del autor?

Pero como no podía hablar, ni cesar de reír, ni dar a entender lo que tenía, hizo un gesto, un gesto vulgar y grosero.

Como seguían sin entenderlo, lo repitió varias veces seguidas, designando con un gesto de la cabeza la casa que seguía cerrada.

Y su soldado, comprendiendo bruscamente a su vez, estalló en formidables carcajadas.

El viejo permanecía estupefacto entre aquellos dos hombres que se desternillaban de risa.

El cabo, por fin, se calmó, y lanzando a la barriga del viejo una gran palmada de hombre que bromea, exclamó:

—¡Ah! ¡Qué bromista, qué condenado bromista! ¡Nunca olvidaré el crimen del tío Bonifacio!

El cartero abrió unos ojos como platos y repitió:

—Le juro que he oído.

El cabo volvió a reír. Su gendarme se había sentado en la hierba de la cuneta para desternillarse a sus anchas.

—¡Ah! ¡Conque has oído! Y a tu mujer, ¿es así como la asesinas?, ¿eh?, viejo bromista...

—¿A mi mujer?...

Se perdió en largas reflexiones, y después prosiguió:

—A mi mujer... Sí, se desgañita cuando le zurro la badana... Pero desgañitarse es eso, desgañitarse, ¿o qué? ¿Es que el señor Chapatis le estaba pegando a la suya?

Entonces el cabo, en un delirio de gozo, lo hizo girar como un muñeco por los hombros, y le sopló al oído algo que dejó al otro pasmado de asombro.

Después el viejo, pensativo, murmuró...

—No... nunca así... nunca así... nunca así... La mía no dice nada... Jamás hubiera creído... ¿Será posible?... Hubiera jurado que la martirizaban...

Y, confuso, desorientado, avergonzado, reanudó su camino a campo traviesa, mientras el gendarme y el cabo, sin dejar de reír, le gritaban de lejos gruesas bromas cuarteleras, y miraban alejarse su quepis negro sobre el mar tranquilo de las cosechas.

La confesión*

Cuando el capitán Héctor Marie de Fontenne se casó con la señorita Laurine de Estelle, padres y amigos juzgaron que serían una mala pareja.

La señorita Laurine, bonita, menuda, frágil, rubia y atrevida, tenía a los doce años la seguridad de una mujer de treinta. Era una de esas pequeñas parisienses precoces que parecen nacidas con toda la ciencia de la vida, con todos los ardides de la mujer, con todas las audacias de la mente, con esa profunda astucia y esa flexibilidad de espíritu que hacen que ciertos seres parezcan fatalmente destinados, hagan lo que hagan, a burlar y engañar a los demás. Todas sus acciones parecen premeditadas, todos sus pasos calculados, todas sus palabras cuidadosamente pesadas, su existencia no es sino un papel que representan de cara a sus semejantes.

Era también encantadora; muy risueña, tanto que no sabía contenerse ni calmarse cuando una cosa le parecía graciosa y divertida. Se reía en la cara de la gente de la

* *La Confession*, en *Gil Blas*, 12 de agosto de 1884.

manera más impudente, pero con tanta gracia que nadie se enfadaba nunca.

Era rica, muy rica. Un sacerdote sirvió de intermediario para la boda con el capitán De Fontenne. Educado en una casa de religiosos, de la forma más austera, este oficial había aportado al regimiento unas costumbres conventuales, principios muy rígidos y una intolerancia total. Era uno de esos hombres que se convierten infaliblemente en santos o en nihilistas, en quienes las ideas se instalan como dueñas absolutas, cuyas creencias son inflexibles y las resoluciones inquebrantables.

La señorita Laurine lo vio, lo caló de inmediato y lo aceptó por marido.

Formaron una excelente pareja. Ella fue flexible, hábil y prudente, supo mostrarse tal como debía ser, siempre propensa a buenas obras y a fiestas, asidua a la iglesia y al teatro, mundana y rígida, con un airecillo de ironía, con un resplandor en los ojos cuando charlaba gravemente con su grave esposo. Le contaba sus actos caritativos con todos los curas de la parroquia y de los alrededores, y aprovechaba esas piadosas ocupaciones para estar fuera de casa de la mañana a la noche.

Pero algunas veces, en pleno relato de alguna acción benéfica, la asaltaba de repente una risa loca, una risa nerviosa imposible de contener. El capitán se quedaba sorprendido, inquieto, algo chocado frente a su mujer que se ahogaba. Cuando se había calmado un poco, le preguntaba:

—¿Qué es lo que le pasa, Laurine?

Ella respondía:

—¡No es nada! El recuerdo de una cosa muy chusca que me ocurrió.

Y contaba cualquier historia.

Ahora bien, durante el verano de 1883, el capitán Héctor de Fontenne participó en las grandes maniobras del 32.° cuerpo de Ejército.

Una noche que acampaban en las cercanías de una ciudad, después de diez días de tienda y de campo raso, diez días de fatiga y privaciones, los camaradas del capitán resolvieron ofrecerse una buena cena.

El señor De Fontenne se negó al principio a acompañarlos; después, como su negativa los sorprendía, accedió.

Su vecino de mesa, el comandante De Favré, mientras conversaba sobre las operaciones militares, única cosa que apasionaba al capitán, le servía de beber copa tras copa. Había hecho mucho calor durante el día, un calor pesado, agostador, excitante; y el capitán bebía sin pensar en ello, sin darse cuenta de que poco a poco una alegría nueva penetraba en su interior, cierta alegría viva, ardiente, una dicha de existir llena de deseos despertados, de apetitos desconocidos, de esperas indecisas.

A los postres estaba achispado. Hablaba, reía, se agitaba presa de una embriaguez ruidosa, una embriaguez loca de hombre ordinariamente prudente y tranquilo.

Alguien propuso ir a rematar la velada en el teatro; acompañó a sus camaradas. Uno de éstos reconoció a una actriz a la que había amado, y se organizó una cena a la que asistió parte del personal femenino de la compañía.

El capitán despertó al día siguiente en una habitación desconocida y en los brazos de una mujercita rubia, que le dijo, al verle abrir los ojos:

—¡Buenos días, gatito!

Al principio no comprendió; después, poco a poco, los recuerdos regresaron, aunque un poco enturbiados.

Entonces se levantó sin decir una palabra, se vistió y vació su bolsa sobre la chimenea.

Lo asaltó la vergüenza cuando se vio de pie, de uniforme, el sable al costado, en aquel alojamiento amueblado, de cortinas ajadas, cuyo sofá, salpicado de manchas, tenía una pinta dudosa, y no se atrevía a irse, a bajar la escalera, en la que se encontraría con gente, a pasar por delante del portero, y sobre todo a salir a la calle, ante los ojos de transeúntes y vecinos.

La mujer repetía sin cesar:

—¿Qué es lo que te pasa? ¿Has perdido la lengua? ¡Pues ayer la tenías bien larga! ¡Vaya patán!

La saludó ceremonioso y, decidiéndose a huir, se dirigió a su domicilio a grandes zancadas, persuadido de que se adivinaba por sus modales, por su aspecto, por su rostro, que salía de casa de una moza.

Y lo atenazó el remordimiento, un remordimiento agobiador de hombre rígido y escrupuloso.

Se confesó, comulgó; pero seguía incómodo, perseguido por el recuerdo de su caída y por la sensación de una deuda, de una deuda sagrada contraída con su mujer.

Sólo volvió a verla al cabo de un mes, pues había ido a pasar con sus padres la temporada de las grandes maniobras.

Fue hacia él con los brazos abiertos, la sonrisa en los labios. La recibió con una embarazada actitud de culpable; y se abstuvo casi de hablarle hasta la noche.

En cuanto se encontraron a solas, ella le preguntó:

—¿Qué tiene usted, amigo mío? Lo encuentro muy cambiado.

Respondió, con tono fastidiado:

—Nada, querida, absolutamente nada.

—Perdón, lo conozco bien, y estoy segura de que le pasa algo: una preocupación, un pesar, una molestia, ¡yo qué sé!

—Pues bien, sí, tengo una preocupación.
—¡Ah! ¿Cuál?
—Me es imposible decírselo.
—¿A mí? ¿Y por qué? Me inquieta usted.
—No puedo darle razones. Me es imposible decírselo.

Ella se había sentado en un confidente, y él caminaba de arriba abajo, las manos a la espalda, evitando la mirada de su mujer. Ésta prosiguió:

—Veamos, tengo que confesarlo, es mi deber, y que exigirle la verdad, estoy en mi derecho. No puede usted tener secretos para mí, al igual que no puedo tenerlos yo con usted.

Él articuló, dándole la espalda, enmarcado en la alta ventana:

—Querida, hay cosas que más vale no decir. La que me inquieta se cuenta entre ellas.

Ella se levantó, cruzó la habitación, lo cogió del brazo y, forzándolo a volverse, le puso las dos manos en los hombros; después, sonriente, mimosa, los ojos alzados:

—Vamos, Marie —lo llamaba Marie en las horas de ternura—, no puede ocultarme nada. Creería que había hecho usted algo malo.

Él murmuró:

—He hecho algo muy malo.

Ella dijo con alegría:

—¡Oh! ¿Tan malo? ¡Me extraña mucho en usted!

Él respondió vivamente:

—No le diré nada más. Es inútil insistir.

Pero ella lo atrajo hasta el sillón, lo obligó a sentarse, se sentó en su pierna derecha, y besando con un besito ligero, con un beso rápido, alado, la punta rizada de su bigote:

—Si no me dice nada, nos enfadaremos para siempre.

Murmuró, desgarrado por los remordimientos y torturado de angustia:

–Si le dijera lo que he hecho, no me perdonaría jamás.

–Al contrario, amigo mío, le perdonaré en seguida.

–No, es imposible.

–Se lo prometo.

–Le digo que es imposible.

–Le juro que le perdono.

–No, querida Laurine, no podría.

–¡Qué ingenuo es usted, amigo mío, por no decir bobo! Al negarse a decirme lo que ha hecho, me dejará creer en cosas abominables; y pensaré siempre en ello, y le guardaré rencor, tanto por su silencio como por su desconocida fechoría. Mientras que si usted habla con toda franqueza, mañana ya lo habré olvidado.

–Es que...

–¿Qué?

Se ruborizó hasta las orejas, y con voz seria:

–Me confieso con usted como me confesaría con un sacerdote, Laurine.

Apareció en sus labios la rápida sonrisa que adoptaba a veces al escucharlo, y en tono levemente burlón:

–Soy toda oídos.

Él prosiguió:

–Usted sabe, querida, lo sobrio que soy. Sólo bebo vino con agua, y licores nunca, ya lo sabe.

–Sí, lo sé.

–Pues bien, figúrese que, hacia el final de las grandes maniobras, me dejé llevar a beber un poco, una noche, cuando estaba muy alterado, muy fatigado, muy cansado y...

–¿Se achispó un poco? ¡Huy, qué feo!

—Sí, me achispé.

Ella había adoptado un aire severo:

—Pero, ¿borracho del todo, confiéselo, borracho hasta no poder dar un paso?

—¡Oh! No, no tanto. Había perdido la razón, pero no el equilibrio. Hablaba, reía, estaba loco.

Como enmudecía, ella preguntó:

—¿Eso es todo?

—No.

—Ah! Y..., ¿después?

—Después... cometí... cometí una infamia.

Ella lo miraba inquieta, un poco turbada, también conmovida.

—¿Qué infamia, amigo mío?

—Cenamos con... con unas actrices... y no sé cómo ocurrió, ¡pero la engañé, Laurine!

Había pronunciado esto con un tono grave, solemne.

Ella tuvo una pequeña sacudida, y sus ojos se iluminaron con una brusca alegría, una alegría profunda, irresistible.

Dijo:

—Usted..., usted... usted me ha...

Y una risita seca, nerviosa, entrecortada, se deslizó entre sus dientes por tres veces, dejándola sin palabras.

Intentaba recuperar la seriedad; pero cada vez que iba a pronunciar una palabra, la risa temblaba en el fondo de su garganta, brotaba, al punto detenida, volvía a salir, salía como el gas de una botella de champán destapada, cuya espuma no se puede contener. Se ponía la mano en los labios para calmarse, para hundir en su boca esta desdichada crisis de gozo; pero la risa se le escapaba entre los dedos, le agitaba el pecho, brotaba a su pesar. Tartamudeaba:

–Usted... usted... me ha engañado... ¡Ja!... ¡Ja, ja, ja!... ¡Ja, ja, ja!... ¡Ja, ja, ja!

Y lo miraba con un aire singular, tan chancero, a su pesar, que él permanecía cortado, estupefacto.

Y de repente, no aguantando más, ella estalló... Entonces se echó a reír, con una risa que parecía un ataque de nervios. Gritos entrecortados salían de sus labios, llegados, al parecer, del fondo del pecho; y con las dos manos apoyadas en la boca del estómago, le daban largos accesos de tos que la ahogaban, como los accesos de la tos ferina.

Y cada esfuerzo que hacía para calmarse provocaba un nuevo ataque, cada palabra que quería decir la hacía desternillarse más.

–Mi... mi... mi... pobre amigo... ¡Ja, ja, ja!... ¡Ja, ja, ja!

Él se levantó, dejándola sola en el sillón, y poniéndose de pronto muy pálido, dijo:

–Laurine, está usted más que inconveniente.

Ella balbució, en un delirio de gozo:

–¡Qué... qué quiere... no... no... no puedo... qué... qué gracioso es usted!... ¡Ja, ja! ¡Ja, ja!...

Él se ponía lívido y la miraba ahora con los ojos fijos, en los que despertaba una idea extraña. De repente abrió la boca como para gritar algo, pero no dijo nada, giró sobre sus talones y salió batiendo la puerta.

Laurine, doblada en dos, agotada, desfalleciente, seguía riéndose con una risa agonizante, que se reanimaba a veces, como la llama de un incendio casi apagado.

El cuarto 11*

—¿Cómo? ¿No sabe usted por qué han trasladado al señor Amandon, el primer magistrado?

—No, en absoluto.

—Tampoco él, por lo demás, lo supo nunca. Pero es una historia de lo más peregrina.

—Cuéntemela.

—¿Se acuerda usted de la señora Amandon, esa morenita guapa y delgada, tan distinguida y fina, a quien llamaban doña Marguerite en todo Perthuis-le-Long?

—Sí, perfectamente.

—Pues bien, escuche. Se acordará también de cómo era respetada, considerada y querida en la ciudad, más que nadie; sabía recibir, organizar una fiesta o una obra de caridad, encontrar dinero para los pobres y distraer a los jóvenes de mil maneras.

* *La Chambre 11*, en *Gil Blas*, 9 de diciembre de 1884.

»Era elegantísima y muy coqueta, no obstante; pero con una coquetería platónica y una encantadora elegancia de provincias, pues era una provinciana esa mujercita, una exquisita provinciana.

»Los escritores, que son todos parisienses, nos cantan a la parisiense en todos los tonos, porque sólo la conocen a ella; pero yo declaro que la provinciana vale cien veces más, cuando es de calidad superior.

»La provinciana fina tiene un garbo muy particular, más discreto que el de la parisiense, más humilde, no promete nada y da mucho, mientras que la parisiense, la mayoría del tiempo, promete mucho y a la hora de la verdad no da nada.

»La parisiense es el triunfo elegante y descarado de la mentira. La provinciana es la modestia de la verdad.

»Una provincianita espabilada, con su aire de burguesa alerta, su candor engañoso de colegiala, su sonrisa que nada dice y sus pasioncillas expertas, pero tenaces, tiene que mostrar mil veces más astucia, agilidad, invención femenina que todas las parisienses juntas, para lograr satisfacer sus gustos, o sus vicios, sin despertar la menor sospecha, el menor cotilleo, el menor escándalo en la pequeña ciudad, que la mira con todos sus ojos y todas sus ventanas.

»La señora Amandon era el prototipo de esta raza rara, aunque encantadora. Jamás habían sospechado de ella, jamás habría pensado nadie que su vida no era tan límpida como su mirada, una mirada castaña, transparente y cálida, ¡pero tan honesta!

–¡Para que veas!

–Pues bien, tenía un truco admirable, de una invención genial, de un ingenio maravilloso y de increíble sencillez.

»Escogía todos sus amantes en el ejército, y los conservaba tres años, el tiempo de su estancia en la guarnición.
—Ahí tiene.
—No tenía amor, tenía sentidos.

»En cuanto llegaba a Perthuis-le-Long un nuevo regimiento, se informaba sobre todos los oficiales entre treinta y cuarenta años, pues antes de los treinta uno no es todavía discreto, y después de los cuarenta a menudo fallan las fuerzas.

»¡Oh! Conocía a los mandos tan bien como el coronel. Lo sabía todo, todo: las costumbres más íntimas, la instrucción, la educación, las cualidades físicas, la resistencia a la fatiga, el carácter paciente o violento, la fortuna, la tendencia al ahorro o a la prodigalidad. Y después hacía su elección. Cogía con preferencia hombres de aspecto tranquilo, como ella; pero los quería guapos. También quería que no se les hubiera conocido ningún amorío, ninguna pasión que hubiera podido dejar rastros o suscitar rumores. Pues el hombre cuyos amores se citan no es nunca un hombre discreto.

»Tras haber distinguido a aquel que la amaría durante los tres años de estancia reglamentaria, sólo quedaba echarle el anzuelo.

»¡Cuántas mujeres se habrían visto en aprietos, habrían adoptado los medios ordinarios, las vías seguidas por todas, se habrían hecho cortejar marcando todas las etapas de la conquista y la resistencia, dejándose un día besar los dedos, al siguiente la muñeca, al otro la mejilla, y después la boca, y después el resto!

»Ella tenía un método más rápido, más discreto y más seguro. Daba un baile.

»El oficial elegido invitaba a bailar a la señora de la casa. Ahora bien, al valsar, arrastrada por el raudo movimiento, aturdida por la embriaguez de la danza, ella se apretaba contra él como para entregarse, y le estrechaba la mano con una presión nerviosa y continua.

»Si él no comprendía, es que era un idiota, y ella pasaba al siguiente, clasificado con el número dos en la baraja de su deseo.

»Si comprendía, la cosa estaba hecha, sin alharacas, sin galanterías comprometedoras, sin visitas frecuentes.

»¿Hay algo más simple y más práctico?

»¡Todas las mujeres deberían utilizar un procedimiento semejante para darnos a entender que les agradamos! ¡Cuántas dificultades, vacilaciones, palabras, movimientos, inquietudes, turbaciones, equívocos eliminarían así! ¡Cuán a menudo pasamos al lado de una dicha posible sin percatarnos! Porque, ¿quién puede adentrarse en el misterio de los pensamientos, los secretos abandonos de la voluntad, las llamadas mudas de la carne, toda la incógnita de un alma de mujer, cuya boca permanece silenciosa y sus ojos impenetrables y claros?

»En cuanto él había comprendido, le pedía una cita. Y ella lo hacía esperar siempre un mes o seis semanas para espiarlo, conocerlo y abstenerse si él tenía algún defecto peligroso.

»Durante este tiempo él se devanaba los sesos para saber dónde podrían encontrarse sin peligro, imaginaba combinaciones difíciles y poco seguras.

»Después, en cualquier fiesta oficial, ella le decía bajito:

»–Vaya el martes por la noche, a las nueve, al hotel del *Caballo de Oro,* cerca de las murallas, en la carretera de Vouziers, y pregunte por la señorita Clarisse. Lo esperaré, pero, sobre todo, vaya de paisano.

»Desde hacía ocho años, en efecto, tenía una habitación alquilada en esa posada desconocida. Era una idea de su primer amante que ella había juzgado muy práctica, y desaparecido el hombre conservó el nido.

»¡Oh! Un nido mediocre: cuatro paredes revestidas de papel gris claro con flores azules, una cama de abeto, cortinas de muselina, un sillón comprado por el posadero por orden suya, dos sillas, una alfombra de pie de cama y los pocos cacharros necesarios para el aseo. ¿Qué más necesitaba?

»En las paredes, tres grandes fotografías. Tres coroneles a caballo: ¡Los coroneles de sus amantes! ¿Por qué? Al no poder guardar la propia imagen, el recuerdo directo, ¿había querido acaso conservar así, de rebote, sus recuerdos?

»Y, dirá usted, ¿nunca había sido reconocida por nadie en todas sus visitas al *Caballo de Oro*?

»¡Nunca! ¡Por nadie!

»El medio empleado era admirable y simple. Había ideado y organizado una serie de reuniones benéficas y piadosas a las que iba a menudo y a las cuales a veces faltaba. Su marido, conocedor de sus obras pías, que le salían muy caras, vivía sin sospechas.

»Pues bien, una vez convenida la cita, decía, a la hora de la cena, delante de los sirvientes:

»—Voy esta noche a la Asociación de Fajas de Franela para Viejos Paralíticos.

»Y salía hacia las ocho, entraba en la Asociación, volvía a salir al punto, pasaba por varias calles, y al encontrarse sola en alguna calleja, en algún rincón oscuro y sin quinqué, se quitaba el sombrero, lo sustituía por una cofia de criada que llevaba bajo la manteleta, desplegaba un delantal blanco disimulado de la misma manera, se lo anudaba a la cintura y, llevando en un pañolón su sombrero de calle y la prenda que hacía un instante cubría sus hombros, echaba a andar taconeando, atrevida, las caderas al viento, como una criadita que hiciera un recado; y a veces incluso corría como si tuviera mucha prisa.

»¿Quién iba a reconocer en aquella sirvienta menuda y viva a la señora del primer magistrado Amandon?

»Llegaba al *Caballo de Oro,* subía a su cuarto, cuya llave tenía; y el gordo dueño, el señor Trouveau, al verla pasar desde recepción, murmuraba:

»–Ahí va la señorita Clarisse, a sus amores.

»Había adivinado algo, sí, el pícaro gordo, pero no pretendía saber más, y con toda seguridad se habría quedado de una pieza al enterarse de que su clienta era la señora de Amandon, doña Marguerite, como la llamaban en Perthuis-le-Long.

»Ahora bien, he aquí cómo se produjo el horrible descubrimiento.

»La señorita Clarisse jamás acudía a sus citas dos noches seguidas, jamás, pues era demasiado avisada y demasiado prudente. Y el señor Trouveau lo sabía muy bien, pues ni una sola vez, en ocho años, la había visto llegar al día siguiente de una visita. E incluso a menudo, en días de agobio, había dispuesto del cuarto por una noche.

»Ahora bien, durante el verano pasado el señor Amandon se ausentó una semana. Era en julio; la señora sentía ardores, y como no podía temer que la sorprendieran, preguntó a su amante, el guapo comandante de Varangelles, un martes por la noche, al despedirse, si quería volver al día siguiente; él respondió:

»–¡Cómo no!

»Y convinieron que se encontrarían el miércoles, a la hora de costumbre. Ella dijo en voz baja:

»–Si llegas tú primero, querido, espérame acostado.

»Se besaron, y después se separaron.

»Ahora bien, al día siguiente, a eso de las diez, cuando el señor Trouveau leía las *Tablettes de Perthuis*, órgano republicano de la ciudad, gritó desde lejos a su mujer, que desplumaba un ave en el corral:

»—Hay cólera en la región. Ayer murió un hombre en Vauvigny.

»Después no volvió a pensar en ello, pues la posada estaba llena de gente y los negocios marchaban muy bien.

»A mediodía se presentó un viajero, a pie, una especie de turista que se hizo servir un buen almuerzo, tras haber bebido dos ajenjos. Y como hacía mucho calor, ingirió un litro de vino y por lo menos dos litros de agua.

»Tomó a continuación un café, una copita, o mejor dicho tres copitas. Después, sintiéndose un poco pesado, pidió una habitación para dormir una o dos horas. No había ninguna libre, y el dueño, tras consultar con su mujer, le dio la de la señorita Clarisse.

»El hombre entró en ella, y después, hacia las cinco, como no lo habían visto salir, el dueño fue a despertarlo.

»¡Qué sorpresa! ¡Estaba muerto!

»El posadero bajó a buscar a su mujer:

»—Oye, el artista al que metí en el cuarto once creo que está muerto.

»Ella se llevó las manos a la cabeza.

»—¡No es posible! ¡Virgen Santísima! ¿Será el cólera?

»El señor Trouveau meneó la cabeza:

»—Más bien diría que una "gestión" cerebral, en vista de que está negro como las heces del vino.

»Pero su costilla, asustada, repetía:

»—No hay que decirlo, no hay que decirlo, creerían que es cólera. Vete a dar parte y no hables de eso. Lo sacaremos por la noche para que no lo vean. Y si te he visto no me acuerdo.

»El hombre murmuró:

»–La señorita Clarisse vino ayer; el cuarto está libre esta noche.

»Y se fue a buscar al médico, quien comprobó la defunción, por congestión después de una copiosa comida. Luego convinieron con el comisario de Policía que se llevarían el cadáver a medianoche para que los huéspedes no sospecharan nada.

»Eran apenas las nueve cuando la señora Amandon penetró furtivamente en la escalera del *Caballo de Oro,* sin que la viera nadie ese día. Llegó a su cuarto, abrió la puerta, entró. Una vela ardía sobre la chimenea. Se volvió hacia la cama. El comandante estaba acostado, pero había corrido las cortinas.

»Ella dijo:

»–Un minuto, querido, ya voy.

»Y se desvistió con febril brusquedad, tirando las botas al suelo y el corsé sobre el sillón. Después, cuando su traje negro y sus enaguas cayeron en círculo a su alrededor, apareció con una camisa de seda roja, cual una flor que acabara de abrirse.

»Como el comandante no había dicho ni pío, preguntó:

»–¿Duermes, rico mío?

»No respondió, y ella se echó a reír, murmurando:

»–¡Vaya, está dormido! ¡Tiene gracia!

»Llevaba puestas las medias, unas medias caladas de seda negra, y corriendo hacia la cama se deslizó en su interior con rapidez, ¡agarrando con los dos brazos y besando en plena boca, para despertarlo bruscamente, el cadáver helado del viajero!

»Durante un segundo permaneció inmóvil, demasiado asustada para entender nada. Pero el frío de aquella carne inerte hizo penetrar en la suya un espanto atroz e irracional antes de que su mente hubiera podido comenzar a reflexionar.

»Había dado un salto fuera de la cama, temblando de pies a cabeza; después corrió a la chimenea, agarró la vela, ¡regresó y miró! Y distinguió un rostro espantoso que no conocía de nada, negro, hinchado, los ojos cerrados, con una horrible mueca en la mandíbula.

»Lanzó un grito, uno de esos gritos agudos e interminables de las mujeres cuando enloquecen, y dejando caer la vela, abrió la puerta, escapó desnuda por el pasillo, mientras seguía chillando de forma espantosa.

»Un viajante de calcetines, que ocupaba el cuarto número 4, salió inmediatamente y la recibió en sus brazos.

»Preguntó asustado:

»–¿Qué sucede, guapita?

»Ella balbució enloquecida:

»–Han.., han.., han... han matado a alguien... en... en mi cuarto...

»Aparecieron otros viajeros. El propio dueño acudió corriendo.

»Y de pronto la alta estatura del comandante asomó por un extremo del pasillo.

»En cuanto lo vio se arrojó hacia él gritando:

»–Sálvame, sálvame, Gontran... Han matado a alguien en nuestro cuarto.

»Las explicaciones fueron difíciles. El señor Trouveau, sin embargo, contó la verdad y pidió que soltaran inmediatamente a la señorita Clarisse, de quien respondía con su cabeza. Pero el viajante de calcetines, habiendo examinado el cadáver, afirmó que había habido un crimen, y decidió a los otros viajeros a impedir que dejaran marcharse a la señorita Clarisse y a su amante.

»Tuvieron que esperar la llegada del comisario de Policía, que les devolvió la libertad, pero que no fue discreto.

»Al mes siguiente, el primer magistrado, Amandon, recibía un ascenso, con un nuevo destino.

El soldadito*

Todos los domingos, en cuanto estaban libres, los dos soldaditos echaban a andar.

Doblaban a la derecha al salir del cuartel, cruzaban Courbevoie a rápidas zancadas, como si estuvieran dando un paseo militar; después, cuando habían salido de las casas, seguían con paso más tranquilo la carretera polvorienta y desnuda que lleva a Bezons.

Eran bajos, delgados, perdidos en sus capotes demasiado anchos, demasiado largos, cuyas mangas les tapaban las manos, molestos por los pantalones rojos, demasiado amplios, que los obligaban a apartar las piernas para andar deprisa. Y bajo el chacó rígido y alto no se veía sino una pequeña parte de su cara, dos pobres caras enjutas de bretones, ingenuas, de una ingenuidad casi animal, con ojos azules dulces y tranquilos.

Nunca hablaban durante el trayecto, caminando en derechura, con la misma idea en la cabeza, que sustituía a la conversación, pues habían encontrado a la entrada

---

* *Petit soldat*, en *Le Figaro*, 13 de abril de 1885.

del bosquecillo de Chamioux un lugar que les recordaba su pueblo, y sólo se sentían a gusto allí.

En el cruce de las carreteras de Colombes y Chatou, al llegar bajo los árboles, se quitaban el sombrero que les aplastaba la cabeza, y se secaban la frente.

Se detenían siempre un rato en el puente de Bezons para mirar el Sena. Allí se quedaban, dos o tres minutos, doblados en dos, inclinados sobre el pretil; o bien contemplaban la gran cuenca de Argenteuil, por donde corrían las velas blancas e inclinadas de los clíper, que, quizá, les rememoraban la mar bretona, el puerto de Vannes, cerca del cual vivían, y los barcos de pesca que se alejaban por el Morbihan, mar adentro.

En cuanto habían cruzado el Sena compraban provisiones en la salchichería, la panadería y la tienda de vinos del pueblo. Un trozo de morcilla, veinte céntimos de pan y un litro de tintorro constituían los víveres que envolvían en sus pañuelos. Pero tan pronto como salían del pueblo avanzaban a paso más lento y empezaban a hablar.

Ante ellos, una árida llanura sembrada de grupos de árboles conducía al bosque, al bosquecillo que creían semejante al de Kermarivan. Los trigos y las avenas bordeaban el estrecho camino perdido entre el joven verdor de las cosechas, y Jean Kerderen decía todas las veces a Luc Le Ganidec:

–Es igualito que los alrededores de Plounivon.

–Sí, es igualito.

Y avanzaban uno al lado del otro, la mente llena de vagos recuerdos de su tierra, llena de imágenes evocadas, de imágenes ingenuas como las aleluyas coloreadas de a perra chica. Aquello les recordaba un cornijal, un seto, un trozo de landa, una encrucijada, una cruz de granito.

Todas las veces también se detenían junto a una piedra que limitaba una finca, porque tenía algo del dolmen de Locneuven.

Al llegar al primer grupo de árboles, Luc Le Ganidec arrancaba todos los domingos una varita, una varita de avellano, y empezaba a sacarle despacio la corteza pensando en la gente de allá lejos.

Jean Kerderen llevaba las provisiones.

De vez en cuando Luc citaba un nombre, recordaba un hecho de su infancia, con unas cuantas palabras que les daban materia para soñar un rato. Y su tierra, su querida tierra lejana volvía a poseerlos poco a poco, les enviaba, a través de la distancia, sus formas, sus ruidos, sus horizontes conocidos, sus olores, el olor de la landa verde donde corría el aire marino.

Ya no sentían las exhalaciones del estiércol parisiense con el que se abonan las tierras de las afueras, sino el perfume de las algas floridas que recoge y arrastra la brisa salada del mar. Y las velas de los remeros, que aparecían por encima de las riberas, les parecían las velas de los barcos de cabotaje, divisadas detrás de la larga llanura que llegaba desde su casa hasta el borde de las olas.

Caminaban a pasitos cortos Luc Le Ganidec y Jean Kerderen, contentos y tristes, perseguidos por un dulce pesar, un pesar lento y penetrante de animal enjaulado, que recuerda.

Y cuando Luc había acabado de despojar la delgada varita de su corteza, llegaban al rincón de bosque donde almorzaban todos los domingos.

Encontraban los dos ladrillos escondidos por ellos en una mata y encendían un pequeño fuego de ramas para asar su morcilla en la punta de un cuchillo.

Y cuando habían almorzado, comiéndose hasta la última miga de pan, permanecían sentados en la hierba, uno junto a otro, sin decir nada, los ojos en la lejanía, los párpados pesados, los dedos cruzados como en misa, las piernas rojas estiradas al lado de las amapolas del campo; y el cuero de los chacós y el cobre de los botones relucían bajo el sol ardiente, haciendo detenerse a las alondras, que cantaban planeando sobre sus cabezas.

A eso del mediodía empezaban a volver sus miradas, de vez en cuando, hacia el pueblo de Bezons, pues iba a llegar la muchacha de la vaca.

Ésta pasaba por delante de ellos todos los domingos para ir a ordeñar y encerrar su vaca, la única vaca del pueblo que comía hierba, y que pastaba en una estrecha pradera en la linde del bosque, más lejos.

Pronto divisaban a la criada, único ser humano que caminaba a través del campo, y se sentían regocijados por los brillantes reflejos que lanzaba el balde de hojalata bajo las llamas del sol. Jamás hablaban de ella. Se limitaban a estar contentos de verla, sin comprender por qué.

Era una chica alta y robusta, pelirroja y quemada por el ardor de los días claros; una mocetona atrevida de la campiña parisiense.

Una vez, al verlos sentados en el mismo sitio, les dijo:
—Hola... ¿Vienen ustedes siempre aquí?
Luc Le Ganidec, más osado, balbució:
—Sí, venimos a descansar.
Fue todo. Pero al domingo siguiente ella se rió al distinguirlos, rió con una benevolencia protectora de mujer despabilada que advertía la timidez de ellos, y preguntó:

—¿Qué hacen ahí? ¿Es que miran crecer la hierba?
Luc, divertido, sonrió también:
—Puede ser.
Ella prosiguió:
—¡Caray! Pues lleva su tiempo.
Él replicó, sin dejar de reír:
—Sí que lo lleva.
Ella pasó. Pero al regresar con su balde lleno de leche se detuvo otra vez delante de ellos y les dijo;
—¿Quieren un trago? Les recordará el pueblo.

Con su instinto de ser de la misma raza, acaso también lejos de su casa, había adivinado y dado en el clavo.

Se emocionaron los dos. Entonces ella vertió un poco de leche, con bastante dificultad, en el gollete de la botella de cristal donde llevaban el vino; y Luc bebió el primero, a sorbitos, deteniéndose a cada momento para ver si sobrepasaba su parte. Después le dio la botella a Jean.

Ella permanecía en pie delante de ellos, las manos en jarras, el balde posado en el suelo, a sus pies, encantada con el placer que sentían.

Después se marchó, gritando:
—¡Adiós, hasta el domingo!

Y ellos siguieron con la vista, todo el tiempo que pudieron distinguirla, su alta silueta que se marchaba, que disminuía, que parecía hundirse en el verdor de las tierras.

Cuando salieron del cuartel, a la semana siguiente, Jean dijo a Luc:
—¿Qué tal si le compráramos algo bueno?

Y se quedaron muy embarullados con el problema de elegir una golosina para la chica de la vaca.

Luc opinaba que un trozo de embutido, pero Jean prefería caramelos rellenos, pues le gustaba el dulce.

Triunfó su opinión y compraron, en un ultramarinos, diez céntimos de caramelos blancos y azules.

Almorzaron más pronto que de costumbre, agitados por la espera.

Jean la vio primero:

–Ahí viene –dijo.

Luc prosiguió:

–Sí. Ahí viene.

Ella se reía desde lejos al verlos. Gritó:

–¿Les va bien la vida?

Respondieron al tiempo:

–¿Y a usted?

Entonces ella charló, habló de cosas sencillas que les interesaban, del tiempo, de la cosecha, de sus amos.

No se atrevían a ofrecerle los caramelos, que se derretían poco a poco en el bolsillo de Jean.

Luc se armó de valor al fin y murmuró:

–Le hemos traído algo.

Ella preguntó:

–¿Qué es?

Entonces Jean, ruborizado hasta las orejas, sacó el cucuruchito de papel y se lo tendió.

Ella empezó a comer los trocitos de azúcar, que hacía rodar de una mejilla a otra y que formaban bultos bajo la carne. Los dos soldados, sentados delante de ella, la miraban, emocionados y encantados.

Después ordeñó la vaca y volvió a darles leche al regreso.

Pensaron en ella toda la semana, hablaron de ella varias veces. Al domingo siguiente, se sentó a su lado para platicar más tiempo, y los tres, uno al lado del otro, los ojos perdidos a lo lejos, las rodillas encerradas en las manos cruzadas, contaron menudos hechos y menudos detalles de los pueblos donde habían nacido, mientras que la vaca, allá al fondo, al ver que la sirvienta se había parado por el camino, extendía hacia ella su pesada cabeza de húmedos ollares y mugía prolongadamente para llamarla.

La chica aceptó en seguida tomar un bocado con ellos y beber un poquito de vino. A menudo les traía ciruelas en los bolsillos, pues había llegado la temporada de las ciruelas. Su presencia espabilaba a los dos soldaditos bretones, que charlaban como pájaros.

Ahora bien, un martes Luc Le Ganidec pidió permiso, lo cual no ocurría nunca, y solo regresó a las diez de la noche.

Jean, inquieto, buscaba en su cabeza la razón por la cual su camarada habría podido salir así.

Al viernes siguiente Luc, tras pedir prestados cincuenta céntimos a su vecino de cama, volvió a solicitar autorización para marcharse durante unas horas; y la consiguió.

Y cuando se puso en camino con Jean para el paseo dominical tenía una pinta muy graciosa, emocionadísimo, muy cambiado. Kerderen no entendía nada, pero sospechaba vagamente algo, sin adivinar qué podía ser.

No dijeron una palabra hasta su sitio habitual, cuya hierba habían gastado a fuerza de sentarse en el mismo punto; y almorzaron lentamente. Ni uno ni otro tenían hambre.

Pronto apareció la chica. La veían llegar como hacían todos los domingos. Cuando estuvo muy cerca, Luc se levantó y dio dos pasos. Ella dejó el balde en el suelo y lo besó. Lo besó fogosamente, echándole los brazos al cuello, sin ocuparse de Jean, sin pensar que estaba allí, sin verlo.

Y él estaba desconcertado, el pobre Jean, tan desconcertado que no entendía, con el alma trastornada, el corazón deshecho, aunque sin darse todavía cuenta.

Después la chica se sentó al lado de Luc y empezaron a charlar.

Jean no los miraba, adivinaba ahora por qué su camarada había salido dos veces entre semana, y sentía en su interior un pesar punzante, una especie de herida, ese desgarramiento que provocan las traiciones.

Luc y la chica se levantaron para ir juntos a encerrar la vaca.

Jean los siguió con los ojos. Los vio alejarse uno al lado del otro. Los pantalones rojos de su camarada ponían una mancha brillante en el camino. Fue Luc quien recogió el mazo y golpeó la estaca que sujetaba al animal.

La chica se bajó para ordeñarla, mientras él acariciaba con mano distraída el lomo cortante de la bestia. Después dejaron el balde en la hierba y se hundieron en el bosque.

Jean no veía sino el muro de hojas donde habían entrado; y se sentía tan turbado, que, de haber intentado levantarse, seguramente se habría caído allí mismo.

Permanecía inmóvil, embrutecido por el asombro y el sufrimiento, un sufrimiento ingenuo y profundo. Tenía ganas de llorar, de escaparse, de esconderse, de no volver a ver nunca a nadie.

De repente los distinguió que salían de la espesura. Regresaron despacito, de la mano, como hacen los novios en las aldeas. Era Luc quien llevaba el balde.

Se besaron de nuevo antes de separarse, y la chica se marchó tras haberle lanzado a Jean un buenas tardes amistoso y una sonrisa de inteligencia. Ese día no pensó en ofrecerle leche.

Los dos soldaditos siguieron uno al lado del otro, inmóviles como siempre, silenciosos y tranquilos, sin que la placidez de sus rostros mostrase nada de lo que turbaba sus corazones. El sol caía sobre ellos. La vaca, a veces, mugía al mirarlos desde lejos.

A la hora normal se levantaron para regresar.

Luc pelaba una varita. Jean llevaba la botella vacía.

La dejó en la tienda de vinos de Bezons. Después se metieron por el puente y, al igual que cada domingo, se detuvieron en el medio para ver correr el agua unos instantes.

Jean se inclinaba, se inclinaba cada vez más sobre la balaustrada de hierro, como si hubiera visto en la corriente algo que lo atraía. Luc le dijo:

—¿Es que quieres beber un trago?

Cuando pronunciaba la última palabra, la cabeza de Jean arrastró al resto, las piernas levantadas describieron un círculo en el aire y el soldadito azul y rojo cayó de golpe, entró en el agua y desapareció en ella.

Luc, con la garganta paralizada de angustia, trataba de gritar, en vano. Vio moverse algo un poco más lejos; después, la cabeza de su camarada surgió en la superficie del río para entrar en él en seguida.

Más lejos aún distinguió de nuevo una mano, una sola mano, que salió del río y volvió a hundirse. Fue todo.

Los barqueros que acudieron corriendo no encontraron el cuerpo ese día.

Luc regresó solo al cuartel, a todo correr, enloquecido, y contó el accidente, los ojos y la voz llenos de lágrimas y sonándose una y otra vez:

—Se inclinó..., se... se inclinó... tanto... tanto, que la cabeza le falló... y... y... cayó... cayó...

La emoción lo estrangulaba, no pudo decir más.

Si hubiera sabido...

Hautot padre e hijo*

1

Delante de la puerta de la casa, medio granja, medio casa solariega, una de esas viviendas rurales mixtas que fueron casi señoriales y que ocupan hoy los labradores ricos, los perros, atados a los manzanos del patio, ladraban y aullaban al ver los morrales traídos por el guarda y unos chiquillos. En la gran cocina comedor, Hautot padre, Hautot hijo, el señor Bermont, el recaudador, y el señor Mondaru, el notario, tomaban un bocado y bebían un trago antes de salir de caza, pues ese día se levantaba la veda.

Hautot padre, orgulloso de cuanto poseía, alababa de antemano las piezas que sus invitados iban a encontrar en sus tierras. Era un normando grande, uno de esos hombres robustos, sanguíneos, huesudos, que se cargan a la espalda carretadas de manzanas. Medio campesino y medio caballero, rico, respetado, influyente, autoritario,

---

* *Hautot père et fils,* en *L'Écho de Paris,* 5 de enero de 1889.

había hecho estudiar a su hijo César hasta los últimos años del bachiller para que tuviera una instrucción, y había interrumpido entonces sus estudios por miedo a que se convirtiera en un señorito indiferente a la tierra.

César Hautot, casi tan alto como su padre, pero más delgado, era un buen hijo, dócil, satisfecho con todo, lleno de admiración, respeto y deferencia con las voluntades y opiniones de Hautot padre.

El señor Bermont, el recaudador, un gordito en cuyas mejillas rojas aparecían menudas redes de venas moradas, semejantes a los afluentes y al curso tortuoso de los ríos en los mapas de geografía, preguntaba:

—¿Y liebres? ¿Hay liebres?...

Hautot padre respondió:

—Todas las que quiera, sobre todo en las hondonadas del Puysatier.

—¿Por dónde empezamos? —interrogó el notario, un gordo bienhumorado y pálido, también tripudo, y ceñido por un traje de caza completamente nuevo, comprado en Ruán la semana anterior.

—Bueno, por allí, por las hondonadas. Levantaremos las perdices hacia la llanura y luego caeremos sobre ellas.

Y Hautot padre se alzó. Todos le imitaron, cogieron las escopetas en los rincones, examinaron las baterías, patalearon un poco para domar las botas un poco duras, no suavizadas aún por el calor de la sangre; después salieron; y los perros, irguiéndose al extremo de sus cadenas, lanzaron agudos aullidos batiendo el aire con las patas.

Se pusieron en camino hacia las hondonadas. Era un vallecito, o mejor dicho una gran ondulación de tierras de mala calidad, que habían quedado incultas por esa razón, surcadas de torrenteras, cubiertas de helechos, excelente reserva de caza.

Los cazadores se distanciaron: Hautot padre a la derecha, Hautot hijo a la izquierda, y los dos invitados en el medio. El guarda y los portadores de los morrales iban detrás. Era el instante solemne en el que se espera el primer disparo, cuando el corazón late un poco, mientras el dedo nervioso tantea a cada momento el seguro.

¡De repente, ese disparo salió! Hautot padre había tirado. Todos se detuvieron y vieron una perdiz que, separándose de una bandada que huía entre grandes aletazos, caía en un barranco debajo de un tupido zarzal. El cazador, excitado, echó a correr, dando zancadas, arrancando las zarzas que lo retenían, y desapareció a su vez en la espesura, en busca de su pieza.

Casi en seguida resonó un segundo disparo.

–¡Ja, ja! ¡Qué pillo! –gritó el señor Bermont–, habrá descubierto una liebre allá abajo.

Todos esperaban, los ojos clavados en aquel montón de ramas impenetrables a la vista.

El notario, haciendo altavoz con las manos, chilló:

–¿La tiene usted ya?

Hautot padre no respondió; entonces César, volviéndose hacia el guarda, le dijo:

–Vete a ayudarle, Joseph. Hay que marchar en línea. Aguardaremos.

Y Joseph, un viejo tronco humano seco, nudoso, con todas las articulaciones que parecían bultos, echó a andar con paso tranquilo y bajó al barranco, buscando los agujeros practicables con precauciones de zorro. Después, de inmediato, gritó:

–¡Oh! ¡Vengan, vengan! Ha ocurrido una desgracia.

Todos acudieron corriendo y se hundieron entre las zarzas. Hautot padre, caído de costado, desmayado, se sujetaba con las dos manos el vientre del que corrían a través de su chaqueta de lienzo desgarrada por el plomo largos hilillos de sangre sobre la hierba. Al soltar su fusil para coger la perdiz muerta al alcance de su mano, había dejado caer el arma, cuyo segundo disparo, al salir con el choque, le había reventado las entrañas. Lo sacaron de la zanja, lo desvistieron, y vieron una espantosa herida por la que desbordaban los intestinos. Entonces, después de haberlo vendado como pudieron, lo llevaron a su casa y esperaron al médico, a quien habían ido a buscar, con un cura.

Cuando llegó el doctor, meneó gravemente la cabeza y, volviéndose hacia Hautot hijo, que sollozaba en una silla:

—Pobre chico —dijo—, no tiene muy buen aspecto.

Cuando terminó con la cura, el herido movió los dedos, abrió la boca, después los ojos, lanzó unas miradas turbadas, extraviadas, después pareció buscar en su memoria, recordar, comprender, y murmuró:

—¡Maldita sea, se acabó!

El médico le sujetaba la mano.

—No, no, unos días de reposo sólo, no será nada.

Hautot prosiguió:

—¡Se acabó! Tengo el vientre reventado. ¡Lo sé muy bien!

Después, de pronto:

—Quiero hablar con mi hijo, si tengo tiempo.

Hautot hijo, a su pesar, lloriqueaba y repetía como una criatura:

—Papá, papá, ¡pobre papá!

Y el padre, en no más firme:

–No llores, vamos, no es el momento. Tengo que hablarte. Ponte ahí, cerquita, acabaré en seguida y me quedaré más tranquilo. Ustedes, un minuto, por favor.

Todos salieron dejando al hijo frente al padre.

En cuanto estuvieron solos:

–Escucha, hijo, tienes veinticuatro años, se te pueden decir ciertas cosas. Y además no hay motivo para tanto misterio. Ya sabes que tu madre murió hace siete años, ¿no?, y que no tengo más que cuarenta y cinco, ya que me casé a los diecinueve. ¿No es cierto?

El hijo balbució:

–Sí, es cierto.

--Conque tu madre murió hace siete años, y yo me quedé viudo. ¡Bueno!, un hombre como yo no puede estar viudo a los treinta y siete años, ¿no es cierto?

El hijo respondió:

–Sí, es cierto.

El padre, jadeante, palidísimo y con el rostro crispado, continuó:

–¡Dios mío, cuánto me duele! Bueno, ya entiendes. El hombre no está hecho para vivir solo, pero yo no quería que otra ocupara el lugar de tu madre, en vista de que se lo había prometido. Entonces ¿entiendes?

–Sí, padre.

–Conque cogí una chiquilla en Ruán, en la calle del Eperlan, 18, tercero, segunda puerta, te lo digo para que no te olvides, una chiquilla que ha sido muy buena conmigo, cariñosa, abnegada, una verdadera mujer, ¿eh? ¿Te haces cargo, hijo mío?

–Sí, padre.

–Entonces, si yo me voy, le debo algo, pero algo serio que la ponga al abrigo de la miseria. ¿Entiendes?

–Sí, padre.

—Te digo que es una buena chica, de veras, estupenda, y que, de no ser por ti, y por el recuerdo de tu madre, y además por la casa donde hemos vivido los tres, la hubiera traído aquí, y después me hubiera casado, con toda seguridad..., escucha..., escucha... muchacho... habría podido hacer un testamento... ¡no lo he hecho! No he querido... porque no hay que escribir las cosas... esas cosas... perjudican demasiado a los hijos legítimos... y además eso lo enreda todo... ¡arruina a todo el mundo! Ya sabes, el papel timbrado, no hace falta, no lo utilices nunca. Si soy rico, es porque no me he servido de él en mi vida. ¿Entiendes, hijo?

—Sí, padre.

—Escucha un poco más... Escucha bien... Conque no he hecho testamento... no he querido..., y además, te conozco, tienes buen corazón, no eres un roñoso, un tacaño, ¿eh? Me dije que, al acercarme al final, te contaría las cosas y te rogaría que no olvidases a la chiquilla: Caroline Donet, calle del Eperlan, 18, en el tercero, la segunda puerta, no te olvides. Y además, escucha otro poco. Vete allí en seguida cuando yo ya no esté y arréglatelas para que no se queje de mí. Tienes con qué. Puedes hacerlo, te dejo bastante... Escucha... Entre semana no la encontrarás. Trabaja en casa de la señora Moreau, en la calle Beauvoisine. Vete el jueves. Ese día me espera. Es mi día, desde hace seis años. ¡Pobre chiquilla, cómo va a llorar!... Te digo todo esto porque te conozco bien, hijo. Estas cosas no las cuenta uno en público, ni al notario, ni al cura. Se hacen, todos lo saben, pero no se dicen, salvo en caso de necesidad. Entonces, ninguna persona ajena en el secreto, nadie más que la familia, porque la familia es todo en uno solo. ¿Entiendes?

–Sí, padre.
–¿Me lo prometes?
–Sí, padre.
–¿Me lo juras?
–Sí, padre.
–Por favor, hijo, te lo suplico, no lo olvides. Me interesa mucho.
–No, padre.
–Irás tú mismo. Quiero que te asegures de todo.
–Sí, padre.
–Y luego verás..., verás lo que ella te explique. Yo no puedo decirte más. ¿Prometido?
–Sí, padre.
–Está bien, hijo. Bésame. Adiós. Voy a espicharla, estoy seguro. Diles que entren.

Hautot hijo besó a su padre gimiendo, y después, siempre dócil, abrió la puerta y apareció el cura, con sobrepelliz blanca, llevando los santos óleos.

Pero el moribundo había cerrado los ojos, y se negó a abrirlos, se negó a responder, se negó a mostrar, ni siquiera con un gesto, que comprendía.

Había hablado bastante, aquel hombre, y no podía más. Por otra parte, se sentía ahora con el corazón tranquilo, quería morir en paz. ¿Qué necesidad tenía de confesarse con el delegado de Dios, cuando acababa de confesarse con su hijo, que era de la familia?

Lo sacramentaron, lo purificaron, lo absolvieron en medio de sus amigos y servidores arrodillados, sin que un solo movimiento de su rostro revelase que vivía aún.

Murió a eso de medianoche, tras cuatro horas de temblores que indicaban atroces sufrimientos.

2

Lo enterraron el martes, pues la veda se había levantado el domingo. Al regresar a casa, tras haber acompañado a su padre al cementerio, César Hautot se pasó el resto del día llorando. Apenas durmió la noche siguiente y se sintió tan triste al despertar que se preguntaba cómo podría continuar viviendo.

Sin embargo, hasta la noche pensó que, para cumplir la última voluntad paterna, tenía que ir a Ruán al día siguiente, y ver a aquella chica, Caroline Donet, que vivía en la calle del Eperlan, 18, en el tercer piso, segunda puerta. Había repetido, muy bajito, como quien masculla una plegaria, ese nombre y esa dirección, incalculable número de veces, para no olvidarlos, y acabó por balbucirlos indefinidamente, sin poder pararse ni pensar en nada de nada, tan poseídas estaban su lengua y su cabeza por aquella frase.

Al día siguiente, pues, hacia las ocho, mandó enganchar a *Graindorge* al tílburi y partió al trote largo del pesado caballo normando por la carretera de Ainville a Ruán. Se cubría el cuerpo con su levita negra, la cabeza con su gran sombrero de seda y las piernas con sus pantalones de trabillas, y no había querido, para la ocasión, ponerse encima la blusa azul, la hermosa prenda que se hincha al viento y protege la ropa del polvo y las manchas, y que uno se quita rápidamente a la llegada, en cuanto ha saltado del carruaje.

Entró en Ruán cuando daban las diez, se detuvo como siempre en el hotel de los Bons-Enfants, calle de los Trois-Mares, aguantó los abrazos del dueño, de la dueña y de sus cinco hijos, pues ya se sabía la triste noticia; después tuvo que dar detalles sobre el accidente, lo cual le hizo llorar, rechazar los servicios de toda aquella gente, solícita porque conocían su riqueza, y rehusar incluso su almuerzo, lo cual los ofendió.

Tras haber desempolvado el sombrero, cepillado la levita y secado las botinas, se puso a buscar la calle del Eperlan, sin atreverse a pedir información a nadie, por miedo a que lo reconocieran y a infundir sospechas.

Al final, como no la encontraba, vio a un sacerdote y, fiándose de la discreción profesional de los eclesiásticos, le preguntó a él.

No tenía que recorrer más que cien pasos, era justamente la segunda calle a la derecha.

Entonces vaciló. Hasta ese momento, había obedecido como un bruto a la voluntad del muerto. Ahora se sentía muy emocionado, confuso, humillado ante la idea de encontrarse él, el hijo, frente a aquella mujer que había sido la querida de su padre. Toda la moral que yace en nosotros, amontonada en el fondo de nuestros sentimientos por siglos de enseñanza hereditaria, todo lo que había aprendido desde el catecismo sobre las criaturas de mala vida, el desprecio instintivo que todo hombre siente en su interior por ellas, aunque se haya casado con una, toda su limitada honestidad de campesino, todo eso se agitaba en su interior, lo retenía, lo avergonzaba y lo ponía colorado.

Pero pensó: «Se lo he prometido a padre. No puedo faltar a mi palabra». Entonces empujó la puerta entornada de la casa marcada con el número 18, descubrió una escalera oscura, subió tres pisos, distinguió una puerta, luego una segunda, encontró un cordel de campanilla y tiró de él.

El din-don que resonó en la habitación vecina hizo correr un escalofrío por su cuerpo. La puerta se abrió y se encontró ante una joven muy bien vestida, morena, de tez colorada, que lo miraba con ojos estupefactos.

No sabía qué decirle, y ella, que no sospechaba nada y que esperaba al otro, no lo invitaba a entrar. Se contemplaron así durante cerca de un minuto. Al final ella preguntó:

—¿Qué desea, caballero?

Él murmuró:

—Soy el hijo del señor Hautot.

Ella se sobresaltó, palideció, y balbució como si lo conociera desde hacía tiempo:

—¿Don César?

—Sí...

—¿Cómo es eso?

—Tengo que hablar con usted de parte de mi padre.

Ella soltó «¡Oh! ¡Dios mío!» y retrocedió para que entrase. Él cerró la puerta y la siguió.

Entonces vio a un crío de cuatro o cinco años, que jugaba con un gato, sentado en el suelo delante de un fogón del que ascendía un humo de platos mantenidos al calor.

—Siéntese —decía ella.

Se sentó... Ella preguntó:

—¿Qué ocurre?

Él no se atrevía a hablar, con los ojos clavados en la mesa puesta en el centro del piso, y que tenía tres cubiertos, uno de ellos de niño. Miraba la silla vuelta de espaldas al fuego, el plato, la servilleta, los vasos, la botella de vino tinto empezada y la botella de vino blanco intacta. ¡Era el sitio de su padre, de espaldas al fuego! Lo esperaban. Era su pan el que veía, el que reconocía junto al tenedor, porque le habían quitado la corteza a causa de la mala dentadura de Hautot. Después, alzando los ojos, vio, en la pared, su retrato, la gran fotografía hecha en

París el año de la Exposición, la misma que estaba clavada sobre la cama en el dormitorio de Ainville.

La joven prosiguió:

–¿Qué ocurre, don César?

La miró. La angustia la había puesto lívida y esperaba, las manos trémulas de miedo.

Entonces se atrevió.

–Bueno, señorita, papá murió el domingo, al levantarse la veda.

Quedó tan trastornada que no se movió. Tras unos instantes de silencio, murmuró con voz casi inaudible:

–¡Oh! ¡No es posible!

Después, de pronto, unas lágrimas empañaron sus ojos, y alzando las manos se tapó la cara prorrumpiendo en sollozos.

Entonces el niño volvió la cabeza y, al ver a su madre llorando, chilló. Después, comprendiendo que aquel súbito pesar provenía del desconocido, se abalanzó sobre César, agarró con una mano su pantalón y con la otra le golpeaba el muslo con todas sus fuerzas. Y César permanecía aturdido, conmovido, entre aquella mujer que lloraba a su padre y aquel niño que defendía a su madre. Se sentía ganado por la emoción, con los ojos hinchados de pena; y, para recobrar el aplomo, empezó a hablar:

–Sí –decía–, la desgracia ocurrió el domingo por la mañana, a eso de las ocho... –Y contaba, como si ella estuviera escuchando, sin olvidar el menor detalle, diciendo las cosas más insignificantes con una minucia de campesino. Y el niño seguía golpeándolo, lanzándole ahora patadas a los tobillos.

Cuando llegó al momento en que Hautot padre había hablado de ella, ella oyó su nombre, se descubrió el rostro y preguntó:

–Perdón, no estaba siguiéndole, quisiera saber... Si no le importa volver a empezar.

Él recomenzó en los mismos términos:

–La desgracia ocurrió el domingo por la mañana a eso de las ocho...

Lo contó todo, por extenso, con paradas, puntos, reflexiones de su cosecha, de vez en cuando. Ella lo escuchaba ávidamente, percibiendo con su nerviosa sensibilidad femenina todas las peripecias que él contaba, y se estremecía de horror, soltando a veces un «¡Oh, Dios mío!». El pequeño, creyéndola calmada, había dejado de pegarle a César para coger la mano de su madre, y escuchaba también, como si entendiera.

Cuando el relato hubo terminado, Hautot hijo prosiguió:

–Y ahora, vamos a arreglarlo entre los dos, según sus deseos. Escuche, tengo posibles, me ha dejado hacienda. No quiero que usted tenga quejas...

Pero ella lo interrumpió vivamente:

–¡Oh! Don César, don César, hoy no. Tengo el corazón destrozado... Otra vez, otro día... No, hoy no... Si acepto, oiga... no es por mí..., no, no, no, se lo juro. Es por el pequeño. Además, pondremos eso a su nombre.

Entonces César, desconcertado, adivinó, y balbuciente:

–Conque... el crío... ¿es de él?

–Claro que sí –dijo ella.

Y Hautot hijo miró a su hermano con una emoción confusa, fuerte y penosa.

Tras un largo silencio, pues ella lloraba de nuevo, César, muy cortado, prosiguió:

–Bueno, entonces, señorita Donet, voy a marcharme. ¿Cuándo quiere que hablemos de eso?

Ella exclamó:

—¡Oh! ¡No se vaya, no se vaya, no me deje sola con Émile! Me moriría de pena. Ya no tengo a nadie, a nadie más que a mi niño. ¡Oh! ¡Qué desgracia, qué desgracia, don César! Siéntese, ande. Todavía tiene que contarme... Dígame lo que él hacía, allá, toda la semana.

Y César se sentó, habituado a obedecer.

Ella acercó, para sí, otra silla a la suya, delante del fogón, donde los platos seguían cociendo a fuego lento, sentó a Émile en sus rodillas, y le preguntó a César mil cosas sobre su padre, cosas íntimas por las que se veía, por las que él sentía sin razonar que había amado a Hautot con todo su pobre corazón de mujer.

Y, por un encadenamiento natural de sus ideas, no muy numerosas, volvió al accidente y se puso a contarlo de nuevo con los mismos detalles.

Cuando dijo: «Tenía un agujero en el vientre en el que cabían los dos puños», ella lanzó una especie de grito, y los sollozos brotaron de nuevo de sus labios. Entonces, contagiado, César se echó también a llorar, y como las lágrimas enternecen siempre las fibras del corazón, se inclinó hacia Émile, cuya frente se hallaba al alcance de su boca, y lo besó.

La madre, recobrando el resuello, murmuraba:

—Pobrecito, se ha quedado huérfano.

—Yo también —dijo César.

Y no hablaron más.

Pero de repente, el instinto práctico de ama de casa, habituada a pensar en todo, despertó en la joven.

—Tal vez no haya tomado usted nada en toda la mañana, don César.

—No, señorita.

—¡Oh! Tendrá usted hambre. Va a comer un bocado.

—Gracias —dijo—, no tengo hambre, sufro demasiado.
Ella respondió:
—¡Hay que vivir, a pesar de la pena! ¡No me niegue usted eso! Y después se quedará un rato más. Cuando se haya marchado, no sé qué va a ser de mí.

Cedió, tras alguna nueva resistencia, y se sentó de espaldas al fuego, frente a ella; comió un plato de callos que crepitaban en el fogón y bebió un vaso de vino tinto. Pero no permitió que ella descorchara el vino blanco.

Varias veces limpió la boca del crío que se había embadurnado de salsa toda la barbilla.

Cuando se levantaba para marcharse, preguntó:
—¿Cuándo desea usted que vuelva para hablar de ese asunto, señorita Donet?
—Si no le molesta, el próximo jueves, don César. Así no perdería yo tiempo. Tengo todos los jueves libres.
—Me va bien, el próximo jueves.
—Vendrá a almorzar, ¿verdad?
—¡Oh! Lo que es eso, no puedo prometerlo.
—Es que se charla mejor mientras se come. Y también hay más tiempo.
—Bueno, está bien. A mediodía, entonces.

Y se fue tras haber besado de nuevo al pequeño Émile, y estrechado la mano de la señorita Donet.

3

La semana se le hizo larga a César Hautot. Nunca había estado solo y el aislamiento le parecía insoportable. Hasta entonces vivía al lado de su padre, como su sombra, lo seguía a los campos, vigilaba la ejecución de sus órdenes, y cuando se había separado de él durante cierto tiempo lo encontraba a la cena. Se pasaban las noches fumando en pipa uno frente a otro, charlando de caballos, vacas o corderos; y el apretón de manos que se daban al despertar parecía el intercambio de un cariño familiar y hondo.

Ahora César se encontraba solo. Vagaba entre las labores del otoño, esperando siempre ver erguirse al final de un llano la gran silueta gesticulante del padre. Para matar las horas, entraba en las casas vecinas, contaba el accidente a cuantos no lo habían oído, se lo repetía a veces a los otros. Después, vacío de ocupaciones y pensamientos, se sentaba al borde de un camino preguntándose si esta vida iba a durar mucho tiempo.

Pensó a menudo en la señorita Donet. Le había gustado. La había encontrado formal, dulce y buena chica, como había dicho su padre. Sí, una buena chica, con toda seguridad era una buena chica. Estaba resuelto a hacer las cosas a lo grande y a darle dos mil francos de renta, asegurándole el capital al niño. Y hasta experimentaba cierto placer al pensar que iba a volver a verla al jueves siguiente, y a arreglar eso con ella. Y además la idea de aquel hermano, de aquel hombrecito de cinco años, que era hijo de su padre, lo inquietaba, lo molestaba un poco y al mismo tiempo lo enardecía. Era una especie de familia que tenía en aquel chaval clandestino que jamás se llamaría Hautot, una familia que podía coger o dejar a su antojo, pero que le recordaba al padre.

Por eso, cuando se vio en la carretera de Ruán, el jueves por la mañana, arrastrado por el trote sonoro de *Graindorge*, sintió el corazón más ligero, más reposado de lo que lo había tenido desde la desgracia.

Al entrar en el piso de la señorita Donet, vio la mesa puesta como el jueves precedente, con la única diferencia de que al pan no le habían quitado la corteza.

Estrechó la mano de la joven, besó a Émile en las mejillas y se sentó como si estuviera en su casa, aunque con el corazón oprimido. La señorita Donet le pareció un poco más delgada, un poco pálida. Había debido de llorar terriblemente. Tenía ahora un aire cohibido en su presencia, como si hubiera comprendido lo que no había sentido la semana antes bajo el primer golpe de su desgracia, y lo trataba con excesivos miramientos, una dolorosa humildad, y delicadezas conmovedoras como para pagarle con atención y solicitud la bondades que tenía con ella. Almorzaron largamente, hablando del asunto que lo llevaba allí. No quería tanto dinero. Era demasiado, demasiado. Ganaba lo bastante para vivir, y deseaba sólo que Émile encontrara algún dinero a su disposición cuando fuera mayor. César se mantuvo firme, y añadió incluso un regalo de mil francos para ella, para su luto.

Cuando él hubo tomado el café, ella preguntó:

—¿Fuma usted?

—Sí... Tengo mi pipa.

Palpó el bolsillo. ¡Maldita sea, se le había olvidado! Iba ya a desolarse cuando ella le ofreció una pipa de su padre, guardada en un armario. La aceptó, la cogió, la reconoció, la olfateó, proclamó su calidad con voz emocionada, la llenó de tabaco y la encendió. Después se sentó a Émile a caballo sobre una pierna y jugó con él al caballito mientras ella recogía la mesa y guardaba, en la parte baja del aparador, la vajilla sucia para lavarla cuando él se hubiera ido.

Hacia las tres, se levantó a regañadientes, fastidiado con la idea de marcharse.

—¡Bueno, señorita Donet! —dijo—, le deseo muy buenas tardes; ¡encantado de haberla encontrado así!

Ella permanecía ante él, colorada, muy conmovida, y lo miraba pensando en el otro.

–¿No volveremos a vernos? –dijo.

Él respondió simplemente:

–Claro que sí, señorita, si eso le agrada.

–Ciertamente, don César. Entonces, el próximo jueves, ¿le iría bien?

–Sí, señorita Donet.

–¿Vendrá usted a almorzar, por supuesto?

–Pues... si le parece bien, no me niego.

–De acuerdo, don César, el jueves próximo, a mediodía, como hoy.

–¡El jueves a mediodía, señorita Donet!

El puerto*

1

Habiendo salido de El Havre el 3 de mayo de 1882, para un viaje a los mares de China, el bergantín barca *Nuestra Señora de los Vientos* regresó al puerto de Marsella el 8 de agosto de 1886, tras cuatro años de viajes. Después de dejar su primer cargamento en el puerto chino al cual se dirigía, había encontrado al instante un nuevo flete para Buenos Aires, y allí había recogido mercancías para el Brasil.

Otras travesías, y también averías, reparaciones, calmas de varios meses, rachas de viento que desvían de la ruta, en suma, todos los accidentes, aventuras y desventuras de la mar, habían mantenido lejos de su patria a aquel bergantín normando que regresaba a Marsella con la bodega llena de cajas de hojalata, que contenían conservas de América.

Al zarpar llevaba a bordo, amén del capitán y el segundo, catorce marineros, ocho normandos y seis bretones.

* *Le Port*, en *L'Écho de Paris*, 15 de marzo de 1889.

Al regreso sólo quedaban cinco bretones y cuatro normandos; el bretón había muerto por el camino, los cuatro normandos desaparecieron en circunstancias diversas y fueron reemplazados por dos americanos, un negro y un noruego, reclutado, una noche, en una taberna de Singapur.

El gran barco, con las velas cargadas, las vergas en cruz sobre la arboladura, arrastrado por un remolcador marsellés que jadeaba delante de él, deslizándose sobre un resto de marejada que la calma sobrevenida dejaba morir suavemente, pasó por delante del castillo de If, y después bajo todas las rocas grises de la rada que el sol poniente cubría de un vaho de oro, y entró en el viejo puerto donde se agolpan, flanco contra flanco, a lo largo de los muelles, todos los navíos del mundo, en revoltillo, grandes y pequeños, de todas las formas y todos los aparejos, bañándose como una bullabesa de barcos en esa dársena demasiado estrecha, llena de agua pútrida donde los cascos se rozan, se frotan, parecen escabechados en un zumo de flota.

Nuestra Señora de los Vientos ocupó su puesto, entre un bricbarca italiano y una goleta inglesa que se apartaron para dejar pasar a su camarada; después, cuando todas las formalidades de la aduana y el puerto estuvieron cumplidas, el capitán autorizó a dos tercios de la tripulación a pasar la noche en tierra.

Había caído la noche. Marsella se iluminaba. En el calor de la tarde de verano, un olor de cocina con ajo flotaba sobre la ciudad bulliciosa, llena de voces, de circulación, de portazos, de alegría meridional.

En cuanto se vieron en el puerto, los diez hombres a quienes la mar mecía desde hacía meses echaron a andar muy despacio, con una vacilación de seres desorientados, desacostumbrados a las ciudades, de dos en dos, en procesión.

Se balanceaban, se orientaban, olfateando las callejas que desembocan en el puerto, inflamados por un apetito de amor que había crecido en sus cuerpos durante los últimos setenta días de mar. Los normandos marchaban a la cabeza, guiados por Célestin Duclos, un mocetón fuerte y listo que servía de capitán a los otros cada vez que saltaban a tierra. Adivinaba los buenos sitios, inventaba faenas muy suyas y no se aventuraba demasiado en las trifulcas, tan frecuentes entre marineros en los puertos. Pero cuando se veía metido en una, no temía a nadie.

Tras alguna vacilación entre todas las calles oscuras que bajan hacia el mar como cloacas y de las que salen pesados olores, a modo de aliento de tugurios, Célestin se decidió por una especie de tortuoso corredor donde brillaban, encima de las puertas, faroles que exhibían números enormes sobre sus vidrios esmerilados y coloreados. Bajo la estrecha bóveda de las entradas, mujeres con delantal, como criadas, sentadas en sillas de enea, se levantaban al verlos llegar, daban tres pasos hasta el arroyo que dividía la calle en dos y cortaban el paso a aquella fila de hombres que avanzaba lentamente, canturreando y bromeando, enardecidos ya por la vecindad de aquellas prisiones de prostitutas.

A veces, al fondo de un vestíbulo, aparecía, detrás de una segunda puerta abierta de pronto y acolchada de cuero pardo, una gruesa chica semidesnuda, cuyas pesadas caderas y abultadas pantorrillas se dibujaban bruscamente bajo un tosco calzón de algodón blanco. Su falda corta parecía un cinturón ahuecado, y la carne blanda de su pecho, de sus hombros y de sus brazos ponía una mancha rosa sobre un corpiño de terciopelo negro rematado por un galón de oro. Llamaba desde lejos: «¿Entráis, hermosos?», y a veces salía para colgarse de uno de ellos y atraerlo hacia su puerta, con todas sus fuerzas, aferrada a él como una araña que arrastra un animal más grande que ella. El hombre, excitado por este contacto, resistía blandamente, y los otros se detenían a mirar, vacilantes entre las ganas de entrar en seguida y las de prolongar aún más el apetitoso paseo. Después, cuando la mujer, tras denodados esfuerzos, había atraído al marinero hasta el umbral de su morada, donde toda la pandilla iba a precipitarse detrás de él, Célestin Duclos, que entendía de casas, gritaba de pronto:

–¡No entres ahí, Marchand, no es ése el sitio!

El hombre entonces, obediente a esta voz, se soltaba con una brutal sacudida y los amigos volvían a formar el grupo, perseguidos por los inmundos insultos de la exasperada moza, mientras otras mujeres, a lo largo de la calleja, delante de ellos, salían de sus puertas, atraídas por el ruido, y lanzaban con roncas voces llamadas cargadas de promesas. Caminaban, pues, cada vez más enardecidos, entre las zalamerías y las seducciones anunciadas por el coro de porteras del amor de la parte de arriba de la calle, y las maldiciones innobles lanzadas contra ellos por el coro de abajo, por el coro despreciado de las mozas decepcionadas. De vez en cuando se encontraban con otra pandilla, soldados que marchaban con golpeteo de hierro sobre la pierna, más marineros, burgueses aislados, empleados de comercio. Por doquier se abrían nuevas calles angostas, consteladas de turbios fanales. Seguían andando por aquel laberinto de tugurios, sobre adoquines grasientos entre los que rezumaban aguas pútridas, entre aquellos muros llenos de carne de mujer.

Por fin Duclos se decidió y, deteniéndose ante una casa de bastante buena apariencia, hizo entrar a toda su gente.

2

¡La fiesta fue completa! Durante cuatro horas, los marineros se atiborraron de amor y de vino. La paga de seis meses desapareció.

Se habían instalado como dueños y señores en la gran sala del café, mirando con ojos malévolos a los parroquianos habituales que se instalaban ante los veladores, en los rincones, donde una de las chicas que habían quedado libres, vestida de gordo bebé o de cantante de caféconcierto, corría a servirles, después se sentaba con ellos.

Cada hombre, al llegar, había elegido su compañera que conservó toda la velada, pues el vulgo no es mudable. Habían juntado tres mesas y, tras la primera ronda, la procesión desdoblada, aumentada en tantas mujeres como marinos había, se había vuelto a formar en la escalera. Sobre los peldaños de madera, los cuatro pies de cada pareja resonaron un buen rato, mientras se metía, por la estrecha puerta que llevaba a las habitaciones, el largo desfile de enamorados.

Después bajaron para beber, subieron de nuevo, volvieron a bajar otra vez.

Ahora, casi borrachos, vociferaban. Cada uno, con los ojos rojos, su preferida en las rodillas, cantaba o gritaba, daba puñetazos en la mesa, entonelaba vino en su garganta, dejaba en libertad a la bestia humana. En medio de ellos, Célestin Duclos, estrechando contra sí a una chica alta de mejillas rojas, a caballo sobre sus piernas, la miraba con ardor. Menos curda que los otros, y no porque hubiera bebido menos, tenía aún otros pensamientos y, más tierno, trataba de charlar. Las ideas se le escapaban un poco, se iban, regresaban y desaparecían sin que pudiera acordarse exactamente de lo que había querido decir.

Reía, repitiendo:

–Entonces, entonces... ¿hace mucho que estás aquí?

–Seis meses –respondió la chica.

Pareció encantado por ella, como si hubiera sido una prueba de buena conducta, y prosiguió:

–¿Te gusta esta vida?

Ella vaciló, y después, resignada:

–Se acostumbra una. No es más fastidiosa que otra. Ser criada o buscona, siempre son oficios sucios.

Él pareció aprobar de nuevo esta verdad.

–No eres de aquí –dijo.

Ella dijo que no con la cabeza, sin responder.

–¿Eres de lejos?

Ella dijo que sí de la misma manera.

–¿Y de dónde?

Pareció buscar en sus recuerdos, refrescarlos, después murmuró:

–De Perpiñán.

Quedó de nuevo muy satisfecho y dijo:

–¡Ah! ¿Sí?

A su vez ella preguntó:

–Y tú, ¿eres marino?

–Sí, hermosa.

–¿Vienes de lejos?

–¡Ah, sí! He visto países, puertos y de todo.

–¿Quizás has dado la vuelta al mundo?

–Ya lo creo, más bien dos veces que una.

De nuevo ella pareció vacilar, buscar en su cabeza una cosa olvidada, y después, con voz un poco diferente, más seria:

—¿Has encontrado muchos navíos en tus viajes?

—Ya lo creo, hermosa.

—¿No habrás visto el *Nuestra Señora de los Vientos,* por casualidad?

Él se rió burlón:

—No más tarde de la semana pasada.

Ella palideció, toda la sangre abandonó sus mejillas, y preguntó:

—¿De verdad, de verdad de la buena?

—De verdad, como ahora te estoy hablando.

—¿No me estarás mintiendo, al menos?

Él levantó la mano.

—¡Lo juro ante Dios! –dijo.

—Entonces, ¿sabes si Célestin Duclos sigue embarcado en él?

Sorprendido, inquieto, quiso, antes de responder, saber más cosas.

—¿Lo conoces?

A su vez ella desconfió.

—¡Oh, yo no! ¡Hay una mujer que lo conoce!

—¿Una mujer de aquí?

—No, de al lado.

—¿En la misma calle?

—No, en otra.

—¿Qué mujer?

—Pues una mujer, una mujer como yo.

—¿Y qué es lo que le quiere, esa mujer?

—¡Y yo qué sé! ¡Qué pasa?

Se miraron fijamente, para espiarse, sintiendo, adivinando que algo grave iba a surgir entre ellos.

Él prosiguió:

–¿Puedo verla, a esa mujer?

–¿Y qué le dirías?

–Le diría... le diría... que he visto a Célestin Duclos.

–¿Estaba bien, al menos?

–Como tú y como yo; es un buen tipo.

Ella enmudeció de nuevo, ordenando sus ideas, y después, con lentitud:

–¿Y adónde iba el *Nuestra Señora de los Vientos?*

–Pues a Marsella, claro.

No pudo reprimir un sobresalto.

–¿De verdad de la buena?

–De verdad de la buena.

–¿Conoces a Duclos?

–Sí, lo conozco.

Vaciló otra vez, y después, muy despacito:

–Bueno. ¡Está bien!

–¿Qué es lo que le quieres?

–Escucha, dile... ¡no, nada!

Él la seguía mirando, cada vez más molesto. Al final quiso saber.

–¿Y tú, tú lo conoces?

–No –dijo ella.

–Entonces, ¿qué le quieres?

Ella tomó bruscamente una resolución, se levantó, corrió a la barra donde reinaba la patrona, cogió un limón que partió y cuyo zumo exprimió en un vaso, después llenó de agua pura el vaso y, trayéndolo:

–¡Bébete eso!

–¿Para qué?

–Para que se te pase el vino. Te hablaré después.

Él bebió dócilmente, se limpió los labios con el dorso de la mano, y luego anunció:

—Ya está, te escucho.
—Vas a prometerme que no le contarás que me has visto, ni por quién sabes lo que voy a decirte. Tienes que jurarlo.
—Lo juro.
—¿Por Dios?
—Por Dios.
—Pues bueno, dile que su padre ha muerto, que su madre ha muerto, que su hermano ha muerto, los tres en un mes, de fiebres tifoideas, en enero de 1883, hace ya tres años y medio.

A su vez, él sintió que toda la sangre se le helaba en el cuerpo, y se quedó durante unos instantes tan impresionado que no se le ocurrió nada que responder; después le entraron dudas y preguntó:

—¿Estás segura?
—Estoy segura.
—¿Quién te lo ha dicho?

Ella le puso las manos en los hombros, y mirándolo desde lo más hondo de los ojos:

—¿Me juras que no te irás de la lengua?
—Te lo juro.
—¡Soy su hermana!

Él soltó este nombre, a su pesar:

—¿Françoise?

Ella lo contempló de nuevo fijamente, después, sublevada por un espanto loco, por un profundo horror, murmuró muy bajo, casi para sí:

—¡Oh! ¡Oh! ¿Eres tú, Célestin?

No se movieron, sin quitarse ojo.

A su alrededor, los camaradas seguían chillando. El ruido de los vasos, de los puñetazos, del taconeo que acompañaba las coplas y los gritos agudos de las mujeres se mezclaban con el jaleo de las canciones.

Él la sentía sobre sí, enlazada a él, cálida y aterrada, ¡a su hermana! Entonces, muy bajito, por miedo a que alguien lo escuchara, tan bajo que ella apenas lo oyó:

–¡Qué desgracia! ¡Menuda cochinada que hemos hecho!

A ella, en un segundo, se le llenaron los ojos de lágrimas, y balbució:

–¿Es mía la culpa?

Pero él, de pronto:

–Entonces, ¿han muerto?

–Han muerto.

–¿Padre, madre y mi hermano?

–Los tres en un mes, como te dije. Me quedé sola, sin más que mis cuatro trapos, en vista de que debíamos la farmacia, el médico y el entierro de los tres difuntos, que pagué con los muebles.

»Entré entonces de sirvienta en casa del señor Cacheux, ya sabes, el cojo. Tenía quince años justos en ese momento porque cuando te marchaste aún no tenía catorce. Cometí una falta con él. ¡Una es tan tonta cuando es joven! Luego estuve de criada con el notario, que también me corrompió y me llevó a El Havre, a una habitación. Pronto no volvió más; pasé tres días sin comer y luego, como no encontraba trabajo, entré en una casa, como otras muchas. ¡También yo he visto mundo! ¡Ah, y un mundo bien sucio! Ruán, Evreux, Lila, Burdeos, Perpiñán, Niza y luego Marsella, ¡y aquí me tienes!

Las lágrimas le salían de los ojos y de la nariz, mojaban sus mejillas, le corrían hasta la boca.

Prosiguió:

–¡Te creía muerto también, pobre Célestin!

Él dijo:

—No te habría reconocido, eras tan pequeña entonces, ¡y ahora estás tan grande! Pero ¿cómo no me reconociste tú?

Ella tuvo un gesto desesperado.

—Veo tantos hombres que todos me parecen iguales.

Él seguía mirándola a lo hondo de los ojos, oprimido por una emoción confusa y tan intensa que le daban ganas de gritar como un crío al que pegan. La tenía aún entre sus brazos, a caballo sobre él, las manos abiertas en la espalda de la chica, y a fuerza de mirarla la reconoció por fin, a la hermanita dejada en el pueblo con todos aquellos a quienes había visto morir, ella, mientras él corría los mares. Entonces, cogiendo de pronto entre sus gruesas manazas de marino aquella cabeza recobrada, se puso a besarla como se besa la carne fraterna. Después, unos sollozos de hombre, largos como olas, ascendieron por su garganta, semejantes a hipos de borrachera.

Balbucía:

—Aquí estás, aquí estás, Françoise, mi pequeña Françoise...

Después se levantó de pronto, empezó a jurar con una voz formidable asestando tal puñetazo sobre la mesa que los vasos volcados se rompieron. Después dio tres pasos, se tambaleó, extendió los brazos, cayó de bruces. Y se revolcaba por el suelo gritando, golpeando el piso con sus cuatro miembros, y lanzando tales gemidos que parecían estertores de agonía.

Todos sus camaradas lo miraban riendo.

—Está un poco borracho —dijo uno.

—Hay que acostarlo —dijo otro—, si sale lo van a meter en chirona.

Entonces, como llevaba dinero en los bolsillos, la patrona ofreció una cama, y sus camaradas, tan curdas también que no se tenían en pie, lo subieron por la estrecha escalera hasta el cuarto de la mujer que lo había recibido hacía un momento, y que se quedó en una silla, a los pies del tálamo criminal, llorando tanto como él, hasta la mañana.

Alexandre*

Igual que todos los días, a las cuatro de la tarde, Alexandre llevó frente a la puerta de la casita del matrimonio Maramballe el coche de paralítico, de tres ruedas, en el cual paseaba hasta las seis, por prescripción del médico, a su anciana y lisiada señora.

Cuando hubo colocado el ligero vehículo junto al escalón, en el lugar exacto donde podía subir fácilmente a la voluminosa señora, entró en la vivienda; pronto se oyó en el interior una voz furiosa, una voz enronquecida de viejo soldado, que vociferaba reniegos: era la del amo, el capitán de infantería retirado Joseph Maramballe. Después hubo un ruido de puertas cerradas con violencia, un ruido de sillas empujadas, un ruido de pasos agitados, después nada más, y al cabo de unos instantes Alexandre reapareció en el umbral de la puerta, sosteniendo con todas sus fuerzas a la señora Maramballe, extenuada por el descenso de las escaleras. Cuando estuvo instalada, no sin trabajo, en la silla de ruedas, Alexandre pasó detrás, aga-

* *Alexandre*, en *L'Écho de Paris*, 2 de septiembre de 1889.

rró la barra torneada que servía para empujar el vehículo y lo puso en marcha hacia la orilla del río.

Cruzaban así todos los días la pequeña ciudad en medio de respetuosos saludos que se dirigían tal vez tanto al criado como a su señora, pues si ella era querida y estimada por todos, él, el veterano de barba blanca, de barba patriarcal, pasaba por un modelo de servidores.

El sol de julio caía brutalmente sobre la calle, anegando las casas bajas con su luz triste a fuerza de ardiente y cruda. Algunos perros dormían en las aceras dentro de la línea de sombra de las paredes, y Alexandre, resoplando un poco, apretaba el paso para llegar cuanto antes a la avenida que lleva al agua.

La señora Maramballe dormitaba ya bajo su blanca sombrilla, cuya contera abandonada iba a veces a apoyarse en el rostro impasible del hombre. Cuando llegaron al paseo de los Tilos se despertó del todo bajo la sombra de los árboles, y dijo con voz benévola:

—Vaya más despacio, mi pobre muchacho, se está usted matando con este calor.

No pensaba, la buena señora, en su ingenuo egoísmo, que si deseaba ahora ir menos deprisa era justamente porque acababa de llegar al abrigo de las hojas.

Junto a aquel camino cubierto por los viejos tilos podados en forma de bóveda, el Navette corría por un lecho tortuoso entre dos hileras de sauces. Los gluglúes de los remolinos, de los saltos sobre las rocas, de las bruscas revueltas de la corriente, desgranaban a lo largo de aquel paseo una dulce canción de agua y un frescor de aire mojado.

Tras haber respirado y saboreado un buen rato el encanto húmedo de aquel lugar, la señora Maramballe murmuró:

—¡Ea!, esto va mejor. Pero hoy no se levantó de buenas.

Alexandre respondió:

—Ah, no, señora.

Desde hacía treinta y cinco años estaba al servicio de la pareja, primero como ordenanza del oficial, después como simple criado que no ha querido separarse de sus amos; y desde hacía seis años empujaba todas las tardes a su señora por los estrechos caminos de los alrededores de la ciudad.

De aquel prolongado y abnegado servicio, de estar todos los días a solas, había nacido entre la anciana señora y el viejo servidor una especie de familiaridad, cariñosa en ella, deferente en él.

Hablaban de los asuntos de la casa como se habla entre iguales. Su principal tema de conversación y de inquietud era, por lo demás, el mal carácter del capitán, agriado por una larga carrera iniciada brillantemente, proseguida después sin ascensos y rematada sin gloria.

La señora Maramballe prosiguió:

—Como levantarse de malas, sí que se levantó. Le ocurre con demasiada frecuencia desde que se retiró del servicio.

Y Alexandre, con un suspiro, completó el pensamiento de su ama.

—¡Oh! La señora podría decir que le ocurre todos los días y que le ocurría también antes de dejar el ejército.

—Es cierto. Pero tampoco ha tenido suerte, el hombre. Empezó con un acto de bravura que le valió una condecoración a los veinte años, y después, de los veinte a los cincuenta, no pudo llegar más que a capitán, siendo así que contaba al principio con ser al menos coronel cuando se retirase.

—La señora podría decir también que, después de todo, la culpa es suya. Si no hubiera sido siempre tan suave como una fusta, sus jefes lo habrían querido y protegido más. No sirve de nada ser duro, hay que agradar a la gente para estar bien visto.

»Si nos trata así a nosotros la culpa es nuestra, porque nos gusta quedarnos con él, pero, con los demás, es diferente.

La señora Maramballe reflexionaba. ¡Oh! Desde hacía años y años pensaba así cada día en las brutalidades de su marido, con quien se había casado antaño, hacía mucho tiempo, porque era un guapo oficial, condecorado muy joven, y lleno de futuro, decían. ¡Cómo se engaña uno en la vida!

Murmuró:

—Parémonos un poco, mi pobre Alexandre, y descanse en su banco.

Era un pequeño banco de madera semipodrido situado en un recodo de la vereda para los paseantes domingueros. Cada vez que iban por aquella parte, Alexandre tenía la costumbre de respirar unos minutos en aquel asiento.

Se sentó y cogiéndose entre las manos, con un gesto familiar y lleno de orgullo, la hermosa barba blanca abierta en abanico, la apretó y después la hizo deslizarse entre sus dedos hasta la punta, que retuvo unos instantes sobre el hueco del estómago como para sujetarla allí y comprobar una vez más la gran largura de aquella vegetación.

La señora Maramballe prosiguió:

—Yo me casé con él; es justo y natural que soporte sus injusticias, pero lo que no entiendo es que usted lo haya aguantado también, mi buen Alexandre.

Él hizo un vago movimiento de hombros y se limitó a decir:

—¡Oh!, yo... señora.

Ella agregó:

—Pues sí. Lo he pensado a menudo. Usted era su ordenanza cuando me casé con él y no tenía más remedio que soportarlo. Pero, después, ¿por qué se quedó con nosotros, que le pagamos tan poco y lo tratamos tan mal, cuando habría podido hacer como todo el mundo, establecerse, casarse, tener hijos, crear una familia?

Él repitió:

—¡Oh!, yo, señora, es diferente.

Después calló; pero tiraba de la barba como si hubiera tocado una campana que resonaba en su interior, como si hubiera tratado de arrancarla, y revolvía unos ojos asustados de hombre puesto en un aprieto.

La señora Maramballe seguía su pensamiento.

—No es usted un campesino. Recibió una educación...

Él la interrumpió con orgullo:

—Había estudiado para perito topógrafo, señora.

—Y entonces, ¿por qué se quedó a nuestro lado, para echar a perder su existencia?

Él balbució:

—¡Así son las cosas! ¡Así son las cosas! La culpa es de mi manera de ser.

—¿Cómo, de su manera de ser?

—Sí, cuando le cojo cariño a alguien, se lo cojo, y se acabó.

Ella se echó a reír.

—¡Vamos!, no me irá usted a hacer creer que los buenos modos y la dulzura de Maramballe le hicieron cogerle cariño para toda la vida.

Él se agitaba en su banco, perdiendo visiblemente la cabeza, y masculló entre los largos pelos de sus bigotes:

—¡No es a él! ¡Es a usted!

La anciana señora, que tenía un semblante muy dulce, coronado entre la frente y el sombrero por una línea nevada de cabellos rizados a diario con el mayor esmero y lustrosos como plumas de cisne, hizo un movimiento en el coche y contempló a su sirviente con ojos sorprendidos.

—¿A mí, pobre Alexandre? ¿Y cómo es eso?

Él se puso a mirar al aire, después a un lado, después a lo lejos, volviendo la cabeza, como hacen los hombres tímidos obligados a confesar secretos vergonzosos. Después declaró con un valor de veterano a quien le ordenan que marche hacia el fuego:

—Así es. La primera vez que le llevé a la señorita una carta del teniente, y que la señorita me dio un franco dirigiéndome una sonrisa, quedó decidido así.

Ella insistía, sin entender muy bien.

—Veamos, explíquese.

Entonces él se lanzó, con el espanto de un miserable que confiesa un crimen y se pierde.

—Sentí un sentimiento por la señora. ¡Eso es!

Ella no respondió, dejó de mirarlo, bajó la cabeza y reflexionó. Era buena, estaba llena de rectitud, de dulzura, de razón y de sensibilidad. Pensó, en un segundo, en la inmensa abnegación de aquel pobre ser que había renunciado a todo para vivir a su lado, sin decir nada. Y le dieron ganas de llorar.

Después, adoptando una expresión un poco grave, aunque nada enojada, dijo:

—Regresemos.

Él se levantó, se puso detrás de la silla de ruedas, y volvió a empujarla.

Cuando se acercaban al pueblo, distinguieron en el centro del camino al capitán Maramballe, que iba hacia ellos.

En cuanto los alcanzó, dijo a su mujer con un visible deseo de enfadarse:

—¿Qué tenemos de cena?

—Un pollito con habichuelas.

Se enfureció.

—¡Pollo, más pollo, siempre pollo, maldita sea! Estoy harto de pollo. ¿Es que no tienes ni una idea en la cabeza? ¡Todos los días me das de comer lo mismo!

Respondió, resignada:

—Pero querido, ya sabes que el médico te lo tiene ordenado. Es lo mejor para tu estómago. Si no estuvieras enfermo del estómago, te daría de comer muchas cosas que no me atrevo a servirte.

Entonces él se plantó, exasperado, delante de Alexandre.

—Si estoy enfermo del estómago, la culpa es de este animal. Hace treinta y cinco años que me envenena con sus asquerosos guisos.

La señora Maramballe, bruscamente, volvió la cabeza casi del todo para mirar al viejo criado. Sus ojos entonces se encontraron y se dijeron, el uno al otro, con esa sola mirada: «Gracias».

Índice

Prólogo de Esther Benítez 7

La casa Tellier 13
Una aventura parisiense 50
Marroca 60
Una pasión 73
La herrumbre 83
Un ardid 92
El testamento 100
Mi mujer 107
El sustituto 116
Los zuecos 122
De viaje 130
El amigo Patience 138
La dicha 146
Las hermanas Rondoli 155
El crimen del tío Bonifacio 194
La confesión 202
El cuarto 11 210

El soldadito	220
Hautot padre e hijo	229
El puerto	246
Alexandre	258

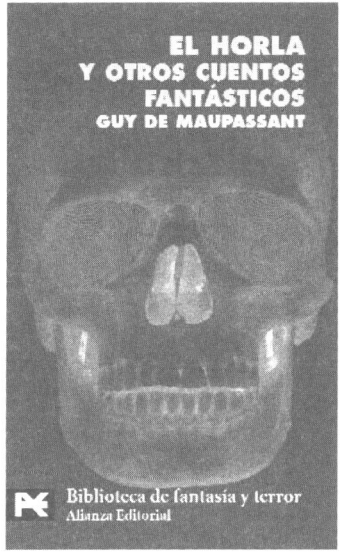

GUY DE MAUPASSANT
EL HORLA Y OTROS CUENTOS FANTÁSTICOS

BT 8160

EL HORLA Y OTROS CUENTOS FANTÁSTICOS agrupa dieciocho relatos de GUY DE MAUPASSANT (1850-1893) cuyos ingredientes son el misterio, la locura, los crímenes de oscuro origen, el suicidio, el miedo y la soledad. En ellos, el elemento fantástico no constituye una brutal intrusión en la normalidad, sino que se acompasa, de forma mucho más insidiosa, con la vida cotidiana; es lo incognoscible que ronda en torno al hombre, pero también el reflejo de los fantasmas que habitan su cerebro. En el prólogo que precede a la recopilación, Esther Benítez, traductora del volumen, explica sus criterios de selección y sitúa los relatos en el contexto de la obra y la personalidad de Maupassant.

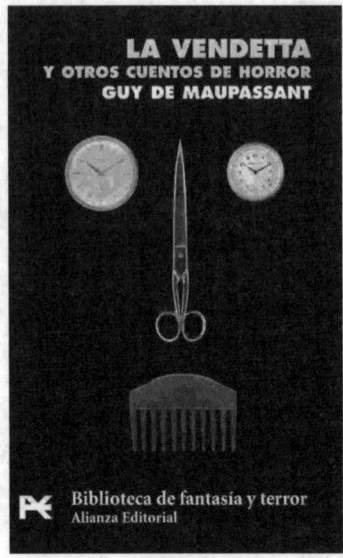

GUY DE MAUPASSANT

LA VENDETTA
Y OTROS CUENTOS DE HORROR

BT 8164

LA VENDETTA Y OTROS CUENTOS DE HORROR reúne catorce relatos escritos entre junio de 1882 y febrero de 1890, los años más fecundos de GUY DE MAUPASSANT (1850-1893). Junto a la presencia de la muerte, en forma de asesinato o suicidio, otros temas habituales en la narrativa del autor francés ingresan en las tramas argumentales como trasfondo de los comportamientos, como motivo del crimen o como incidencias laterales: el medio, el ambiente rural, los celos, la bastardía (la figura del hijo natural y los problemas sociales, morales y hereditarios de la filiación ilegítima), las ideas sobre el amor y el matrimonio, la rebelión contra Dios en nombre de una luciferina voluntad de negación, etc. También de Maupassant en esta colección: «El Horla y otros cuentos fantásticos» (BT 8160).

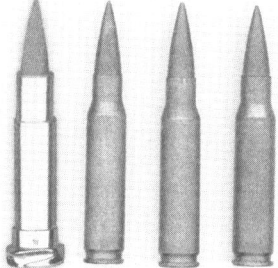

Guy de Maupassant

Mademoiselle Fifi
y otros cuentos de guerra

L 5663

Los cuentos de GUY DE MAUPASSANT (1850-1893) constituyen una de las más altas cimas de la literatura francesa de todos los tiempos y un modelo siempre presente para los cultivadores del relato breve. MADEMOISELLE FIFI Y OTROS CUENTOS DE GUERRA reúne diecisiete relatos que giran en torno al conflicto franco-prusiano y a las expediciones coloniales y que exacerban hasta el paroxismo los elementos de locura, sexo, violencia y pesimismo característicos de su narrativa. A través de los diálogos de los personajes y de la pintura de situaciones mucho más elocuentes que una condena explícita, surgen con enorme fuerza los horrores, las injusticias y el absurdo de esas carnicerías periódicas en las que los hombres diezman su especie en nombre de altos ideales que suelen esconder sórdidos intereses. Otros volúmenes de relatos de Maupassant: «El Horla y otros cuentos fantásticos» (BT 8160), «La vendetta y otros cuentos de horror» (BT 8164).

Guy de Maupassant

Mi tío Jules
y otros seres marginales

L 5666

Los cuentos de GUY DE MAUPASSANT (1850-1893) constituyen una de las más altas cimas de la literatura francesa de todos los tiempos y un modelo siempre presente para los cultivadores del relato breve. MI TÍO JULES Y OTROS SERES MARGINALES agrupa dieciocho relatos cuyos personajes son auténticas ruinas humanas arrastradas a las playas de la infelicidad por temporales tan diversos como la ambición, la pobreza o la invalidez. Otro denominador común del volumen es la crítica subterránea de una sociedad acomodada y bienpensante que protege su paz aparente y egoísta. Unos temas se entretejen con otros, de forma tal que los alegatos contra una sociedad insolidaria, la cruel descripción de la mesocracia francesa y de sus ensueños para tratar de evadirse de sus estrechos horizontes vitales o el amargo pesimismo que transmiten las estampas de viejas glorias convertidas en juguetes rotos quedan inextricablemente fundidos por un magistral tratamiento literario. Otros volúmenes de relatos de Maupassant: «El Horla y otros cuentos fantásticos» (BT 8160), «La vendetta y otros cuentos de horror» (BT 8164), «Mademoiselle Fifi y otros cuentos de guerra» (L 5663).

Charles Baudelaire

El esplín de París

L 5550

Con el poema en prosa, CHARLES BAUDELAIRE (1821-1867) quiso explorar una nueva forma poética que, alejándose del corsé métrico, fuera asimismo capaz de acomodarse «a los movimientos líricos del alma, a las ondulaciones del ensueño, a los sobresaltos de la conciencia». Redactadas entre 1852 y 1867, las cincuenta piezas que configuran EL ESPLÍN DE PARÍS son la cara complementaria, el reverso en prosa de «Las flores del mal» (L 5534), pues en definitiva ambas obras manan, como apunta en su introducción Francisco Torres Monreal –responsable asimismo de la traducción–, de una misma sensibilidad poética en la que el tedio, la soledad, la cólera, la angustia existencial, el demonio, la muerte, se entremezclan indisolublemente con el luminoso Ideal.